花园中的养蛇人

徐皓峰 著

江苏凤凰文艺出版社
JIANGSU PHOENIX LITERATURE AND ART PUBLISHING

果麦文化 出品

目录

序　老天让她当天使

童年受到的艺术教育，来自父亲单位的篮球体育馆，馆里很少有篮球比赛，而是用来办好人好事表彰会、歌咏比赛、青年励志演讲……主要用来放电影，偶尔有全裸镜头的美国二十年代默片。

故事片之前会放一两部短纪录片。讲毕加索的纪录片，赞他早年画社会底层，责怪他之后放弃了流浪汉，画变形的立体主义，卖好弄玄于资产阶级，品格沦丧，才华尽失。

卓别林则对抗资本主义，一生硬汉，从未沉沦。鼎盛期有《摩登时代》，晚年还有《凡尔杜先生》。

法国有太多有钱的寡妇，凡尔杜娶了十二名寡妇，皆杀之取财。他掌握了高超恋爱技巧，但遇上无钱的姑娘，再漂亮，考虑的也仅是“可用于实验新品毒药”。凡尔杜被捕死刑前，面对牧师，彬彬有礼地问：“牧师先生，我有什么可以帮你么？”

——表达“个人无罪，社会有罪”的主题，有罪的是欧美金融体系。卓别林的政治正确，令我的父辈钦佩不已。

多年后重看此片，看到的是另一个故事。凡尔杜法庭上嘴硬，实则心里认罪，没有全归咎于社会。但他的救赎不是牧师，是那个原打算试验毒药的姑娘。

她是他雨夜街边遇上的穷人，说是送她回住所，结果她跟去了他家。或是人开放或是需要钱，她一副可聊可睡的模样。为让她喝下毒酒，他聊起了爱情。不料她说得比他好，感动了他，于是换下毒酒，给她钱，送她走。

第二次街头相遇，他正为一次未遂的谋杀而烦恼，她老友般打招呼。她还穷着，他掏钱，她说“我只是想跟你问声好”。他说“别傻，你需要”，交钱离去。他对于她，是个既不留名也不留情的圣人。

第三次相遇，他穷了，十二个寡妇的财产尽在股票市场玩完。她富裕着，嫁了一个军火商，正值“二战”，发了大财。她说轮到她帮他，报恩和谈情兼有的模样，养老有了着落，可能还很幸福……

他说：“请让我完成我的命运。”送走她后，走向警察。

她以带来幸运的天使形象，带给他惩罚。幸福的冲击力，会让人想多，想到自身罪孽，想到了结。

世上有许多凡尔杜先生遇到的天使，日日游走，让人以愧对幸福的心态死去。写作的意义，是猜测老天别有所图的运作方式，识别迎面而来的事物下的杀机。

初中一年级立志学习艺术，三十年来，渐生寒意。艺术不是个人行为，个人所能做的，只是最初下一个决心，之后都是随波逐流，老天在一路安排。

写这些小说时，我尚是青年，《流氓家史》写于一九九五年，大学三年级暑假；《著名演员郭国林》写于二〇〇六年冬季，还失业在家。之后，我的小说便不再写当代，不再写年轻，即便以年轻者为主角，也是他闯入了中老年世界。

重新翻看，心绪古怪，不知怎么成于我手，当年写下这些文字背后的那股力量早已离去。如观陌生人作品，每篇皆有触目的数行，怆然叹服，写得真好。

谁写的？

想认识他。

2016 年 12 月 1 日

处男葛不垒

一

《洞玄子》一书说，男人在妻子经后一至三天行房，他将获得儿子；四至五天行房，他将获得女儿；五天后行房，那么他所做的都是白费。

在初中时代，葛不垒就看过这本书了，从此他养成了抓紧时间的习惯，任何事拖延了五天，都觉得白费。葛不垒争分夺秒地活到了二十九岁，虽然他从网上下载了一些色情照片，但仍然没有经历过女人。

二十九岁的生日，他在一家饭馆度过，有七八个中学同学陪同。事隔多年，他的朋友圈子仍然是初中的这几个人。他在初中做过美术课代表，现在以盗版书画插图维生。近期任务中女裸像的数量越来越大，他的手令他倍感不安，预感到将有什么发生。

他说："到时候了！"准备找个地方花三百块钱，葬送掉自己的童贞。他的大胆想法，令气氛顿时热烈。有同学说，关键是要留下美好回忆，建议他把钱数翻一番。此话被葛不垒认为是对他的极大侮辱，有心闯进餐馆厨房，拿刀将同学砍翻。

当他恶念丛生之际，一个女人从洗手间走出，摔倒在地。

她穿着紧身黑衣，倒地后露出一片莹黄的腰肌，同学们登时一静。

这个女人倒地后，慢慢爬起，披头散发地走到一张餐桌前，坐下端起酒杯，仰头便是一口。她站起时，胯骨高度平齐于坐着的葛不垒的眉骨。

有同学议论："她好高呀！我刚才已经注意她半天了。"她头发湿漉漉的，眼部化妆沾水后流淌下来，形成两道污痕。她胳膊长长，文着一把阿拉伯弯刀。同学们越看越觉得她是个野鸡，然后大家的目光集中在葛不垒脸上。

有同学说：“喂，到时候了。”葛不垒沉默少顷，起身走到醉酒女人的桌前，两人聊了几句，然后葛不垒搀扶着她站起。

两人慢慢走过同学们的饭桌，推门而去。

他俩出门后，响起了密集的雨声，还有一道闪电划过天际。有同学评说，这象征着葛不垒已完成使命。众人哄笑，此时餐馆老板走来，一指醉酒女人刚才坐的桌子：“这桌也是你们结账吧？”同学们面面相觑，看看窗外葛不垒消失的方向，骂了声：“这孙子。”

那晚后，葛不垒的同学关系开始恶化。他和醉酒女人出门后究竟发生了什么，成为一个谜。第二天同学们纷纷打电话问候时，他不在家。许多天后，有人打通了他的电话，他表示他依然是个处男。

葛不垒被同学们抛弃，从此无声无息。两年后，有同学从电视里见到了葛不垒，他留着短短的一圈络腮胡，戴着宽大的黑边眼镜，冷静地回答着记者提问。

他已经成了一个观念艺术家，最著名的作品名为《摔倒》。那是一百多幅照片，一个女人在酒吧、宾馆、厕所、街头、写字间、办公室、垃圾站等各种地方毫无例外地摔倒，每摔倒一次，身上的物品就少了一件，最后一张照片是她一丝不挂地摔倒在床上。

这件作品被誉为寓意深刻，表达了对女权的思考和对社会制度的忧虑，在欧洲某艺术双年展夺得大奖。但因为裸体问题，没在电视上出现，只由记者口头介绍了一番。

此次采访的重点是葛不垒名为《女人侵略世界》的新作。他拿出一幅凡·高名作《向日葵》的复制品，指着向日葵花盘密密麻麻的中心地带，严肃地对记者说："这是女导演麦什柯尼的思维状态，以这种思维，她拍摄了《我成为女人的那一天》，这部电影是要诱导男人，让他们统统变成女人。"

记者说："这部电影我看过，描述了传统制度下女性的悲惨处境，好像没有你说的意思。"

葛不垒说："我没有看过这部电影，但我坚持我的看法。"随后，又拿出了一张《向日葵》的复制品，指着花盘中心，说："这是可可·香奈尔的人造宝石，她用一些廉价玩意，造成女性服装的变革。"记者说："但一套可可·香奈尔还是很贵的呀！"葛不垒说："我没给女人买过衣服，但我坚持我的看法。"

随后他又拿出了十几张《向日葵》复制品，将花盘说成了十几种不同事物。看得筋疲力尽的记者最后评说："把同一个东西说得千奇百怪，但终究还是一个东西。你是不是想告诉我，虽然女人有许多变幻，但她们的本质仍旧贫乏，女人很难侵略世界？"

葛不垒："你得出了一个观念。所谓观念艺术，是在观众的脑海中形成的，感谢你帮我完成了一件作品。对了，你说的，跟一个外国记者说的一样。"记者登时精神饱满。

记者乘兴追问："你的作品表达了你对女人贫乏本质的认识，我能否问一句，你有过多少女人？"

葛不垒："我是个处男。"

记者闪烁着狡猾的目光，嘿嘿笑道："这又是一个观念？"

葛不垒："不，我是个处男。"

记者惊叫一声，随后采访结束。

看完电视的同学召集了所有同学，他们从网上查到了葛不垒的个人网页，上面有葛不垒新的电话地址。两日后，葛不垒在钱柜请同学们唱卡拉 OK，在第二天早晨散伙时，一个神志不清的同学还在追问葛不垒：“你有过女人吧？”

葛不垒：“不，我是个处男。”

这个答案，葛不垒已重复了一个晚上。开始同学们以为他在开玩笑，后来觉得他在玩观念，但在卡拉 OK 过后的第三天，有一个同学提出了大胆的想法：“他该不会是说真的吧？”这个想法以 E-mail 流传到同学间，同学们感到后怕，决定为葛不垒找一个女人。

三十一岁的葛不垒，脸上的青春痘已自然消失。他欣然接受了同学们的提议，在自己家中等待着同学们为他雇来的女子。

他现在的家位于北京亚运村繁华地带，居十五楼，可以鸟瞰到故宫全貌，有两百六十平方米，装饰得颇具日本风格。门铃声是一首亨德里克斯的吉他，此人被称为吉他上帝。因为安装了这一门铃，葛不垒认为不听完整首曲子就去开门，有损艺术家身份，所以往往开门后发现空无一人。

当亨德里克斯在今晚响起，考虑到受雇女子的修养，葛不垒果断地打开了门。门口出现了一个女人，小腿肚胖得形状不佳，她紧张地叫了声：“不垒！”

葛不垒沉默半晌，懊恼地叫了声：“班长！”

在周一到周六的每个早晨晃动着两个小辫，领着全班同学朗诵课文，同学间有了早恋倾向，她会及时地向老师告密，扑灭过许多火焰——这是葛不垒对班长的印象，于是认为她听到消息，又要发挥扑灭作用。

将班长请进屋门后，注意到她的两块上臀肌形状鼓鼓，这是夫妻生活频繁的表现，葛不垒心中暗笑："你也有今天。"

班长紧张地跪在榻榻米上，声音颤抖地说："都听说了，同学们要帮你找个人，被我拦住了。我想，咱们班同学的事，还是在班里解决，较好。"

葛不垒大惊："你应该结婚了吧？"

班长："别提那事。我这纯粹是帮助同学。"

十分钟后，班长给了葛不垒一记耳光："你不是说你是处男吗？"

葛不垒答道："虽然你有你的认识，但我坚持我的说法。"

班长叫了声"骗子"，哭哭啼啼地走了。

葛不垒鸟瞰着班长在街上打的而去后，有一种严重的不尽兴之感，就掏出了一个蓝色记事本。公共汽车站的站牌上总会被乱画上几个莫名其妙的手机号码，葛不垒的本子抄录了一些。二十分钟后，一个短裙女子到来，她的小腿肚形状紧收，上臀肌平缓，具备职业的控制力。

葛不垒严肃地对她说："我是个观念艺术家，我是个处男。"短裙女略一思考，说："我的风格是，对处男不收钱——别跟我玩这套了！"葛不垒开始沉默，半晌后，短裙女试探地说，"难道，你真是？"

葛不垒点点头。

短裙女态度变得温和。十分钟后，短裙女说："虽然你是那个表现，但我仍有所怀疑。"

葛不垒："你有你的认识，我坚持我的说法。"

临走时，短裙女回头问："虽然我有我的风格，但你也可以主动地给钱。"

葛不垒摇摇头。"不。我是个处男。"

二

只用了两年时间，葛不垒便从一个插图美编转型为一个观念艺术家，他的成功起源于他二十九岁生日的夜晚。

那一晚，一个醉酒的女人在他面前摔倒。她的肉体在水泥地上发出特殊的音响，葛不垒感到遭受诱惑。她摊躺在地，长度超过了酒桌长度，站起来后，胯骨平齐着葛不垒的眉骨。

她小腹紧收，肌肉有着明确条理——这是在青少年时期积极锻炼身体的结果。她在初中高中定然是体育健将，代表学校参加过多个市区级比赛，拿过好几个奖杯……如此一想，葛不垒对她产生好感。

当他搀扶着她走出餐馆，一颗雨滴准确地砸在他的鼻头。随后亮起一道闪电，下起了瓢泼大雨。葛不垒充满激情地说："咱们找个地方去！"想到目前和父母同住，又说："你说吧，咱们去哪？"醉酒女考虑了一下，说："故宫。"

两人打的到了故宫，停在护城河边一棵柳树下。付费后，司机仍然不走，车灯直晃晃地照着两人。葛不垒尴尬地扶着醉酒女，喊道："你还要干吗？"

司机："雨下得这么大，能待人吗？我等着你们再坐我这车。"

葛不垒："我俩不走了！"

司机熄灭了车灯。葛不垒等得浑身湿透，车仍未开走，于是大叫："你还要干吗！"司机回答："我想看看你俩要干吗。"

葛不垒大叫一声："好！你看着。"将醉酒女的头颅捞起，一口亲了下去。四十秒后，葛不垒抬起头来，骄傲地冲司机扬了扬下巴。

司机在车窗后竖起了拇指，这是钦佩的表示。葛不垒准备再亲一口时，被醉酒女老练地绊倒，随后两人滚到河垛下，醉酒女叫了声：“小心了。”葛不垒叫了声：“不！”然后就被醉酒女安在了身上。

十分钟后，葛不垒感觉到金光灿烂，睁眼见车灯正照着自己。他嘀咕了一声：“孙子。”同时感到有什么滑出了体外。

当醉酒女搀扶着葛不垒走上出租车时，司机是一副深沉的表情。出租车驶出了故宫地带，葛不垒对司机悄声说了句：“知道吗？来的时候我还是处男。”司机没有回头，一字一句地说：“有什么了不起，老子到现在也还是处男。”

醉酒女似乎已神志清醒，听到两人的对话，抿嘴直乐。司机怒吼：“有什么可笑的！”醉酒女没接他的话茬，转头对着窗外，唱起了周杰伦的名曲“快使用双截棍，哼哼哈嘿……”唱完对葛不垒说：“这是要去哪呀？你要没个目标，就到我家去吧。”

她的家位于机场附近一片塔楼中，葛不垒跟随醉酒女走入楼门时，突然响起巨大轰鸣，一架飞机擦过塔楼，闪闪发光地向南而去。

飞机的轰鸣声后，出租车按起了喇叭，葛不垒又从门洞跑出来，说：“哥们，我觉得你迟早也有那么一天。再说，我刚体会过，其实这事也没多大意思。”

司机：“哥们，问你一句，她是鸡吗？真想花点钱把她做了。”

葛不垒忽然感到自己变得成熟，脸上出现了严肃的表情，说：“她是我女朋友。”司机忙说：“得罪。”飞速开车而去。很快又开回来，探头道：“哥们，我原本想说——你俩连泥带水的，把我的车座都弄脏了！”

葛不垒更为严肃：“说，得赔你多少钱吧？”司机摇摇头，说：“别误会，我不要钱，我只是想告诉你，我也是个厚道人。”

司机终于走了。

葛不垒再次进入楼道时发现醉酒女已消失。他冷静地看着电梯显示灯，发现电梯停在了十一层。到达十一层后，沿着地上落的泥，走到了7号，敲了十分钟的门。门打开时，葛不垒心想：他奶奶的，看来真不能当处男，一旦不是处男了，智商都提高了。

她倚在门框上，醉眼蒙眬地说："你找谁？"葛不垒嗓音低沉："找你。我是你的男人。"她大惊："是吗？那——快请进。"

塔楼为了高层供水，有一层室内管道横陈。她买了这层的一所三居室，价值十七万。大腿粗的钢管爬在每一个房间的室顶，贯彻着水的鸣响。三居室中两间没有家具，在地上摆着杂志、米缸等杂物，她居住的房间有一张板凳、一个衣柜、一张木床，还有三十只玩具狗。

葛不垒庄重地坐在板凳上，问："你今天是经后的第几天？"醉酒女大笑，最后说是第四天。葛不垒心中一凉："恰好生个女儿！"于是坐到床边，将她搂在怀里，温言规劝："我会负责的，要不，咱们明天就去医院堕胎吧？"

醉酒女一愣："告诉你，三天没事的，八天都没事，经后八天做什么都等于白赚。"葛不垒大惊："不会吧，中国古书《洞玄子》上说，男人在妻子经后一至三天行房，他将获得儿子；四至五天行房，他将获得女儿；五天后行房，那么他所做的都是白费。"

醉酒女大笑："错了，可能写书的跟你一样，是个处男。"

《洞玄子》是葛不垒性知识的来源，从高中时代就坚信不疑。这一晚，整整十年的观念被颠覆，注定了他会成为一个观念艺术家。

三

那一晚有十六架飞机轰鸣而过，葛不垒白赚了两次。当他眼神涣散地深陷在被窝中时，想道："和一个女人白赚多次，说明我也有爱情了吧？"

第二天早晨他起来，看着身旁的女人仍在熟睡，有了一种已长大成人的感觉。这个女人腿肌强健，头发细密，睡着后四肢伸展，一夜都将葛不垒挤在床角。看着她，葛不垒脑海中闪现出一个词语——"我的母兽"，分析了一下，觉得它充满柔情。

天亮后的房间，地面上布满灰尘，留存着昨晚零乱的脚印。葛不垒游逛了她的房间，站在油腻的窗户前向机场眺望，又有一架飞机升起，葛不垒认为这象征着他的生命已到了一个新的阶段。

屋顶上的管道发出轻微的水流声，时而唤起金属的共鸣。葛不垒长久地听着，觉得富于乐感。在一个音乐空间，完成了男性的飞跃——这一想法令他感到完美。在上中学的青年修养课时，老师提问："什么是世界观？"葛不垒背诵："对世界总的看法。"

老师："你是什么看法？"

葛不垒回答："世界太大了，对它，我很难有什么看法。"

今天早晨，葛不垒有了看法，他觉得世界是美好的。门厅有一片乱糟糟倒地的啤酒空瓶和吃剩的午餐肉罐头，散发着荤恶的气息。其中有半瓶啤酒，葛不垒凝视了它半天，最终还是拿起来一口喝干。不管它生产于何年何月，它依然是美好的——葛不垒如此一想，就有了醉意。

醉酒女张着嘴睡觉，响着低沉的鼾声。在一个女人的床上醒来——这是葛不垒多年的梦想。她奇迹般地卧在床上，葛不垒的身体又一次变得异样，他的脸贴在了她的脖颈上。女人喘了两口粗气，嘀咕了一句：“别闹。”一巴掌抽在葛不垒脸上，又翻身睡去。

在上午十一点，葛不垒的半张脸开始红肿，女人终于醒来。她奇怪地看着葛不垒：“你是谁呀？”葛不垒认真地说：“我是你的男人。”女人点点头：“想起来了，昨晚上就是你。”

两人久久地对视，终于女人说话了：“要不咱们做点什么吧，好让我弄明白昨晚是怎么回事。”此时阳光已变得过强，她的身体在白天僵硬干燥。她的房中没有窗帘，葛不垒见到窗外又一架飞机升起，怀疑在飞机升上一千公里高度的过程中，有一位第一次坐飞机的乘客一直在向外眺望，看到了高楼中他和她的景象，从此爱上了坐飞机……

“别想得太多。”葛不垒做出自我批判，伏在女人身上，两秒后察觉到自己并不充实。女人的眼神迅速冷却，葛不垒错开女人，万念俱灰地躺在一旁。过了半晌，女人说：“喂，你有钱吗？你要有钱，就带我吃东西去吧。”葛不垒马上接话：“有钱。”

她明显富于数学天赋，问明了葛不垒兜中的钱数，很快决定去街头吃小吃。她吃了七种小吃，刚好将葛不垒的钱花光，最后把一个吃不下去的羊肉串递给了他。

拿着羊肉串，葛不垒坦白自己已身无分文。女人说：“我知道，现在我请你喝啤酒吧。”这个女人叫周浅浅，她的父亲一生受惑于女性浅浅的微笑。她的父亲是小学数学老师，所以她可以背圆周率达两百位数以上。

两人站立在街头，扶着人行道护栏，喝了六听啤酒。葛不垒在打第一个酒嗝的时候，感觉找到了爱情，而周浅浅告诉他：“爱是一个浅薄的词汇。性稍稍高级。”然后建议两人找个招待所租一个三十元的床位。葛不垒说你家离此地很近，她说她还有三十元，她太想把它花掉。

小吃摊横陈的街道，便有几家招待所，都是地下室。她选择了卖云南米线摊位后的一家，门上挂着一块肮脏的蜡染布帘，图案是光着肩膀洗头的傣族少女。她眯眼欣赏了一下，拉着葛不垒摇摇晃晃地进去。

地下一层的柜台，有一个老头在台灯下抽烟，两人走下楼梯，他便抬起脸来，皮肉松懈的脸只有一只眼睛。这里一间房有四张床，一张床三十元，周浅浅交了钱后，嘱咐老头先不要将屋里的另三张床租出去，老头的一只眼中充满了笑意。

他俩租的房间正对厕所，葛不垒开门后，周浅浅说：“我最喜欢上男厕所了！”连蹦带跳地冲进了男厕所。葛不垒急忙跟了进去，见她神气地站在中央，一个中年男人毫不知觉地站在小便池前。

葛不垒将她拉回房间后，感到自己也喝醉了。地下室有一半的窗户露出地面，但阳光被地面上的小吃摊遮挡，室内暗淡得犹如傍晚。她躺在床上，说：“做吧，要不我就睡着了。”葛不垒再一次伏在她身上，一秒钟后察觉到自己并不充实。

她闭着眼似乎已睡去，在昏暗的光线中她的脸形精巧。葛不垒凝视着她的脸，准备从她身上错开落到床上。此时她喘了口长气睁开眼，喃喃道：“做了吗？”葛不垒不敢再动，答道：“做了。”她满意地闭上了眼睛，张开双臂将葛不垒的头紧紧抱住。

为避免将沉睡的她压迫，葛不垒两手撑着床面虚挺起腰。两个小时过后，她再一次长喘一声，松开了葛不垒的脑袋，侧身睡去。

葛不垒僵硬的姿势崩溃，“砰”的一声摔在床上。

当真的傍晚到来，房间已黑得墨汁一般。她的声音忽然响起：“你想去巴西吗？”葛不垒摸到了她的身体，问：“为什么去巴西？”“因为巴西有个可可海滩。”南美洲的巴西，是狂欢节的国度，街头的空气中都是荷尔蒙气息。可可海滩是肉体的王国，那里有世上最健美的男性和女性，一个来自法国的年轻人，将傻瓜照相机悬挂在胸前来到了可可海滩，偷拍下无数照片。

由于照相机的位置，往往拍不下全身，失去面部的躯体，以全然情欲的声势震惊世界。这个好色的年轻人成为摄影大师，他叫克里斯托夫·皮里茨——听完她的讲述，葛不垒问道：“你怎么知道皮里茨？”在不久前的处男时期，葛不垒曾从网上荡下几十张皮里茨的巴西。

她说是她男朋友告诉她的。十年前，作为高中生的她爱上了一个富有理想的男生，男生的理想是考上美院，两次落榜依然坚持。在考前班中有哥们无数，这伙男孩都热爱巴西。由于自小的家庭熏陶，她考上了一所理工大学，上二年级的时候，她的男友终于考上美院。

那是夏天的夜晚，他带上她，约了美院考前班的哥们喝酒。男友八点钟以后就一直在哭，宣泄两年来考试的压抑，叙说去巴西的理想。一伙人聊到十一点后散了，只有两个他最好的朋友未走。他们喝到凌晨两点时，有一个朋友提议，干脆找一个招待所住一夜，得到同意。

他们住的是五块钱一个床位的招待所，有四张床。四人各自躺下后又聊起了巴西，男友再一次哭了，非要和她发生关系。她也醉得浑身瘫软，男友伏上来时便没推开他。第二天她醒得很早，看着屋里三个仍在熟睡的男人，模模糊糊地记起，男友的身体离开她后，很快又有人伏了上来……

葛不垒在黑暗中摸到了她的身体，将她搂到怀中后，胸口沾上了一片潮热的液体。葛不垒说：“别哭了。”她说：“谁哭了？我感冒了，那是我的鼻涕。”说完笑了两声，葛不垒沾了一点放入口中，自信地说：“它是咸的。”她说：“鼻涕也是咸的。”她的笑声响彻黑暗。

葛不垒忽然感到自己充实起来，她也感到了，惊叫一声从葛不垒怀中跳开。一会她又爬过来，小声问道：“你行了？”葛不垒哼了一声，她就继续爬行，爬上了葛不垒的双腿。

第二天早晨，两人去柜台交钥匙时，独眼老头友善地说：“昨晚上来了几拨客人，我都安排到别的房间了。”葛不垒和周浅浅走出地下旅馆，见到街面上有了炸油条的小摊，飘出一股烟气，很像是武侠电影中的效果。两人身无分文，周浅浅遗憾地看着油条，挽着葛不垒回到家中。

在步行的过程中，两人谈起了地下旅馆的独眼老头，老头博得了两人的好感，从此称他为“巴西老头”。

四

葛不垒在周浅浅家住了下去，第一次长时间地离开了父母。自从接触了女人，他裸体插图的水平就明显下降，招来了书商的不满。

周浅浅造成了葛不垒想象力下降，也令他的身体出了偏差，每当和周浅浅幸福之后，葛不垒的后臀就会长出疱疹，医院诊断是体内毒素在免疫力下降后出动，而周浅浅判断是他对女人过敏。葛不垒从小对青霉素过敏，而对周浅浅的说法持怀疑态度。

她没有善用自己的数学天赋，成为一个数学家或工程师，大学毕业后成了社会闲散人员。家中有了男人，她也克服了懒散，开始打扫卫生，还买了一个衣柜，当葛不垒将绘图排版用的电脑搬进她家后，她又买了个办公桌。周浅浅说："给你一个星期。"然后关掉了手机。

两人几乎买齐了生活用品，也度过了只能吃炒鸡蛋的几顿饭。一个星期后，周浅浅打开手机，开始夜不归宿。葛不垒观察到，她的交通工具是一辆双层大巴，她总喜欢坐在大巴上层的第一排，居高临下地向城东而去。

周浅浅走后，葛不垒的疱疹便隐隐作痛。两个人都不会做饭，楼下的小吃摊就成了两人的食堂。葛不垒一个人在家时，食谱是二十个羊肉串加啤酒一瓶。每当站在黑烟四起的烤架前，他就会忧伤地想到周浅浅的去向。

周浅浅热爱男人，对此我已有深刻认识，她去的地方都是成功男士——葛不垒如此一想，食量和酒量便要增长，吃下四十个羊肉串两瓶啤酒，挺着肚子爬回十一楼。

她回来的时刻往往是第二天中午，每次回来都显得很有钱，执着地请葛不垒吃涮羊肉。羊肉以涮的方式和烤的方式滋补着葛不垒，饭后回家往往提出要求。周浅浅的回答是："这世上有一种职业我是做不了的，一次我就得缓两天，饶了我吧。"

葛不垒本来想反驳："你这一次是怎么回事。"但看着她疲劳的样子，往往将话咽回了肚里。他的肚子越来越鼓，终于有了啤酒肚，周浅浅枕在他肚子上，能很快地入睡。葛不垒一动不能动，往往整个下午看着她右臂的阿拉伯弯刀。

葛不垒终于在一天周浅浅登上大巴后，也登了上去。他躲藏在大巴的底层，想象着周浅浅在上层俯视一切的万丈豪情。车行驶了很长时间，到达了城市边缘地带，周浅浅终于下车，欢快地挥舞两臂，漫舞般拐进了一片居民小区。

小区中有一家素食餐厅，浅绿色的四壁，里面坐满了脸色惨白的男女。他们应该长期生活在船舱底层，也许他们偷渡去了巴西又刚刚偷渡回来——这是葛不垒的想法。他坐在一根柱子后，遥望着周浅浅，向服务员要了盘炒土豆丝。

周浅浅和三男两女坐在一起，常有别桌的人跟她打招呼，她也常跑到别桌去聊上两句。她跑来跑去时，发现了葛不垒，叫了声："咦，你怎么在这？"整个餐馆的人都将头转向了葛不垒。

她飞快地跑来，吃了几口土豆丝，说："真好吃。没事没事，别管我。"就跑回了三男两女处。这盘土豆丝葛不垒吃了三个多小时，终于等到了她离开。她是跟一个长发男子离开的，那男人上身穿中式马甲，左臂文着拉登的头像。

周浅浅离开时没忘跟葛不垒打招呼，她说："早点回家吧，这特贵，你钱够吗？"葛不垒马上结账，发现土豆丝要六十元。虽然他钱包中尚够，但还是追了出去，拦住周浅浅说："还差十元。"马甲男人冷漠地瞟了葛不垒一眼，问周浅浅："你朋友？"周浅浅点点头。他掏出张五十元钞票，说："剩下的打车回家吧。"

马甲男人挽着周浅浅向一辆轿车走去。葛不垒喊了声："你要去哪？"

周浅浅："他家，他家可好呢。"然后就钻进汽车。周浅浅钻入汽车的动作敏捷轻巧，体现了腰部的纤细和臀部的圆满——葛不垒忘情地看着，所有血液集中到两耳。

轿车悄无声息地远去，葛不垒拿着五十元钱，回到餐馆，一拍桌子：“五十元还能来盘什么？”服务员说：“凉拌土豆丝。”

他没要这菜，坐着大巴回去了。一小时后，葛不垒站在小吃摊的灯火中，眼泪几乎夺眶而出。葛不垒要了六十个羊肉串，四瓶啤酒，吃喝完毕，跑去了地下招待所，进门见又是巴西老头。他睁着独眼，慈祥地望着葛不垒，说：“今晚人少，一张床的钱，我能给你个四张床的房。”

葛不垒拿了钥匙后，发现还是厕所对面的房间，就又跑上街，见烤羊肉摊前还有一伙人，就走上去说：“我在招待所租了个房，有四张床。你们谁晚上要没地方去，可以白睡。”众人先是鸦雀无声，后爆发出哄笑。

葛不垒悻悻地走开，快到招待所时，一个声音在身后响起：“大哥，你说的是真的吗？真能白睡呀？”葛不垒回头，见一个皮裙女子妩媚地望着他。

她走进招待所时，巴西老头的独眼放了放光。回房后，葛不垒一头栽在最里面的床铺，整张脸埋在被子里，反手对皮裙女摆摆，说：“你睡你的，我睡我的。”

皮裙女嘿嘿笑着，坐到葛不垒床边，说：“大哥，真要白睡呀，这怎么行，我总该有所表示。”这句话，她说了很多遍。葛不垒终于翻过身来，瞪着她，狠狠地说：“好！你有骨气。”

十分钟后，葛不垒和皮裙女分开。又过了十分钟，葛不垒说：“睡吧。有一种职业我是做不了的，一次就得缓两天，睡吧。”皮裙女说：“这行也没什么难的，多练练就行了。我不能睡了，一晚上怎么也得再凑上一次。我走了。”

葛不垒同情地说："你真不容易。好！认识你很高兴。"

皮裙女："大哥，怎么着，还真白睡呀！"

听到这话，葛不垒一下从床上蹦起。

皮裙女最后的话是："这点钱只能买三十个羊肉串！"她怨声载道地走后，葛不垒嘀咕了句："不可能，怎么着还能再买两瓶啤酒。"便昏昏睡去。

第二天清晨，葛不垒发现和自己斜对的床上睡着皮裙女。听见响动，她头一歪就睁开了眼，发现葛不垒瞪着她，嘿嘿笑道："大哥，我一想，你给的钱太少了，不睡白不睡。"

葛不垒："少跟我来这套，是不是昨晚没生意？"

她羞愧一笑："大哥，你真聪明。"

葛不垒说："这房子时间是到中午十二点，你要困就接着睡吧。"

皮裙女说："大哥，你人真好，等我睡足了，再白给你一次。"

葛不垒："你是个仗义姑娘，我心领了，以后咱俩兄妹相称吧。"

皮裙女："好，以后你就是我亲大哥。我叫沈杏花，以后叫我杏花吧！"葛不垒一下心里热乎乎的。

十二点之前，葛不垒醒来，见沈杏花正躺在斜对面的床上望着自己。她充满感情地说："大哥，我请你吃羊肉串吧，就算确立了兄妹关系。"此时屋中光线充足，葛不垒想起和周浅浅来这里时的昏暗，想起周浅浅也许还待在一个人"特好"的家中，便说："羊肉串就不吃了。杏花，你要有力气，就再给我一次吧。"

沈杏花："啊！力气倒有，不过总觉得这样就不纯洁了。"她一脸不高兴地从她的床跳到了葛不垒的床上……

沈杏花来自西部干旱地带，她刚到都市半年，挣出了他父母一辈子都不可能挣到的钱。葛不垒问她："多少钱？"沈杏花自豪地说："六千。"想到她收费低廉，为这六千应该经历了几十个男人，葛不垒好奇地问："你第一次给了这城里怎样的人。"沈杏花仍然自豪："不是城里人，是我的小学同学李长征。"

李长征和沈杏花青梅竹马，一块上到了小学四年级，双双辍学。当他俩长到十九岁时，在村后的黄土坡挖了一个洞，尝试了青春。葛不垒问："长征他人呢？"

沈杏花："谁知道在哪，他人太笨，除了卖力气，什么都不会。也许在哪片建筑工地给砸死了。"

沈杏花说："大哥，讲讲你吧。"

葛不垒："我不如你，快三十了刚知道这是怎么回事。"

沈杏花："嗨，我们那缺水，人就比较野，早有早的好，晚有晚的好。大哥，这么说，你有大姐了？"

葛不垒："有，没你好。她层次较高，我和她说不到一块。"

沈杏花："大哥，以后你要和大姐说不到一块。你就找我吧，我给你打五折。"

——以上是葛不垒和沈杏花办事后的闲聊，彼此都觉得增进了感情。一会，巴西老头敲门，独眼闪闪地问两人是否要续租一个下午，葛不垒问沈杏花："你还要再待会吗？"沈杏花反问："你还要再待会吗？"葛不垒："要不就别待了，你也挺忙的。"沈杏花点点头，对巴西老头说："走了。"

出了地下招待所，沈杏花要给葛不垒买羊肉串，葛不垒拒绝了。分手时，沈杏花眼圈一红，说："大哥，我总在这片溜达。你要想我了，原地不动地站着，两个小时内总能碰上我。"

葛不垒挥手迈步而去，备感轻松，一摸，发觉后臀的疱疹消失了。“我对她不过敏！”这个念头雷鸣般响彻葛不垒大脑，回身再望，街头已没了沈杏花。

五

仰望着十一层，葛不垒感到一阵晕眩，在一楼居委会给父母打了电话：“爸妈，我想搬回去住了。”此次离家，他只做了简短的说明：“我和人同居。”父亲问：“是女的吗？”葛不垒说“是”。父母的反应极为强烈，给了五百块钱表示支持。

他在父母眼中一直是个孤苦的形象，听到搬回家的打算，父亲说：“出了什么问题？如果是钱的问题就等于没有问题，咱家有的是钱，要不再给你五百？”葛不垒挂断了电话。

打开十一楼的房间，墙上的钢管一阵鸣响，周浅浅倒卧在里屋床上。葛不垒飞快地找好衣服，将电脑插销拔了下来。当他抱起电脑，周浅浅睁开了一只眼睛，问：“你要走了吗？”葛不垒说：“是。”周浅浅在床上伸了个懒腰，说：“俗人。”又翻身睡去。

葛不垒抱着电脑走出门后，又抱着电脑回来，一下坐在床边。周浅浅再次睁开了一只眼睛，问：“你怎么又回来了？”葛不垒气哼哼地说：“我不是个俗人。”然后把他和沈杏花的事讲了出来。

周浅浅两眼圆睁地听完，盘腿坐了起来，吼了一声：“滚蛋。”葛不垒放下电脑，委屈地说：“为什么你能和别人好，我就不行？”周浅浅一时找不出反驳的话，隔了一会说：“世道已经变了，现在对男人要求比较严。”

葛不垒："什么时候变的？"

周浅浅想了一下，说："二十世纪九十年代。"

葛不垒陷入了沮丧，周浅浅反而安慰他："算了，你也别太自责。要不我请你吃涮羊肉吧。"葛不垒几乎崩溃，哀求道："别再跟我提羊肉。"周浅浅说："那我请你喝酒？"

葛不垒拿了钱，从楼下买了十瓶啤酒，抱上楼后，和周浅浅喝了个烂醉。周浅浅喝醉后总是情欲高涨，于是葛不垒被冷落了数日后终于又和她好了一次。当他稍感心理平衡，却觉得后臀肿痛，疱疹再次出现。

周浅浅和葛不垒躺了两个小时，清醒后问："你最喜欢我的哪个部位？"当时葛不垒正在摸索自己的疱疹，周浅浅误会了，得意地笑了，说："好，再教你一个生理常识，我的处男。"她说做爱令女人上臀肌发达，臀部圆成一整块是很难看的，压缩上臀肌保持臀部弯弧，是二十岁以上的女人都要学习的技巧。

她说她已成功地掌握了这一技巧。葛不垒心中一动，很想讲给沈杏花听，便问："什么技巧？"周浅浅跳下床去，从手包中取出了一盒烟，拆散了一根，加进了一些味精般的黄色颗粒，再卷上，递给葛不垒，说："就是它。"

葛不垒说："我又不用收缩上臀肌。"周浅浅说："你们男人也需要，好多中年男人屁股圆得跟苹果似的，你可别变成那样。"她说这些黄色颗粒也来自巴西所在的南美洲大陆。地球文明基本由北半球建立，那么南半球的人千万年来在干什么？他们在享受生活，来自南半球的东西都符合人性。

葛不垒半信半疑地抽了一根，感到略有恶心，人却一下精神了很多。周浅浅也吸了一根，两人精神抖擞地躺在床上，目光炯炯地看着对方，葛不垒说：“我对你没有欲望，但有点有劲没处使的感觉。”

周浅浅：“第一次吸，都这样。你要是有劲没处使，就去画插图吧。”葛不垒去安电脑了，电源插上后，周浅浅说：“算了，你还是把劲使在我身上吧。”

两人抱在一起，葛不垒脑海中出现巴西的幻象，木板床逐渐变化成阳光下滚热的沙滩，耳畔响起海鸥的鸣叫。周浅浅身体的色泽逐渐深重，最终变成一个黝黑的混血少女，她闪着一口白牙瞪着两只大眼，好奇地看着葛不垒。葛不垒说了句英语：“你好，我来自亚洲，一个黄种人。”

当葛不垒回到现实，周浅浅又点上了一根烟。闻着烟气，葛不垒的精神慢慢复原。看着电脑闪烁的荧屏，两人聊起了刻薄的书商，又聊到了这个月房租。葛不垒说：“我爸爸以为我和一个好女孩在一起，准备再给我五百块钱。”

周浅浅急吸了一口烟：“什么意思？”

葛不垒：“你是干那个的吗？”

周浅浅：“不是。我所做的是——安慰艺术家。”

她在男朋友庆祝考上美院的夜晚后，一度厌恶所有搞艺术的人。但她从高中时代被男友吸引，因为他向往进入艺术圈，隔了两年后，她重新思考那个糟糕的夜晚，觉得自己付出了代价，就该进入这个圈子。她又找到了男友，他一见到她就哭了。两人好了一段时间后，他的男友看上了一个人体模特，她也被一个美院老师追到了手。

她天性善良，尤其受不了一个有艺术气质的人向她敞开心扉。她听了许多泣不成声的诉说，被人连连得手。一些女画家实在看不过去，出于道义，劝她：“你太容易上当了，干脆收钱吧。”随着年龄的增长，她渐渐成熟，终于采纳了这一建议。

她将自己视为记者。“记者？”葛不垒有点诧异。周浅浅说：“记者是个保守说法，我觉得我是灵魂的工程师。”收钱后，艺术家们还是哭哭啼啼，这说明他们是真的脆弱。她从一个轻信的纯情少女，发展到深通人情，像哄小孩一样轻抚过一些大艺术家的后脑勺。

她开始爱上了自己的职业，虽然目前只将安慰的范围局限在艺术圈，但也曾想过能将温暖送给更广大的人群。葛不垒趴在她胸口肃然起敬，问：“昨晚那个穿马甲的，也是真的脆弱？”

周浅浅：“他就是我男朋友，一个礼拜前刚结婚，铺红地毯照婚纱摄影。他痛恨自己变得庸俗，就找我缓解一下情绪。”

葛不垒：“他也太容易对自己不满了！他家什么样？”

周浅浅：“他媳妇在家，没敢去他家，去的是他在郊区买的农家小院，有两棵桃树……”葛不垒想象着周浅浅在桃树下笑容可掬的模样，坐起身，说：“你活得这么丰富，为什么又让我住在你家？”

周浅浅掐灭了烟，说：“你是一个我要拯救的对象。”

因为周浅浅的关系，葛不垒进入了艺术圈，两人常常坐在大巴上层的第一排，俯视众生般地向东而去。葛不垒认识了多位画家，一个老画家指点他：“画画这行当很排外的，不是美院毕业的没人理睬。不如你去搞观念艺术。”

周浅浅又带他找到了一个观念艺术家，观念艺术家说：“别听那帮画画的瞎说，我们也是很排外的。”周浅浅的计划迅速失败。葛不垒还是靠着画插图为生，隔一段时间回家取五百块钱。父母盼他早日结婚，一次给了他一千块钱，要他把同居女孩带回家看看。

这个要求，令葛不垒备感为难，不料周浅浅满口答应。她穿着一身素雅长裙去了他家，自信能博得葛不垒父母好感，不料两位老人看见了她胳膊上的阿拉伯弯刀，就再也说不出话来。

几日后，父母要求葛不垒搬回家住，他母亲甚至还以死相逼。葛不垒离开时，向周浅浅要了根烟，吸完后精神矍铄地搬着电脑而去。

打的离开塔楼时，葛不垒从车窗见到对面街上沈杏花吃着羊肉串溜达，动了想让车停下的念头，但张嘴却发不出声，就让她的身影过去了。

六

回到家后，葛不垒后臀的疱疹就渐渐好了，他全身心投入到画插图中，偶尔受到周浅浅的电话骚扰。她的第一句话是固定的："我的处男，你好吗……"周浅浅总是在醉酒后打电话，明确地讲述自己在某某饭馆，然后开始对葛不垒痛骂，一说便长达一个小时。

想到和她第一次相见，也是在一个小酒馆，她离桌子几步远处摔倒，应该是打电话刚回来，也许就是在痛骂一个男人，她有把陌生人带回家的习惯。这种女人都是有怪癖的，现在的粗俗骂声才是她的本来面目。因为我的出现，前一个人金蝉脱壳了——葛不垒如此想着，对话筒说："别骂了！别忘了，你不是个灵魂的工程师吗！"往往这个词汇一出现，周浅浅就挂断了电话。

葛不垒也担心她酒后出事，多次想去小酒馆接她，但没有一次出发。周浅浅的骂人内容多集中在"你是个虚伪的人，你是个骗子，你是个吝啬鬼……"往往以"你是个处男"作为结束。葛不垒如果反驳："早就不是了！"话筒里就会传来周浅浅的哭声。

后来，周浅浅就不再打电话了。葛不垒又多认识了几个书商，一小笔一小笔地攒着钱，期待着在三十一岁的时候能找到个贤惠女子结婚，在三十五岁前生下个小孩。一个晚上，他赶完了手里的活儿，两眼疲乏不堪，想到又有一笔钱即将到手，忽然很渴望放纵一下自己。

他去了那家素食餐厅。坐在曾经坐过的柱子后，他爽朗地对服务员说了声："凉拌土豆丝！"服务员问："就这一个菜？"他嘿嘿一笑："对了！"

津津有味地吃着土豆丝，葛不垒做好了遇到周浅浅的打算。她会像上次一样，到我这吃口土豆丝，然后钻进别人的汽车里，不会有麻烦发生——葛不垒如此想象时，一个女人坐在了他对面，她已皱纹满脸，却剪了少女的刘海，声音甜美地说："我在这见过你，你认识周浅浅。"

葛不垒转了转眼，说："你是个女画家。"女画家含羞地点点头，说："周浅浅去世了。我们凑钱给她买了个墓地，明天骨灰下葬，你要想参加就也凑一份钱。"葛不垒："一份多少？"女画家："一千。"葛不垒："今天我没有，明天我带着。"

女画家留下墓场地址，转身去了别桌。葛不垒低头将土豆丝吃光，又管服务员要了杯白开水，慢慢喝完，然后走到女画家的桌前，问："她真死了？"

所有的艺术家都想去巴西，他们热爱南半球，恐惧上臀肌过分发达。他们熟悉南美洲的植物，近期一人搞到了种久仰其名的植物产品，兴奋地召集大伙尝试。周浅浅也去了，却产生了过敏反应，大伙觉得她能缓过来，没想到耽误一会，再送医院她就已不行了……

女画家说完，含羞地低下头。葛不垒骂了声："孙子！"女画家迅速抬头，嚷起来："你说清楚，你说谁呢！"整个餐馆的人都转过头，有几个男子聚了上来，口里吆喝着："红姐，出什么事了？"女画家一指葛不垒："他骂我！"葛不垒的衣领便给人揪住了，女画家说："算了，看在浅浅的分上，我不跟他计较。大伙知道吗，他就是那个画插图的。"餐馆响起一片惊讶感叹声。

女画家拨开葛不垒衣领上的几只手，严肃地说："不跟你计较，但你得道歉。"葛不垒说："对不起。"然后向门口走去，走了几步又回来了，问："周浅浅对你们说过我？她是怎么说的？"

女画家说："对你印象不错。"葛不垒转身再次向门口走去，女画家嘱咐了一句："明天记着来啊！"

葛不垒没有回家，他去了周浅浅家前的小吃一条街。站了两个小时后，见到一条身影从黑暗中闪出，奔向烤羊肉串的摊位。葛不垒大叫一声："沈杏花！"人影一下呆住，响起一声："大哥！"葛不垒霎时泪流满面。

沈杏花扶着葛不垒走入地下招待所，巴西老头得意地说："今天我们这人又特少，你出一张床的钱，我还能给你个四张床的房。"进房后，沈杏花紧紧地抱住他，说："大哥，李长征没被砸死，他给我写信了！"葛不垒也很激动："长征？他还活着。给我看看信。"

两人打开灯，信上写的是："杏花，你没找错人，我现在已经挣了一万块钱了！我从没忘记你，我一直记得在黄土高坡上有一个洞是咱俩挖的。一直没给你写信，是因为我想先混出个人样来。经过你想象不到的艰苦奋斗，我有了一万块，给咱俩以后的日子打下了坚实的基础。我回家乡了，你也快点回来吧，我在洞口前等着你！"

葛不垒说："你俩的钱加起来有一万六千块了。"沈杏花骄傲地说："是一万七。"葛不垒大惊，"你又挣了一千。"沈杏花准备再挣三千，回家时正好跟李长征凑齐两万。她不好意思地告诉葛不垒："大哥，因为要攒钱，我不能对你半价了。"

沈杏花睡着后，葛不垒溜出房，走到柜台前，巴西老头正在听着收音机。葛不垒很想聊天，便搭话说："大爷，我觉得你是个很不一般的人。"巴西老头独眼闪烁，长叹一声："被你看出来了。你知道我的眼睛是怎么瞎的？我以前是练剑的，国家二级运动员。"

巴西老头是武术运动员，曾经在全国武术大赛上获得银牌。他创编了一套武当剑对练的套路，不料队友过于紧张，在第一次表演时一剑将他刺伤。老头的坎坷令葛不垒颇感意外，原想安慰几句，但等老头情绪稍一平缓，葛不垒马上说："你还记得第一次陪我来这的姑娘吗？她死了！"声泪俱下地讲出了周浅浅的一生。

他讲着讲着，发现巴西老头情绪越来越激动，独眼的眉毛挑动不已。葛不垒急忙收住眼泪，压制住语调的起伏。他提着小心讲完，巴西老头太阳穴处青筋暴起，独眼中一股杀气，一字一句地说："明天的葬礼你一定要去，把那帮人的眼睛都给挑了。你今晚别睡了，我教你剑法！"

为防巴西老头心脏病暴发或脑血栓暴发，葛不垒拿着一根筷子陪他在走廊里练了半宿剑法。巴西老头累得气喘吁吁后，葛不垒终于回房，摸了摸床上的沈杏花，一下就睡着了。

第二天葛不垒起得很晚，没有了回家取钱的时间。沈杏花等着葛不垒付钱，所以醒了就一直躺在一旁。葛不垒说："杏花，你能借我一千块钱吗？"沈杏花一下坐了起来，叫了声："大哥！"

经过一番苦劝，沈杏花终于同意借钱。两人交钥匙时，巴西老头从柜台下拿出一把龙泉宝剑，说：“我后半夜回了趟家，特意给你取来的。它喝过人血，所向披靡。”

葛不垒：“它杀过什么人？”

巴西老头：“我这只眼睛就是它刺的。”想到多说无益，葛不垒就背着剑走出了地下旅社。

沈杏花从街边的自动取款机中取出了一千元，嘱咐道：“你可一定要还我。我今天不工作了，就在羊肉摊前等着你。”葛不垒拿了钱打了辆的士，车刚开起来，司机嘀咕：“那女的怎么追车呀！”葛不垒向后望去，见沈杏花正在玩命地奔跑。

车停下后，沈杏花浑身是汗地钻进车来，嘿嘿一笑：“大哥，我想了想，我还是跟你一块去坟场吧！”

葛不垒：“行，去完坟场，你就跟我回家，前账后账一块给你。”沈杏花激动得在葛不垒脸上亲了一下，高兴了一会后又焦急地说：“大哥，我不是对你不放心。”葛不垒说：“我知道。”张开手臂，将她搂在怀中。

葛不垒一手拿剑一手搂着沈杏花出现在墓地，很快被女画家发现，走上前要走了一千块。周浅浅的墓志铭是：“得意浓时是接济，受恩深处胜亲朋。”女画家解释这是一个大艺术家专门从《红楼梦》中挑出的诗句。

她的骨灰由两个黑衣小伙子郑重地放入墓穴，封顶后众人肃立，开始烧祭品。沈杏花惊讶地发现，在纸糊的楼房汽车中，还有纸糊的周润发齐秦，指着呀呀地叫起来。站在沈杏花身旁的是一位秃顶的老艺术家，他温和地向沈杏花解释：“是我画的，她生前喜欢他俩。虽然趣味不高，总是她的心愿。”

葬礼完毕后，女画家招呼大家去素食餐厅聚餐。沈杏花想跟葛不垒回家取钱，葛不垒说：“咱们交的一千块里包括这顿饭。”沈杏花也就同意去了。艺术家们开着各式轿车拥挤而去，只有葛沈二人为打不到出租车还在徒步走着，快走出墓场大门时，一辆白色本田停下，是那个谢顶老艺术家。

他优雅地说：“我带你俩吧。”沈杏花叫了声：“老哥，是你。”毫不犹豫地开门坐了上去。

到了素食餐厅后，葛不垒向柱子下的老位置走去，沈杏花说：“大哥，我到老哥那桌去坐坐。”便随着谢顶老艺术家到了人最多的一桌。女画家走过来拍了葛不垒一下：“你怎么一个人坐这？没法给你上菜，跟大伙坐一块吧。”葛不垒说：“我交的一千块里有这顿饭吧？”女画家笑笑：“有呀。”葛不垒说：“那就别上菜了，给我来十瓶啤酒。”

喝到第五瓶时，他看到沈杏花拽着谢顶老艺术家走出了餐厅大门。葛不垒追出去，说：“杏花，你还没跟我回家取钱呢！”沈杏花说：“你先给我存着吧，我相信你。老哥邀请我去他家看看，他家可好呢！”老艺术家对葛不垒发出谦虚的一笑。

葛不垒回到餐厅，见一个人坐在自己的座位上玩着巴西老头的宝剑，正是马甲男人，周浅浅的大学男友。他瞥见葛不垒，将剑插回剑鞘，说了声：“好剑。”

葛不垒坐下，给马甲男人倒了杯酒，马甲男人仰头干了。葛不垒叫了声：“好酒量。”又给满上了一杯，马甲男人说：“讲讲这把剑的来历。”葛不垒就说出了巴西老头被刺伤的往事，马甲男人欣喜道：“这是把凶器！”

当两人喝到十瓶时，马甲男人抱着剑抽泣不止，说：“兄弟，只要你把这剑给我，什么条件我都答应。”葛不垒想了一下，说：“我想当个观念艺术家。”

七

周浅浅安葬那天过后，沈杏花就再也没出现在羊肉摊前，而葛不垒在两年后凭着《摔倒》的系列照片，终于成了观念艺术家。

他的同学们又找到了他。葛不垒很希望他们聊起初见周浅浅的夜晚，但也许出于对他身份的尊重，同学们谁也没提那个摔倒的醉酒女，只是一个劲追问：“你怎么还是处男？”葛不垒坚持自己的处男称号，已有两年，以纪念周浅浅电话骚扰时的开场白：“我的处男……”

她逝世的两周年祭日很快到了，葛不垒上坟时发现又是一帮人，其中有久未谋面的沈杏花，她挽着一位青年艺术家的手臂。葛不垒上前说：“杏花，那一千块钱我什么时候给你？”沈杏花：“大哥，这是太小的钱了，你还记得？先存你那吧。”想到在洞口傻等多年的农村青年李长征，葛不垒为他一阵难过，转身走了。

祭礼后估计女画家又要号召去素食餐厅，葛不垒就自己开车先走了。他很想去地下招待所再住上一晚。到了却发现柜台前已不是巴西老头，就问：“原来那老头呢？”得到的答复是：“早不干了，老得回家了。”“他家的地址有吗？”“这都猴年马月的事了，没人存这个。”

葛不垒没了住下的心情，开车在周浅浅的塔楼前转了两圈，觉得还不如和大伙热闹热闹，便开车向素食餐厅驶去。但在一个红灯路口，猛然发现并排行驶的出租车司机似乎很熟悉，就随着出租车走了。出租车送完车上客人，去了一家四星级宾馆门口等客，葛不垒将车停在宾馆停车场，下车走到了出租车前，对司机说了句：“走不走？”司机礼貌地说了声：“你好！去哪？”

葛不垒想了想，说：“美术书城。”

二十分钟后，车停在书城，葛不垒嘱咐司机：“你千万别走，我买本书就回来，还要再坐你的车。”司机说：“那你得给押金，这书城出口太多。”葛不垒押了三十元，进入书城后躲在门后观察了司机好一会，嘴里唠叨着：“没变没变。”

书城的保安见葛不垒行为怪异，便远远走来。葛不垒急忙离开门，窜到书籍陈列架前，走两步发现有克里斯托夫·皮里茨的新版摄影集，就买了一本。

葛不垒拿着书，回到出租车，翻开书页向司机晃了一眼，登时吸引了司机的目光，葛不垒就把书递给了他。司机低头翻看了半晌，嘴巴发出啧啧的声响，看来对巴西产生了向往。

司机看完最后一页，方觉察到时间不早，忙说：“对不起，要不这等候时间只算您一半？”车启动后，司机又问：“咱们现在去哪？”

葛不垒：“故宫。”

司机：“这钟点去故宫肯定堵车。”

葛不垒转过身：“兄弟，你还记得我吗？”

司机的脑袋在前方车窗和侧面葛不垒之间频繁转动，终于大叫一声：“是你！你化成灰我也能认得你！”

两年前送葛不垒和周浅浅去故宫的司机再没了小伙子的形象，皮肤焦黄眼神憔悴。他从司机护栏中伸过一只手，两人紧紧地握手。葛不垒说：“你这么多年还是处男吗？”司机长叹一声：“我觉得没什么。”葛不垒说：“这本摄影书送你了。”司机又一次伸过一只手和葛不垒紧紧地握住。

度过堵车地段，驶进故宫区域，一排柳树迎面而来。司机问：“兄弟，你还记得你当年是在哪棵树下吗？”葛不垒扶窗望去，遗憾地摇摇头。司机一瞬间仿佛恢复了青春，两眼放光地说：“我还记得！”

车停在了一棵柳树下，葛不垒扒着车窗向外看了很久。司机说：“我陪你下去走走吧？”葛不垒摇摇头：“不下去。”

两人无言地坐了很久，葛不垒忽然说：“我和她原本不认识，你知道我说了句什么，她就跟我走了？”司机整个身体贴在护栏上，问道：“说了什么？”

葛不垒：“我所有的同学都以为我在谈价钱。其实我说，我背后的酒桌上都是我同学，没一个是我朋友，而且我从未交过女朋友，我想和你交个朋友。”

司机哑然：“她这就跟你走了？好人。”葛不垒说：“是好人。”一阵风吹过，柳树枝条招展摇曳了很久。葛不垒忽然有了想下车的欲望，但口中说的是：“咱们走吧。”

出租车驶出故宫卫河地带，行驶了二十米，遇到了堵车状况。车又向前挪动了二十米后，葛不垒拍出一张百元钞票，没打招呼，便开门下车。司机从侧镜看到他向回路溜达而去，对着镜中的影像，司机叫了声：“兄弟，保重。”

七日后，司机在公司交车时听到同事们议论，故宫卫河漂出一具男尸，据说是位名人。司机找到了当日的晚报，见上面登了张打捞尸体的照片，印刷效果极差。司机看了报道文字，自言自语道：“葛不垒——你化成灰我也能认出你。”

流氓家史

一

二十世纪末年的一日，一个十岁小孩站在北京王府井百货大楼前，嘴里叼着冰棍，手里拿着烟，边吃边抽。他叫张招考，他爸爸叫张金贵，他爷爷叫张天霸。

在二〇〇〇年，得了老年痴呆症的爷爷非常肯定地说：“是我杀了宋教仁。”全家人极度恐慌，查了历史书，发现那时爷爷应该还在卖苹果或梨。过了一个月，爷爷异常坚定地说：“闻一多是我杀的，你们查了历史书我也这么说。”父亲只好随声附和，但建议把“闻一多”三字改成“汪精卫”。爷爷在口头上杀了他知道的所有历史名人后，便死去了。死前一闪念，悟到了自己原来是荆轲。

爷爷在他这岁数，中国还没解放。在解放前，时兴打日本，爷爷没有打过日本，但他经常打人，他就是个打手，人在青帮。打手之前的生涯，是卖水果，每日嚷无数遍：“一块钱三斤——”再之前，因年代久远，爷爷又不说，考证不出来，但肯定是个穷人的孩子。

爷爷因为整日数梨，脑子得到锻炼，一日灵机一动，想明白了一个问题：要想活得行，去找黄金荣。黄公馆的人还没把他的名字问清楚，就带他去打人了。那时候爷爷还不会打人，一个瘦瘦的青年告诉他：“只要你使劲，不管打哪，别人都会疼。”

爷爷成了个打手。那个瘦瘦的青年，日后知道他叫杜月笙。

爷爷在上海这地方没女人喜欢，生活空虚。后来学着黄金荣这位流氓大亨，喜欢上了京剧。有一天就看上了个唱小旦的，跑到后台与小旦套磁，不料在后台发现了另一个流氓大亨——张啸林。爷爷没敢多事，就和一个老旦聊上了天。这个老旦日后就成了奶奶。

奶奶嫁给了爷爷，奶奶是个标准的戏子，每天在家中吊嗓子。爷爷一天到晚在外面出生入死，爷爷是个流氓。上海滩，赌场、马场、电影厂，他有空就去电影厂，爷爷喜欢女明星。有个跑龙套的女演员经常吃不上饭。当时最贵的小吃是冰激凌，爷爷用一个月打人挣的钱给她买了个冰激凌，希望能够得逞。女演员边吃边流泪：“想不到我也能吃上冰激凌，等我红了，天天吃冰激凌。”

爷爷听了一阵心酸，想想自己也是个苦出身，强压住非分之想，悲伤地走了。后来听说这个女演员要求进步，四处贴新思想传单，被特务扔下了黄浦江。从此爷爷就再也不吃冰激凌了。多少年以后，爷爷由于历史原因需要交代个人历史，想想当初要是霸占了她，就少了个进步女性，便写上了“曾对进步事业做出贡献”。

上海的女明星都要求进步，所以爷爷的明星梦始终没有实现。他和奶奶多年没有孩子，对此爷爷深为烦恼。那时的爷爷，已积累了多年的打架经验，黄金荣把他由打手提升成了杀手。恰巧此时日本人来了，围住了租界。这一年爷爷已三十六了，正好是一九九六年足球明星马拉多纳的年纪，该换个活法了，他当了汉奸。

但当了汉奸，孩子也没生下来。那时的国民政府提倡新生活运动，取缔了妓女，妓女们就转行做了舞女，但有个别妓女不会跳舞，失业在家，爷爷去求失业的妓女：“反正闲着也是闲着，帮我生一个吧。”

他求的人多了，大姑、二姑就有了。当把这两个孩子抱回家时，奶奶寻死寻活，跳了黄浦江，却怎么也沉不下去，原来肚子里已有了东西。八个月以后，父亲张金贵降生了。

家里一下子有了两个野种，一个正茬，虽然是汉奸，也猛地感到了生活的艰难。此时上海已是“若想活得行，去找杜月笙”了。爷爷去找了。杜月笙对他委以重任，一阵腥风血雨笼罩了上海，一家人的日子渐渐好转。

“恶人自有恶人磨”是旧社会的规律，那一年，“杀手之王”王亚樵受一群青年志士之托，决心做一件有益于社会的事，拔掉社会毒瘤杜月笙。杜月笙准备先下手为强，让爷爷去杀王亚樵。爷爷有生以来第二次思考，结果是，去杀王亚樵无异于自杀。因为，虽然专业技术伯仲之间，但王亚樵常混迹于文化人中，受了熏陶，经常灵感不断，突发奇想。

为了避免被“奇想”，爷爷逃去北平，留下了生死不明的杜月笙。后来听说杜月笙给了王亚樵一笔钱和一个美女，王亚樵就丧失了灵感，最终被一群三流杀手弄死在一个一流宾馆里。

二

当爷爷带着七口之家出了北平火车站，吸着不同于上海的晨气，悲哀地想到自己结束了杀手生涯，决定去当汉奸。北平的日本人给他的第一项任务，是请大画家张大千为日本人作画。

爷爷来自十里洋场，最会吓唬人。他把一个地雷埋在张大千院子中，一只脚高悬其上，意思是“你要是不画，我就一脚踩上去”。张大千从此闭门不出。爷爷金鸡独立了七天之后，实在太困了，就跑到一边睡了个觉。醒来后忘了地雷埋在哪，他一蹦一跳地想溜出张家小院，但还是踩在了地雷上……

自那以后，爷爷的汉奸生涯也结束了，五口之家落魄在北平。五口之家靠着爷爷当打手、杀手、汉奸挣下的血汗钱度过了一年，就没钱了。大姑、二姑长成了一对姊妹花，奶奶望着她俩，一咬牙，左右手各拉一个上了马路，开始了卖唱生涯。每天傍晚时分，母女三人化装成老太太沿着长安街一路唱去，终一日被人贩子看破，卖给了外国人。几经周折，被法国人弄成了艺术大师——这是后话。

家里只剩下父子两人，看着父亲，爷爷决定叫他张金贵，盼望他能挣钱。父亲不愧是流氓的后代、杀手的儿子、汉奸的种，在大马路上，两次从人贩子手中逃出，两次打倒了人贩子，两次威吓住了人贩子，两次骂了人贩子，两次说服了人贩子，最终认识了贩人集团的头儿。头儿是个研究西洋哲学的人，上过北大，他对父亲讲明了他干这行的缘由："西洋哲学非常辩证，讲的是'物极必反'，坏的开始往往有好的结果，开始越坏，动机越不良，收到的成效越好。贩人这一行，够坏的吧？可使中华人种遍布世界的也是我们，这叫人口流通，比货币流通高级多了。"

父亲折服了，决定把爷爷卖到美国。丰富的杀手生涯使爷爷在单腿蹦的情况下躲过了无数次熏香、暗袋、闷棒、冷枪。每次父亲在家中数钱时，往往爷爷的单腿也进了门。这个打不倒的汉子，使父亲悟到了一点：中国的东西能卖得出去的是国宝，卖不出去的就是民族的根了。

三

六岁的父亲在头儿的资助下上了小学——"牛哄哄小学"。这所学校是北平的贵族学校，集中了达官贵人的下一代。父亲与这批自小见金玩银的家伙比起来，有着太多的社会经验，很自然地成了班长。

这批小孩的父母都是人中龙凤，一个月的零花钱够建造三所北大。父亲稍微收收班费，日子也就好起来。父随子贵，在父亲的大力推荐下，爷爷成了贩人集团的技术顾问和众多权贵的保镖指导。爷爷虽残了一条腿，但多年的实践活动使他具有一种杀人不眨眼的人所特有的威严，令北平人士肃然起敬。他是个难得的内行，经他指点的杀手充斥着北平大街小巷，北平人民的生活危险程度飞速向上海靠拢。

威严的爷爷征服了权贵的心，经常被请去复述当年的传奇岁月。爷爷是个无口才之人，但不是个无心之人，为了生活得更好，他经常到茶馆去听一部叫《福尔摩斯》的评书。

爷爷的回忆大受欢迎。“在一个有风有雨的夜晚，听一个独腿老流氓讲述杀人的故事”——这一场面在二十世纪四十年代初，成为北平人追求的时尚，爷爷成了社会中的坐标。年轻人因与爷爷握过手，向女友炫耀“我也不是吃素的”；中年人以与爷爷喝过酒，作为自己成为社会强人的起步；老年人以不认识爷爷，表明自己一世清白；日本人因爷爷有过汉奸经历而自豪，逢人便说“那是我们的人”。

爷爷因社会活动太多，顾不上父亲了。父亲犹如一棵野草，全无顾忌地成长着。他的才能随着身高而增长，当他成功地把二百三十名韩国妇女卖给在东北的日本人，把三百二十名流亡在上海的犹太人卖给在苏联的德国人后，北平贩人集团发展成了国际企业。

父亲终于和同学们一样有钱了，但还是总收班费，以致引起抗议。父亲早有准备，带着全班同学去春游。在风景区的山顶，父亲指着远方说：“那里是欧洲。”众公子小姐立刻号啕大哭。

他们去了欧洲。从此父亲就一个人听课了，但直至小学毕业也没人追查此事。父亲看得很准：那帮龙凤们每日花天酒地，事事如意，唯子女是后顾之忧，转瞬间下一代烟消云散，生活变得完美，他们高兴还来不及呢。

父亲小学毕业后上了北大附中。这里是知识的海洋，父亲浸泡其中，给“贩卖人口”这一行当增加了新的理念。他所在的贩人集团把全国人民调动了一遍，使得河南人说广东话，四川人说陕西话，四方口音交融，逐步形成了普通话。

一山不能容二虎。学了几何、历史、地理的父亲在内讧中，把原来的头儿，那个研究西洋哲学的家伙卖到了灾难深重的台湾。台湾当时被日本霸占，他给日本人砍木头去了。

父亲上初中时，北大流行“实证主义”。父亲受到极大启发，从此稳坐贩人集团主席，平定了所有不安定因素，将不顺眼的人都卖了。事过多年，父亲把实证主义归纳了一下：“偷偷摸摸，少说多干。”

在父亲十六岁升上高中时，遭受了有生以来第一个挫折。父亲品学兼优，有勇有谋，多年的贩人活动，使他视人如草芥，气宇如王侯。为了纪念自己顺利升上高中，决定干一件爱国的事。一个风高月黑的夜，父亲从日本大使馆劫走了七个日本小孩，他们被扎入麻袋准备以高价卖给非洲人。当时北平的汉奸很多，“张金贵”的名字很快送到日本军部，军部司令批示“要以德服人”。父亲享受了日本人发明的各种刑具，被“折服”了一番。

在卧床养伤的日子，父亲决定不单要爱国而且要抗日。他找了张日本地图，天天用针扎。过了几天，听说两颗原子弹落在了日本的土地上。日本投降了，中国胜利了。

父亲带领的贩人集团仍然不依不饶，一些未及时回国的日本人往往双眼一黑就到了沙漠中。后来他们创造了忍渴、忍饿的世界纪录，日方一面自吹“又一次证明了大和民族的优秀”，一方面要当时的国民政府做出交代。国民政府答复：“是黑社会干的。”——被国民普遍认为是一次外交的胜利，父亲的事迹被编入了评书和大鼓。

父亲成为民族英雄后不久，解放战争就全面爆发了。拥有庞大运输系统的贩人集团准备从逃跑的国民政府那大捞一笔，不料国民政府已神秘莫测地去了台湾。父亲大惊失措，后来听说那些大官有不少出身青帮，不由得对黑道前辈的手段佩服不已。

四

中国人民迎来了解放，解放军进城。戎马生涯久矣的士兵渴望文化，城中的劳苦大众也要求扫盲，北平城中掀起一股学习热潮，许多人都成了教师。

父亲也在一个辅习班执教，讲授《犯罪心理学》。但因父亲讲得过于绘声绘色，一个个流氓形象生动无比、罪行场面充满悬念，以致一些久经战火考验的老兵也不时杂念丛生，想在十里洋场、京华春梦中一试身手。

望着讲台上口若悬河的父亲，讲台下的全体学员产生了“他是个什么人”的疑问。经过调查，父亲被劝走了。爷爷奋勇接下执教任务，以一句“月黑杀人夜”开始了教师生涯，学员立刻感到“这个比那个更甚”。

每次下课，所有人的眼神都不对，互相低着头，不敢对视，生怕擦出火星，引来不可收拾的恶果。当学校开会时，参加辅导班的人都被调到了后排，因为他们的气质日渐独特，让人看见了十分不妥。尤其怕领导提出："学了文化，为什么会是一副心怀鬼胎的样子？"

终于，爷爷也被劝走。这件事对爷爷造成了致命打击，毁了他全部的自信。省悟到自己伤天害理，就得了精神病，从此不再睡觉，终日一把牛耳尖刀在手，双目流转不停，总在念叨："谁来杀我？"

父亲遍寻京城名医，却只是得到一些"为人不做亏心事，不怕半夜鬼敲门"的感叹，有人劝他："还是烧烧香吧。"父子俩只得去烧香了。

寺里是个年轻法师，对外面的新世界十分好奇，开口就问："有什么新鲜事吗？"

父亲说："现在新出来一个叫侯宝林的，说相声特棒。"

法师又问："还有什么新鲜事？"

父亲："我们当家做主了，可以到故宫的龙椅上随便坐。"

法师大为兴奋："门票多少钱一张？"

父亲："一角。"

法师："有点贵。"

父亲忙把话题引开，表明此行专为爷爷治病。法师转头细看爷爷，见一个贼眉鼠眼的独腿老头立在面前，袖子中似乎还藏了把刀，随时准备刺过来。法师感到一丝凉意穿胸而过，心想：先把他搞晕再说。

法师："你怕么？"

爷爷："不怕。只要我不睡，任何人都伤不了我。"

法师："无一事怕？"

爷爷："只怕一事。当我小便时，有人来袭，怎么办？你只解我这一事，我病全消。"

法师："只一心小便，不顾其他。"

爷爷："如有人伤我性命……"

法师："小便要紧。"

爷爷顿觉天旋地转。斗转星移，几十年命运挣扎，还不如专心小便！一时间身无所依，先哭后笑几番，竟然开悟了，叫道："厕所在哪？"

法师叹道："好悟性！既然立地成佛了，就放下屠刀吧。"

爷爷弹了弹刀尖："不行，我得留着。"

法师赔着笑："高明，好一个佛要成刀要拿。"

父亲觉得留个拿刀的佛在家里终归不是什么好事，就对法师说："您收下他吧。"

爷爷在旁边挥舞着小刀："收不收？"

法师："收。"

爷爷剃度以后，法师从其兴趣爱好考虑，让他去了少林寺。

五

爷爷走后，父亲考上了大学，北大考古系。心里的考虑是："以后就知道什么东西值钱了。"父亲解散了贩人集团，考着古，开始了恋爱。当时校园里流行自由恋爱，受家庭影响，父亲对自由恋爱的理解就是"类似于嫖的一种行为"。在一个月黑风高的夜晚，父亲遇到了母亲。

母亲是个清华学生，理科，来到北大想感受一下文科大学的气氛，却见到了父亲。多年的犯罪生涯使父亲的气质十分沉静，母亲一眼望去，他像郁达夫，像徐志摩，像普希金，像雪莱。

父亲看到这个清瘦女孩，忽然想起年幼时丢失的姐姐，姐姐的模样已记不清了，只是和这女孩一样有种傻乎乎的劲，不由得流下泪来。

母亲见到长椅上的人无故流泪，就证实了自己的推断，这是个诗人。

碰上一个北大诗人的机遇难得，母亲鼓起勇气上前攀谈。面对这个谈诗的女孩，父亲真想把她卖了。她提出的文学问题令父亲痛苦不堪，就借口回宿舍作诗，草草结束了这一交谈，但晚上却失眠了，作了一首诗：

我很精明你很傻，
精明面对错误，
傻中有着美，
我想精明一下你的傻。

写完之后，品来品去，总觉得不怀好意。跑到文学系找来徐志摩、郁达夫的诗对照，大致相同，这才放下心来，明日送给了她。母亲看了诗，觉得不大对劲，仔细研究了一下郁达夫、徐志摩，见大致相同，就觉得没事了。后来母亲又收到好多诗，总是以“想精明一下你的傻”作为结束语，母亲猜测这种格式属于一个诗派，但怕显得自己孤陋寡闻，就没敢多问。

母亲虽察觉出此人绝非“爱国诗人”，但他的气质非常好，又听说他的父亲便是被称为“小便法师”的一代高僧，而他又有着悲惨的童年和沉静的眼，就开始了恋爱。父亲耐心等待着精明一下的机会。

六

时光飞逝如电，父母两人沉浸于爱情难以自拔，对于社会演进毫无反应，以致长相也毫无变化，少男少女地进入了六十年代。工作组此时进驻了北大清华，“文革”开始。父亲惊讶地发现自己还很年轻，正要有所作为，不料风流人物已应运而生，晚了一步。

当国内大查海外关系的时候，父亲一日收到了几十封海外来信，是那些被卖到欧洲的小学同学。他们大都命运极佳，欧洲富人认为白种孩子司空见惯，养着没劲，时兴收养亚洲小孩，所以他们长大便是大款。命运不好的，也个人奋斗，欧洲在黑手党之外又多了竹联帮、洪门、青帮。命好命坏的一致觉得赚白种人的钱都赚得没有感觉了，为了给人生找到意义，想回国赚钱。

来信：“落叶必有归根时，飞鸟亦有归林时。”

父亲复信：“如以鸟比喻，我已在林中，劝君仍作万里长空行。”

海外同学再来信：“万里空行非常行，我是中国人，我有中国心。”

父亲回信：“傻×。”

海外同学就此不再来信了。父亲却因海外关系，写了许多检查，反复写的就是一句：“我都说他们傻×了，还不行吗？”当年听他讲过犯罪心理学的学员，现在有人在工作组，就说：“行了。”父亲从此退学回家。

母亲却在那时下乡了。她的大学本科上了十几年，而且一直青春着。校领导都认为她有问题，正逢上山下乡，她学的专业又是地质，于是派去了边远山区。

封建迷信已在大地上一扫而空，当时的少林寺主持是小便法师，他还俗了。爷爷归来，使父亲重温家庭生活。为了消磨时间，父子俩便练习武功。爷爷总是一招制敌的流氓招法，作为大学生的父亲十分鄙视，提出“毫无文化内涵”的批评。

爷爷当了法师后形成很强的自尊心，立刻拿出了个箱子，箱子上刻有“少林宝贝”几个大字，说道：“不要瞧不起我少林。”接着又抽泣起来，“罪过罪过。我成佛以前，做贼多年，少林被烧时，本能地觉出是个趁火打劫机会，就偷了东西。小便法师的名字本就不雅，以后只怕变成小偷法师了。”随即号啕大哭。

父亲急忙劝说：“爹，俗话说家贼难防，您就别难过了！”爷爷止住哭声，恍然又有所悟：“对，佛就是贼，贼就是佛。”打开箱子看去，只是一本古书，封面是“九阴白骨爪”几个大字。细阅，文字古奥，深意难解，爷爷也搞不大清楚。原想就此身怀一身绝世武功的父亲，只得作罢。

父亲平时很少出门，只有当别人“破四旧”时，才飞奔而去，引经据典，辩白“这些古董价值不大”或“假货”，想劝人放弃后自己取走。但往往被斥为“反动权威”，遭到痛打。但父亲终归是父亲，转变了立场，运用考古学的知识帮人寻找目标，于是受到优待。从此事务繁忙，受各路人马邀请，四处考证，毁物数以万计。

七

一日父亲抄家归来，远远瞄见一熟悉身影被群众所拥，竟是治好爷爷精神病的法师，便悄悄尾随，走进了一个体育场。那里聚集了两万多人，法师被推到台上，又进来了两万多人，拥来一个身披彩衣的女子，似是个新娘子。

大会主持将一朵红花戴在法师胸前，说：“破了你的四旧。”随之鼓乐齐鸣，众人欢呼。主持举双手示意众人安静：“今天，为封建制度提供思想毒素的法师，必须结婚！戳穿他的假面具！”

父亲挤在台下，看法师好像非常高兴。再仔细端详那女子，自己也觉得被戳穿挺值的。只听主持继续说道：“这个和尚是社会的寄生虫，愚弄咱老百姓。这个女人也是寄生虫，她是资本家的后代，这叫以毒攻毒。好！祝你们新婚快乐。”

群众立时肃静，等待着一代大师面对奇耻大辱的反应。父亲听爷爷讲过历代高僧遇此情况无不跳入虚空，左胁出火，右胁出水，四面爆破而死。法师深吸口气：“佛为众生不惜肝脑涂地……同流合污在所不惜。”

主席：“你怎么总有话说！但我们的目的达到了，胜利结束大会。现在谁能为两条寄生虫的结合提供新房，巩固我们的成果？”

父亲举手：“我！”

那女人神情麻木地跟着法师到了父亲家。爷爷见到法师，分外高兴，张口便说：“家贼难防！”

法师：“英雄难过美人关！”这两句话一出，不由得相对黯然。

许久，法师问道：“你现在还随处小便吗？”

爷爷：“早就不敢了。”

听了法师和爷爷的对话，那个女人猛地晕了过去。父亲一直紧盯着那个女人，心想法师肯定不会破戒的，那么她就是我的了。不料那个女人被救醒后，产生了一种逆来顺受的心理，当晚就和法师合了房。爷爷一夜失眠，早晨起来在院子里练九阴白骨爪时，一分念头打入他的心：我好像也该结婚了！

法师结婚后，将这里当成自己的家，摆家具，修门除草。那女人夫唱妻随地跟着一块劳作，在院口处修剪花木时忽觉头皮一阵发麻，立刻站起身。见一个沉静的青年走过来："这是我家，我还不知你叫什么。"

"曾湘萍。"

法师结婚后受这女人影响很深，四处找《安娜·卡列尼娜》《约翰·克利斯朵夫》的书，打听凡·高和毕加索的事迹，一次在一个老居士的帮助下弄了台留声机，初听莫扎特，顿觉老婆的资本主义生活有两下子，从此天天晚上缠着她讲《魂断蓝桥》，经常哭到天明。

爷爷一心苦练九阴白骨爪，已达到天地暗淡、鸟兽息音的地步，但心中的念头一日一日涨大，终于充斥整个身心：我真该结婚啦！

八

家庭气氛到了令父亲不堪忍受的地步，一天见大街上的行人都背着行李卷，便问怎么回事。一个人回答："坐火车不要钱啦！"当时鼓励青年四处走走，经受锻炼，于是父亲参加了串联。

由于情绪高昂，串联队伍常因为一点小事打架。父亲从爷爷那学的几招，忽击于右忽击于左，如鬼魅天神，如黄河之水天上来，实在令人胆寒。最终，父亲又成了一个头头。

一路打杀到了云南，沉静的父亲想起了母亲支边也在那里，当天大病一场。几天后，父亲病好，去了横断山脉。父亲先在昆明做了番准备，由于这里少数民族众多，想学几句少数民族语言。父亲在街头拦住一个少数民族面孔的人："你会说几种少数民族语言？"那人回答："全会。"父亲又问："你能带着我去哪？"那人回答："哪都行。"

那人就成了父亲的向导，一路上他总提出要把女儿嫁给父亲，说："以前你们汉人把文成公主嫁到西藏，今天我把女儿嫁给你，汉人藏人之间就算扯平了。"父亲问他："你是不是藏族？"向导："不是。难道不能拿着藏族说事吗？"父亲又问："你到底有没有女儿？"向导："没有女儿就不能拿女儿说事吗？"

向导属于一个爱开玩笑的少数民族，他带着父亲越走越远，最后说："咱们迷路了。"父亲问他不认识路，为什么还当向导，他说他长的一个少数民族的面孔，如果说不会走山路，就丢了少数民族的脸。

父亲："你到底是哪族？"

向导："其实我是汉族。"

父亲几乎被气死。

父亲和向导挥手告别，父亲继续前进，向导回昆明，望着向导消失在莽莽森林，父亲知道此人凶多吉少。许多年过去，听说在横断山区，一个迷路的汉人，受到了少数民族欢迎，他收集了各族民歌，被称为"西南歌王"，其中最著名的一首名叫"如果你要嫁人，不要嫁给别人，一定要嫁给张金贵"。父亲知道，这人一定是自己当年的向导。

当父亲找到母亲的时候，天上落下一架飞机，摔得粉碎。当地知青们去捡飞机残骸时，父亲对母亲说："这是我给你买的礼物，不小心摔坏了。"然后便饿得晕了过去。当天广播说，祖国空军又打下了一架美国侦察机。

九

父亲的确给母亲买了许多礼物。考虑到他们住在山区，肯定吃不好，所以买的都是食品。在山中迷路时，父亲吃下了这些食品，空手而来。

几天后父亲缓了过来，为了表达心中的爱意，支撑着病弱的身体，偷出母亲的衣服去洗。驻地的知青们见到这一可耻行为，纷纷向母亲提供了种种对付父亲的阴险建议，妈妈也觉得此人刚一吃饱便思淫欲，人品上多少有些问题，何况此时的父亲已非当年长椅流泪的诗人模样，怎么看怎么是个饿鬼。

正当众人劝说母亲时，父亲走进来将一个纸条送入母亲手中，快速转身离去。知青们从母亲手中夺过纸条，展开传看，却是首诗：

我爱毛主席，你不也爱他?

共同志向共同爱又是同龄人，又同在此地，你看该咋办?

母亲觉得父亲列出的种种理由堂堂正正，按其诗的思路最后应该是“同居”。知青们经过争论，决定揍父亲一顿。当父亲捧着洗好的衣服，向母亲的帐篷走去时，忽然眼前一暗，一群愤怒的知青站在跟前。父亲沉静的双眼扫视众人，灵光一现，想起了爷爷的“九阴白骨爪”。

众知青并没有打死他的意思。面对这个目光呆滞、瘦得不成人形的家伙，有些人产生“中国人不打中国人”的想法，有些人却高举了棍棒，父亲伸出了两只瘦骨嶙峋的手，做出鹰爪的样子。

危急时刻，母亲钻出了帐篷，说：“我细细分析了一下，他的诗是有道理的，我还是讲理吧。”知青中有人喊道：“可我们都爱红太阳、爱红卫兵、爱毛主席呀！是同龄人，早就同住一地了！”母亲一时语塞，父亲叫道：“可诗是我写的，总得有个著作权吧！”说完抡起爪子在岩石上一划，只听岩石被划得哧哧响，大吼一声："不怕死的就上来！"

众知青惊惧而走。多年以后，父亲问母亲："你当年为什么又喜欢我了？"

母亲："就是觉得你挺有手劲的。"

父亲："现在可以告诉你了，我划岩石的时候，手心有一个五分硬币。"

母亲在众知青中一直是圣洁的女神，多少来自祖国各地的男知青默默地爱着她，没料到被一个诗人夺走了。这一变故使不少人懊悔不已，小部分人决定将痛苦锁之于心，留待年老时品味；大部分人决定将痛苦转化为力量，一定要让这个诗人遭到暗算。

不料爱情是最大的力量，几次计划精密的暗算全部失败，父亲的九阴白骨爪威力非凡，参加暗算的人不敢复述那个诗人的毒辣凶残。经过数次知青大会，最后决定：干脆让他当头吧。

于是父亲又成了一个头头。

十

这是块不毛之地，知青生活十分困苦。父亲决定与此地民族交流，看看有什么谋生秘诀。此地民族说："少生孩子，少吃饭。"关系融洽后，又说："看你们都是好人，索性都告诉你们吧。还有秘诀是，多念佛经，多睡觉。"众知青只能感慨，少数民族的生存能力太强了。

父亲从历史书上看到，旧社会的汉人霸占了最好的平原，将少数民族逼到高山，于是说："以后要对他们好点。"从此知青们一见到少数民族，就扑上去热烈拥抱，以致少数民族出门前，总要相互叮嘱："别光顾着走路，注意观察附近有没有知青。"

其实此地民族也不是讨厌拥抱，主要是抱在一起后，知青们还要询问："老乡，生活得怎么样啊？"问寒问暖，聊起来没完，实在耽误不起时间。他们的意见反映到父亲那，父亲命令知青"不许废话"。从此知青们抱一下就走，留下目瞪口呆的少数民族。

此地民族也聚在一起研讨，认为此地太穷，人与人之间实在无法用礼物来表达感情，知青们只好用肢体语言，想明白这一点，就颇为感动。当地的头人说："知青都是外来的，拿不出东西是应当的。咱们是土生的，如果也拿不出东西，就太丢人了。咱们一定要送一件让知青们欢蹦乱跳的礼物。"

至于什么能让知青欢蹦乱跳，他们想了很久也没想出来，于是派人去打探。由于来的知青都是地质系毕业的，除了每天种田，业余爱好就是挖洞，打探的人欢蹦乱跳地回来报告："他们爱挖洞！"头人大喜："那就好办了，不用送东西了。"

第二天早晨，知青们醒来，见到营地附近被挖得千疮百孔，站着一队喜洋洋的少数民族，为首的头人说："怎么样，喜欢吧？"便扑过来拥抱。经过热烈的拥抱，知青们又被"过得怎么样呀？"地询问了一番，最后头人问："你们为什么要挖洞呀？"父亲对一个知青："说给他听。"那知青讲了半天地质学知识，头人恍然大悟："原来不是挖个洞就完事，还要挖出点什么。"

头人带着族人回去后，下令"挖东西"。

知青们的驻地有一个喇叭，每天晚饭后广播，那几天广播说，西安挖出了秦始皇兵马俑。广播漫山遍野地响，少数民族挖了没多久，就有人报告：“挖出东西来了！”

头人：“什么？”

答：“兵马俑。”

头人大怒：“兵马俑在西安！”但来报告挖到兵马俑的人越来越多，头人也怀疑了，“难道秦始皇死在我们这？”忽然想起一事，将来报信的人一脚踢开，怒吼道：“你们是不是把我家的祖坟给挖了！”

原来当地也有造陶俑陪葬的风俗，但只有历代头人能享受这待遇。他们又挖了很长时间，最后挖出了一些东西，头人拿了块东西得意扬扬地到了知青驻地，说：“这就是煤吧？”知青们一看，是金子。

头人终于见到了知青们的欢蹦乱跳。知青们熬夜研究，是把这些黄金上缴国家还是留着自己用。大部分人都想上缴国家，只有一个人想留下来自己用，那人就是父亲。由于说服不了众知青，父亲就写信召集当年贩人集团的人。这些人来了后，威胁知青：“再说交给国家，就把你们卖掉。”威胁奏效，众知青屈服。

知青们开始漫山遍野地挖掘，头人感慨：“他们真爱挖洞呀。”但是他们挖了很长时间也没有挖到黄金，便找到头人：“你们上次在哪挖的煤？”头人说：“我家祖坟。”说完便后悔，但后悔已来不及，所有知青奔向了他家祖坟。头人心道：“要糟！”便晕了过去。

头人醒来，推想祖先们一定痛苦万分，便召集族人背着双管猎枪，赶往坟场。

父亲正领着人挖得起劲，忽见烟尘四起，此地民族手持猎枪骑着快马而来。父亲问左右：“咱们有什么武器吗？”立刻听到洪亮的回答：“有！”原来贩人集团的伙计们一听召唤，都有种大干一场的激情，在来横断山脉前，从沿途的军事博物馆抢来了步枪、手枪、迫击炮，甚至还有“二战”时候间谍的钢笔手枪和一个国民党电台。

父亲叫了一声：“开火！”只听迫击炮响了一声，一个椰子飞向了少数民族。一个人尴尬地对父亲说：“博物馆里没有炮弹。”父亲哀叹道：“就算没有炮弹，你们塞进个石头也好。”当众人捡石头时，父亲说：“算了算了，赶快发电报吧，要求增援。”一个人噼里啪啦地打了半天电报，猛然抬头：“咱们给谁打电报呀？”

父亲绝望地说：“算了算了，那你们能不能找出块白布？”少数民族见父亲举着一件白色衬衣迎风摇摆，不由得纳闷：“都这时候了，他还卖东西？”头人说：“咱们不能示弱，多少钱都买。”然后冲父亲喊了一声：“你报个价！”父亲：“一人做事一人当。”

头人将一把钱往地上一扔，说：“不管多少，就是它了。”夺过衬衫，将父亲带走了。父亲在被五花大绑之前，母亲将一支钢笔插在他的上衣口袋中。知青们都哭了。

十一

头人宣布：“肯定是死刑。”当地民族的法律是，先判死刑，然后再审判，根据审判结果减刑，这还是以前奴隶制时留下的规矩。关父亲的地点在六十里外，一九四九年前是逃亡奴隶的受刑处，陈列着众多奇形怪状的刑具，经历过日本酷刑的父亲两相比较了一下，觉得凶狠程度相当。

审判官的面貌十分奸诈，他的第一句话是：“家法、国法、佛法，你想接受哪一种法的审判？”父亲一听，便知是爷爷、法师一类的人物，答道：“佛法。”审判官一愣：“你懂佛法？”父亲：“懂，佛就是贼，贼就是佛。”

审判官大惊，双眉紧皱，满屋游走，最后瘫倒在地，神情痛苦不堪。父亲见此情形，思量爷爷跟法师的对答心中还记得不少，每天给这家伙讲两句，让他日日痛苦，倒也好玩。便闭上眼睛一句句回忆，忽然被人剧烈摇晃，一睁眼见审判官双眼闪闪发光地望着自己：“你说得对，佛就是贼，贼就是佛。”

原来此地民族信仰佛法。这个审判官叫葛若多，年轻时便苦苦修行，甚至还到北京的佛学院进修。学成归来原想成为一代高僧，无奈天生一脸奸相，讲经说法的效果实在太差，头人认为他奸诈的脸却正好适合审判犯人——葛若多讲到这里一脸无奈，父亲也不住叹息：“人生最大的痛苦就是专业不对口。”

葛若多觉得自己大半生因这张贼脸而生的诸多烦恼，全仗父亲一句“佛就是贼”得到解脱。在北京进修时喜爱上汉族文学，感慨之余作诗一首：

一张老脸扰半生，
数欲成佛不庄严。
牢中得遇小流氓，
方知贼佛本一家。

父亲赞道：“押韵！”此时已是落日时分，二人站在窗前远眺，远方山峦似悬于空中一道红线，葛若多轻唤“啊啊下萨麻哈”。父亲问什么意思，葛若多说：“稀奇古怪，美妙非凡。”

葛若多出门时目露贼光，嘴挂奸笑。父亲说：“啊啊下萨麻哈，有话快说。”

葛若多：“我决定还是先判你死刑，怎么样？”

父亲：“行。”

葛若多：“视死如归，好汉！”哈哈大笑推门而去。

从此葛若多便不来了，甚至连一个送饭的人都没有。父亲待在牢房中又饥又渴地度过了几天，想道：“他们是要饿死我，已经执行了。”从此睡中便不再有梦，所有的往事都模糊了。牢房一点细微的变化，如灰尘飘动，如一只小虫伏于墙上，都能将他吸引，痴痴看很久。

唯一的乐趣便是伏在窗上观看远方山峦上的光色变幻，想起那日和葛若多凭窗远眺的情景，下意识一句“啊啊下萨麻哈”随口而出，再念一句，忽感心中郁结缓缓打开。于是一句句念下去，直如江水奔流，全身血脉都在发音，整个人仿佛喝醉了一般。

当神志清醒后，觉得嗓子很疼，张口已不太会说话，怀疑是声带萎缩。见浑身的衣服都已破碎，也不知是过去了多少时间，唯一的感觉就是肚子异常的饿。为了避免在饿死前精神涣散得发疯，他一遍一遍地整理屋内物品，翻出了当初母亲插在兜中的钢笔。仔细研究一番，竟是“二战”时英国间谍所用的钢笔手枪，可惜只有一发子弹，就冲着窗外开了一枪。

窗外立刻响起此起彼伏的惊叫声：“里面有人！”这句话越传越远，一直响到远方的山峦。山峦处奔出一匹白马，马上坐着一人，正是葛若多。

他一进门便叫道：“你怎么还在这？”原来葛若多早就叫人放他，当初说判死刑不过是个玩笑，不料放他的人那天喝多了酒，酒醒后以为已将他放了。面对知青们要求放人的抗议，葛若多认为父亲在山林中走失了，还曾派人大规模地找寻。这个牢房在一九四九年后便已废弃，离居民区十分遥远，当初也是头人一句："不要以为我们没有牢房。"才将父亲关在这里。平时没有人来，所以父亲被遗忘至今。

葛若多说："你知道现在是什么时候？"父亲一问时间，原来一晃已经六七年过去，知青们都已回城，上山下乡结束了。父亲无吃无喝七年不死，葛若多赞道："一闪念度过八万四千劫，你是高人。"头人也特意赶来，说："你有什么要求都提出来吧！"父亲说："我想见见那个喝醉的人。"

那个造成父亲被关七年的人来后，紧紧地将父亲拥抱："终于见到你了！"父亲哭笑不得，什么话都说不出来了。头人的祖坟已经修好，以前的知青驻地上也有一个坟，墓碑上写着"张金贵"三字。

父亲对头人说："我挖了你的祖坟，你现在挖我的坟吧，就算扯平了。"

头人十分高兴："不用不用，你有这个心就行了。"

父亲："我主要想看看里面埋的什么东西。"

挖开棺材后，见里面有一卷纸，上面写着："共同志向共同爱又是同龄人，又同在此地，你看该咋办？"正是当年写给母亲的字条。

父亲离开横断山脉时，葛若多赠诗一首：

自问心胸处牢中，
胜似奔走度众生。
白纸黑字埋坟底，
千里姻缘一线牵。

父亲赞了一句："押韵！"将钢笔手枪送给了他。

十二

回到北京，父亲进了家门，便听到留声机传出巴赫音乐，四个小孩在地上玩弹球。法师一身中山服从里屋踱步而出，见了父亲，叫了一声"阿弥陀佛！"回身便跑，从后院拉来了爷爷。

因彼此都是高人，免了问长问短，各自立在当地，哑口无言。还是法师打破了沉闷，召四个小孩过来，自豪地说："瞧瞧，都是我的。"

这时一个女人款款地走了出来，正是曾湘萍。父亲见她连生四子依然身材婀娜，不由暗生感慨："资产阶级到底有一套。"身后门响，回身见是一更为年轻的女子，双目盼顾生神，十指兰花，微挑眉梢似嗔似惊，令人顿生怜爱。爷爷一指："这是你后妈，京剧团的，小旦。"

父亲心下一惊："他终于娶了个小旦。"一家人坐下各述经历，无不扼腕叹惜，父亲尤为爷爷和后妈的奇缘赞叹不已。

虽是"文革"时期，爷爷仍改不了去戏园的习惯。望着台上武生的动作，暗想与九阴白骨爪相差何止千里，终一日按捺不住，蹦上舞台施展拳脚。望着这一独腿老人蹦跳翻滚，一股阴煞之气弥漫全场，众人无不佩服，特聘为动作指导。

在爷爷的指导下，《智取威虎山》演得扣人心弦，杨子荣独舞一场戏得到九阴白骨爪的精髓，阴风袭人。在场观众皆觉一丝凉意存在心头挥之不去，所以夏天来看戏的人特别多。

演出空前成功，这一小剧团顿成全国楷模。爷爷功不可没，就提出希望组织上解决个人生活问题。剧团领导决定奖励，便说："你看上谁了？”爷爷说：“一个小旦。”那个小旦叫苏小妍。苏小妍先开始不愿意，理由是：“我喜欢杨子荣，而他像坐山雕。”组织上说：“这是任务。”苏小妍就答应了。

新婚之夜，爷爷小声对她说：“我可不是一般人，我当年与杀手之王王亚樵齐名！”苏小妍大感厌恶：“你有本事，现在就给我杀俩人去。”爷爷立刻跳出窗外，不一会拎着两颗人头跳了进来。苏小妍尖叫：“你把谁杀了？”爷爷：“一个特务，一个间谍。”苏小妍立刻就爱上了他。

第二天起床，想起那两颗人头，便问：“藏哪了？”爷爷：“用化骨粉化掉了。”从此苏小妍就更爱他了。苏小妍见爷爷和法师两人平时总你一句我一句地谈禅论道当头棒喝，便讽刺他俩：“听说东方歌舞剧团正在招收相声演员，不去？”俩人没听出是讽刺，真去了，竟然赢得了一致喝彩，成了著名的相声演员。其中最受欢迎的段子叫《醉鬼》，如下：

醉鬼甲：你要没喝醉，我把这手电打开，你能顺着这光柱爬上去吗？

醉鬼乙：我不干，我爬一半，你一关手电，我不就掉下来了吗？

——听完家人的经历，父亲感慨一声：“我也要结婚。”

十三

父亲先是找到了贩人集团的人，一见他们就说：“我还活着！”

和那些人大吃大喝了一顿；又找到知青们，说："我还活着！"和他们大吃大喝了一顿；最后到了母亲家，在门口叫住一小孩："你到里面，见谁漂亮就把谁叫出来。"小孩跑进去大喊："最漂亮的出来！"母亲就走了出来。

父亲："我还活着！"

母亲："你要还活着，就结婚吧。"

父亲、母亲想到一块去了。爷爷评价此事："他俩谈恋爱已经谈了小三十年，也该结婚了。"全家一致赞成，但是谁去母亲家提亲，却引起了很大争议，爷爷认为当然是他和法师一块去，但女眷们都认为只要他俩一去，这门亲就谈不成了。

最后决定曾湘萍和苏小妍两人去，但是拿什么做聘礼又引起了很大争议。爷爷认为拿《九阴白骨爪》这本武林秘籍最为合适，苏小妍断然否决。法师大惑不解："这本书是少林镇寺之宝，应付小小聘礼，有何不可？"曾湘萍大怒："如将此物作聘礼，别人定会心中起疑，这是个什么人家？张金贵小三十年的爱情，必将毁于一旦。"

父亲去找贩人集团的人，问："当年咱们挖的黄金呢？"

回答："都还给头人了。"

问："那咱们集团就没留下些古董什么的？"

答："咱们集团只贩卖人口，没倒腾过东西。"

正当父亲一筹莫展时，爷爷递过来一个画轴："这可是你爹用一条腿换来的，我没交给日本人。"展卷一看，竟然是张大千的山水。曾湘萍拍手称快："此物最是合适。"

当时刚刚落实知识分子政策，所有的知识分子都满城地找古董，支撑门面。母亲的父母是文化人，一见张大千山水，欢喜异常，立刻表示，嫁女之事不必再议，选个日子成婚便是。

虽然两位老人听到曾湘萍和苏小妍是未来女婿的长辈，吃了一惊，觉得未免过于年轻漂亮，但想到长辈男子一定道德文章、仪表堂堂。不料几次想一见，都被推托“不是时候”，一推二推也就到了结婚的日子。

婚礼上女方二老见两个罗汉模样的人物奔前跑后，左右招呼，尤其那个独腿的人上蹿下跳，在人群中身影飘忽不定。便问身旁的客人，方知是自己亲家，登时愣住，均感女儿前途莫测，草草吃罢喜宴，一脸苦相告别而去。

苏小妍见亲家神情异样，立刻明白是怎么回事，自责一时疏忽，竟让爷爷、法师溜进了婚礼。便跟曾湘萍商量，也拿不出个主意扭转局面。两个女人越谈越气，渐说渐远，均觉干脆双双离婚。

一对新人第二天早晨起来，没吃到早饭，出房门见那四人在院子中无言对坐，爷爷头上冒着一股黑烟，法师嘀咕着“阿弥陀佛”，两个女人紧绷面孔。忽然，爷爷将桌上的茶壶捏得粉碎，正是九阴白骨爪，大吼了一声：“离就离！”一步蹦上屋顶，随着一阵瓦砾响声，消失得踪影全无。

法师也站起身，说了声：“离就离！”迈步向院门走去。曾湘萍冷笑一声：“要走就从天上走，也算你有本事。”法师顿住脚步，缓缓回过身来，凄苦地说：“不走了。”

父亲不忍再看，拉着母亲回屋去了。晚饭时分，母亲听到苏小妍和曾湘萍一边做饭一边说话，苏小妍：“我那杀手真是没你的法师聪明。”

曾湘萍：“哪里哪里，各有各的好处。”

十四

爷爷飞身上房后，就不见了踪影。过半月，苏小妍的小腹隆起，似有孕在身。曾湘萍拉她闭门谈话，言语许久，时而低泣时而嬉笑。父亲在窗外偷听，忽一张巨手拍在父亲肩上，十分生痛，却是法师。法师一脸诡秘，压低声音说："你有了个兄弟。"见父亲面上仍存不信之色，便拍拍胸膛："我可是有四个孩子的人，什么事看不出来。"

此时传闻西城区出了个神秘飞贼。全家人料定是爷爷又干起了老本行，便整夜徘徊于西城大街小巷，盼能遇上，却一无所获。不几日飞贼已被公安局抓获，一家人急急赶去，苦苦哀求，自报是犯人家属，只盼见上一面，说得痛哭流涕。

这飞贼听说自己家人万里寻来，百感交集，夜不成寐，兴奋了几日。牢门开时却进来一群毫不相识的男女，一看到他便惊喜地大叫"不是"。他们相互说笑打闹一番，之后便一拥而出，从此再没出现。飞贼日后回想起来，气恼异常，连骂："莫名其妙！"

一天，父亲发觉母亲的小腹也隆起了。因有苏小妍的先例，立刻明白，跑过去给了法师狠狠一巴掌，大笑："我的也怀孕了。"法师挨了一巴掌后，想出了一条将爷爷召回的妙计，写了无数张"你的儿子孙子都快生了"的字条，贴在北京各处电线杆上。

苏小妍一夜听得头顶瓦片乱响，一人已挑开窗子滚在床上，伸手过来，轻轻放在自己的小腹上。苏小妍睁开一只眼，正是爷爷，念念叨叨似与腹中婴儿交流。便叫了声："喂。"爷爷大惊，飞快滚到窗边就要往外窜，苏小妍大叫一声："抓流氓啊！"

立刻院中灯光亮起，众人披衣抓棍聚于窗下。爷爷呆呆地将窗子放下，对外低喝了一声：“我回来了！”窗外一片欢愉，夹杂着法师的“阿弥陀佛”和父亲的“啊啊下萨麻哈”。过了一会，众人见爷爷并不出来相叙，心知事关重大，便悄悄退去。

窗内，爷爷蹲在床头。

苏小妍：“你回来干吗？”

爷爷：“回来探探虚实。”

苏小妍：“你这一口江湖黑话改不掉了！什么探探虚实？这么一摸就叫探探虚实！”一脚踢过去，爷爷立刻跌下床去。苏小妍大怒：“我还没踢着你呢！”爷爷不好意思地从床下爬了出来。

爷爷：“是你要跟我离婚的，我寻思一见面，难免又要吵闹，不如夜里偷偷地……”

“他妈的！”国骂出口，苏小妍大感不雅，心底却觉痛快，于是又一句：“他妈的，还不过来！”

十五

爷爷和父亲的孩子前后脚地生了下来。爷爷给自己的孩子起了好多名字，都不满意，一怒之下便管这小子叫“张飞”，由于苏小妍哭闹不休，又管这个孩子叫“张学良”，法师认为给孩子起个蹲一辈子监狱的名字，十分不妥，爷爷就叫这孩子“张雪亮”，仍然被曾湘萍批评为“没有创意”。最后就顺着父亲“张金贵”的名字，管这孩子叫“张金宝”，平时唤作“小金宝”。苏小妍是戏班出身，觉得像个艺名，也就不闹了。

父亲给自己的孩子起名叫“张招考”。这时政府对返城知青开展了招考，考试通过便可上大学。登时北京掀起了一股学习的热潮，大街小巷见不到几个年轻人，都躲在家里闷头读书。

曾湘萍岁数已经不小，但不知是何原因，一直显得年纪轻轻，她决定混进知青队伍中考大学。由于她从小看着托尔斯泰的《安娜·卡列尼娜》长大，所以考文学系，写了许多练笔文章，主题都是“只待找一情夫，卧轨自杀”。法师一读之下，惶惶不安，忙背诵出佛经中文笔华美的《楞严经》《圆觉经》《大乘起信论》，只盼中国文学可以影响妻子，不再去思索外国名著的主题。

母亲受曾湘萍的影响，也要考大学。父亲勃然大怒：“咱俩的大学都上了十几年，你还上？”曾湘萍劝他：“上了大学将来能有个好工作。”父亲一转念，社会安定后的这场考试，早已成为所有青年的唯一事情，人人皆视为命运转机，只是小孩尚未过吃奶期，颇为难办。

这时苏小妍走过来，截铁断钉般说道：“让她上学去吧，张招考由我带了。”父亲迟疑：“这样好吗？”苏小妍正色言道：“连孙子都是吃我的奶长大的，我感到骄傲。”爷爷也在一旁帮腔：“她棒着呢，奶多。”立刻遭到苏小妍极为愤怒的目光：“他妈的，回屋去。”

于是母亲去考研究生了。母亲和曾湘萍都是外表年轻，招生处的人也没看她俩填的年龄就给报上了名。七月份，大考至十五日，八月二十日发榜，她俩混进了大学。曾湘萍考上了北大中文系，母亲考上了清华地质系研究生，方向是“黄金开采”。九月份，两个女人住校而去。

重游清华校园，母亲不由得想起父亲当年长椅流泪的情景，便将父亲约来了清华，问道：“你还会作诗吗？”父亲作了一首古诗：

三十年来狼藉，
东壁打倒西壁。
而今收拾起来，
依旧水连天碧。

母亲赞道：“押韵！”

法师也到北大去看曾湘萍。见到女生宿舍满床女子，一个比一个美丽动人，心道：“多好的学校。”忽觉一事万万不妥，跑到男生宿舍一看，见男生一个比一个英俊潇洒，心道：“坏了！”

法师的预感应验了，不久传出曾湘萍和一个老师婚外恋的消息，法师感慨：“防住了学生，没防住老师。”当打听到那个老师是研究托尔斯泰的专家，法师感慨：“在劫难逃。”

曾湘萍只是每个周末回家看看四个孩子，吃完晚饭便回北大。爷爷见法师十分苦闷，便让他给孩子们讲故事解闷。法师总是从“自从你妈毁了我的千年道行……”讲起，直至说得老泪纵横。

爷爷又劝法师多讲相声，但法师的相声从此变味，常令台下哭声四起。后来法师在东方歌舞团辞了职，从此不再出房门，对着墙一坐便是一天。法师的四个孩子也由苏小妍照顾了，由于她一个人要照顾六个孩子，便到剧团请求把产假宽延些日子，剧团领导问：“你打算请多长时间？”苏小妍：“四年。”领导大惊，“干脆你退休得了。”于是苏小妍就办理了提前退休的手续，做了家庭妇女。

自从法师辞职后，爷爷改说了单口相声，但很不成功。许多观众都埋怨：“比马三立差远了。”于是爷爷也辞了职，回家帮苏小妍照顾孩子。曾湘萍此时已一个月才回来一次，看来不久就不会回来了。两人有时谈起她，说：“也不能怪她，毕竟不是劳动人民出身。”

十六

父亲发现全家十二口人，竟然没有一个人有工作，便询问当年贩人集团的伙计：“你们现在都干吗呢？”答：“帮人搬家。”于是父亲也当了搬家工。

为了多挣钱，父亲干的是远途搬家，运输工具就是一辆三轮车。他往往驮着几百斤东西，往返于北京、天津，一次出工便两天两夜伏在车上，双脚片刻不停。父亲在路上从不吃饭，其实全身血脉潮涌不止，肺中一气吞吐不绝，又怎吃得下，不如就势一路蹬下去。只是心里憋闷万分时，蹬至无人处，大喊一声：“啊啊下萨麻哈。”

一天夜里，除了父亲，还有一个赶粪车的老汉也在走夜路，虽然气味难闻，但夜里实在寂寞，父亲便和老汉并排行驶，边蹬边聊。老汉讲的都是跟粪便有关的知识，父亲讲的都是自己的辛苦，觉得生活毫无希望，老汉就唱了一首民歌劝他，歌词如下：

天上星星亮晶晶，
天下穷人叫哼哼。
谁说穷人穷到底，
臭屎也有发热时。

老汉解释说，粪便发热后就成了沼气，能够发电。老汉的话给了父亲极大的鼓励，父亲默念着：“臭屎也有发热时。”觉得双脚有力，蹬得飞快而去。

他蹬了四年的平板车，一直蹬到母亲和曾湘萍大学毕业。母亲回来了，曾湘萍没有回来。爷爷就劝法师：“资产阶级的人就让她回到资产阶级中去吧。”法师嘀咕了一句：“如梦幻泡影，如电亦如露。”转身依旧面壁。

四年的劳工生涯给父亲打下了深深的烙印，母亲见到了一副民工模样的父亲，不禁泪流满面：“你还有手劲吗？”

父亲：“手劲倒是有，只怕你不喜欢了。”

母亲：“要不咱们再到北大的长椅上坐坐？”他俩去的时候，四岁的张招考大吵大闹地也要去，就带上了。

未名湖畔，北大长椅。父亲呆呆地坐着，望见湖水中自己的倒影，竟是个黑瘦蛮野的形象，与身边的母亲哪有半点般配？只觉物是人非，造化弄人，不由得对水长哭。

张招考不知发生什么变故，叫了声：“爸，你什么东西掉水里了？”便扑通一声跳进了湖中。父亲母亲都大感欣慰，说：“这才是咱们的孩子！”他俩在河边幸福地坐了很久后，母亲忽然问父亲：“什么时候救他？”

张招考在父母感情加深的一天，淹了个半死。

十七

苏小妍不用再照顾那么多孩子了，便回到剧团找领导：“当初让我提前退休，是错误的。”领导大惊，“怎么就错了？”几天后，苏小妍写了份“产假过长”的检查，回剧团上班了。

此时有了对外交流，法国艺术代表团来华演出。苏小妍惊讶地发现在一帮哑剧、歌剧演员中竟站着三个京剧老旦。当他们办讲座时，人们知道了她们是在解放前被人贩子卖到法国的，买她们的是一个大作家。

那个法国作家热爱日本绘画，最大的理想就是娶一个日本歌舞伎，当他发现这三个女子不是日本歌舞伎，而是中国京剧老旦，逢人便说上当了。当时的法国文人间流行相互攻击，他的对立派立刻做出反应，写出许多“中国京剧老旦很好”的文章，这位作家的支持者也写出许多“还是日本歌舞伎好”的文章，他的对立面又写出“中国京剧老旦绝对比日本歌舞伎好”的许多文章。

最终，三个可怜的女人变成了三个著名的女人，而那个大作家因为买卖人口，被送进了监狱。从此三个女人获得自由身，在巴黎剧院中常年演出，证明了“中国老旦就是好”，随着岁月的流逝，成了艺术大师。

三个老旦做完学术报告，提出要求，说离开中国多年，非常想到一个中国家庭中做客，无数人都举手。但三个老旦说怀念原汁原味的北京，要做客就去四合院，无数双手便放了下来，他们都是剧团分配的宿舍，楼房。

只有苏小妍的手仍举着。因为她一到剧团便结婚了，之后就休了长期产假，作为工作不积极分子，剧团一直没给她分房子。这一家人的房子，还是父亲少年时靠贩人发财买的，四合院。

爷爷听说家里要来外国人，非常兴奋，多年来第一次拄拐，免得蹦蹦跳跳的不雅。爷爷叫着：“太有面子了！”小声叮嘱张招考：“快把邻居大婶们都叫来，让她们开开眼。”但见来的外国人长得跟中国人一样，心中大感失望，又吩咐张招考：“去跟邻居大婶们说，别来了。”

但还是来了两个老太太，她俩坐了半晌，忽然偷偷对爷爷说：“日本人？”爷爷：“华侨。”说完感到惭愧无比，将拐杖扔到了一边。爷爷单腿蹦跳着来到一个老旦面前，心中恨恨地想：“怎么是华侨？”这女人正口咬苹果，忽感面颊一热，如同挨了耳光。凭着法国舞台的多年经验，立刻心里明白，眼前的男人对自己动了心，便抬起头来说了声：“谢谢。”

家中的六个小孩聚在一起，对剩下的两个老旦议论纷纷：“这俩妞不错。”“我喜欢左边的。”两个老旦立刻笑容满面：“谢谢。”六个小孩跌跌撞撞地跑了。父亲、母亲、苏小妍尴尬地解释：“孩子……有点早熟。”忽听院中“咚”的一声响，只见爷爷面前的老旦摔在了地上。母亲说：“是不是打人了？”苏小妍叫道：“不能因为人家不是外国人就打人家呀！”

爷爷深沉地对父亲说：“倒在地上的是你妈，站着那俩是你姐。”说完，也“咚”的一声倒在地上。经过掐人中和捶背，爷爷和奶奶仍醒不过来，两个姐姐“呀呀”地哭着。苏小妍当机立断：“送医院。”父亲飞速推出了平板车，将爷爷奶奶搬上去，正要向外推，法师的房门“吱”的一声开了，走出一个胡须垂胸的人，看五官是法师，但感觉上却极为陌生。

法师走到车前，看着昏迷的两人，一声叹息，摇头不止。父亲怕耽误了治病，要开口叫他让开。法师似有察觉，低眉扫来一眼，眼白似雪，闪电般划过。父亲觉得心头一震，什么话都说不出来了。

法师慢慢伸出两只瘦长的手指，停在奶奶的眉心上，猛地打了一响指，随着这“啪”的一声，奶奶的两眉似春蚕蠕动，鼻翼渐渐有了张合，终于双唇稍张，一口气吐了出来。

父亲惊喜道：“还有我爹！”法师伸出两指，在爷爷的眉心狠狠掐了一下。爷爷“嗷嗷”叫着爬了起来。苏小妍心想：“怎么男女待遇不同？”法师却迈着方步回屋去了，闭上门声息全无。

奶奶醒转后，对爷爷说了句：“冤孽。”爷爷百感交集地拥着那一对姐妹花，忽然哈哈大笑：“想不到，我也能生出这么漂亮的女儿。”想想又不对，“生你们都是几十年前的事了，怎么还这么嫩？”一端详奶奶更是吓了一跳：“你怎么一点没变！”

奶奶解释，她们到了法国后一直水土不服，所以身体一直就没变，年轻至今。奶奶见房檐下一排小孩，认为是自己的后代，便走过去每个都亲了一下。小孩们叫道：“好香呀！”纷纷打了喷嚏。奶奶问：“我出国前生的是哪个？”父亲叫道：“不是那些，是我。”

一家人吃过团圆饭，剧团的轿车来了，奶奶便带着两个女儿回宾馆。一家人直送到胡同口，望着远去的轿车，爷爷对苏小妍说：“瞧瞧，我以前的女人都是这种高档次的。”苏小妍：“他妈的，回家去。”望着远去的轿车，父亲对母亲说：“我从小就觉得我是名人的后代。”母亲：“你怎么了，你平时不这样呀。”

他们议论纷纷地回来，刚进家门，立刻全部愣住。只见院中一个人正在扫地，劳动得大汗淋漓，抬头见了众人，愉快地叫了声：“我回来了！”正是曾湘萍。

曾湘萍的婚外恋结束了，她和众人一一握手，握到苏小妍时，苏小妍小声说：“是不是你的老师又喜欢别的学生了？”

曾湘萍：“嗨，大学的老师就这样。”

苏小妍：“别难过。没有了老师，还有法师。”

曾湘萍便将扫把一扔，进了法师的房间。房中响着一种轻微的刮物声，只见一裸身男子站在墙角，将手中一片青竹探到脸盆中浸水一蘸，极有韵律地刮着身上泥污。

屋外的众人忽听得法师房中“哐啷”一声响，好像是脸盆打翻在地。众人以为两口子打架，要冲进去劝架，爷爷怒吼一声：“都给我站住。大人的事，小孩不要管！”一说小孩，苏小妍惊叫：“咱家的孩子呢？”果然，六个小孩不知去向。

忽听院门外人声鼎沸，六个小孩蹿了进来，后面跟着十个和尚，还有无数看热闹的邻居。十个和尚盯着爷爷不放，猛地叫道：“你莫非是小便师叔！”立刻全部跪倒。爷爷怔怔地说：“你们莫非来自少林？”六个小孩激动地跳起，围观群众发出一阵惊叫。

当时武打片《少林寺》正在风靡全国，家中忽然来了少林和尚，父亲耳旁仿佛响起电影主题曲“少林少林，有多少英雄豪杰都来把你敬仰……”一阵头晕几乎摔倒，回过神来心想：“太有面子了！”爽朗地叫道：“大叔大婶别在外面站着，进来坐呀！”立刻院中进了两三百人。

法师的房门在这时开了，法师和曾湘萍手拉手走了出来，如入无人之境地向院外溜达。两人幸福得仿佛正在举行婚礼，院中的众人不由自主地让出条道来。苏小妍问道：“没事？”曾湘萍回答：“我们洗澡去。”望着两人挽着胳膊远去的背影，父亲暗暗称奇：“到底是佛法无边啊！”

十八

自从曾湘萍上了大学，法师天天面壁，已经四年没洗过澡了。在清华池澡堂，法师和曾湘萍分别进了男部女部。曾湘萍站在喷头下，任水冲灌脑顶，忽然起了一阵烦躁，擦抹几下，不待皮肤干透，便穿上衣服，坐在女部外的长椅上，瞟着男部门口。

终于忍耐不了浊恶空气，索性出了清华池，站在马路上等候，她未盘的长发上仍挂着水珠点点，便仰面甩发，水珠纷洒，竟闪出一圈纤细的彩虹。

几个中学生恰巧走过，正是对女性憧憬的年龄。见此情景，哄了一声，加快步伐速速离开这“是非”之地，走出二十多步又回头急眺，却见那女子面对的方向，一个长须男子从清华池踱步而出。日后，这几个中学生中的一个成了作家，写了篇小说名为《男人的多一半是女人》，成了新生代文学的名篇。

人在洗完澡后往往感到饥饿，法师和曾湘萍便去了一个饭馆。曾湘萍见法师胡须过长吃东西不便，就问：“清华池有理发部，为什么不就此刮了它？”法师抚须良久，并不说话。曾湘萍又问：“为过往留个纪念？”法师重重叹了口气，道：“过往不留，该逝去的终须逝去，空留一把胡须又有何用？”

曾湘萍闻言忽觉伤感，低头搛起一片菜。见法师的筷子也伸入盘中，但怎么也夹不起一片，便夹一片放入他碗中。法师的筷子却仍在盘中划来划去，曾湘萍心觉诧异，挑眉看他，见他一双因常年面壁而变得深渊一般的眼睛正注视着自己。

其时，天上下起雨来，许多行人拥挤在饭馆屋檐下。法师望着窗外众人，自言自语般道：“你的婚外恋，让我开悟了。”曾湘萍也是一番感触：“我的婚外恋，也让我开悟了。”

法师的眼光仍在窗外，一一审视避雨的人，喃喃道：“你看，凡是气质混浊的人都是肥头大耳，衣服名牌；而气质清俊的，均营养不足，服装寒贱。我蓄须是为了留住一团浊气，但愿能发家致富，和你好好过日子。”

曾湘萍两眼含着泪光：“你真是开悟了。”

法师：“你不再婚外恋了吧？”

曾湘萍：“我也真的开悟了。”

法师：“好，一对高人。”

两人相视一笑。

十九

一对高人回家后，见院子里看热闹的人仍没走，只听十个和尚正齐声道：“请师叔离婚！”围观群众立刻发出一阵喝彩，院子中央的爷爷和父亲都红光满面，六个小孩上蹿下跳。

两人见苏小妍一脸怒气地站在一旁，便将她拉进屋里。

原来六个小孩随着大人送奶奶，忽见马路对面走着十个和尚，受电影《少林寺》的影响，当时的小孩一见和尚就兴奋，六个孩子跑过去问：“你们是少林寺的吗？”不料十个和尚说：“正是。”六个小孩立刻如痴如醉。十个和尚说，根据江湖线索，他们的师叔就隐居在附近，此番特来寻找，不知此处居民有哪个异样。六个小孩思索半天，想到：“我家的爷爷倒常飞身上房。”十个和尚便寻了来。

法师惊道："少林寺不是烧了吗？"

苏小妍："全因那部电影，人民一重视，就又修好了，这十个少林和尚便是来请他回寺当住持的。"

法师："小便已经还俗，这该如何是好？"

曾湘萍："你们不是有本《九阴白骨爪》的武术秘籍吗，给他们，也许十个和尚觉得携宝而归，不枉此行，也就罢休了。"

岂料苏小研更加愤怒，咬得牙齿轻响："我已经这么做了。谁想十个和尚收下书，却又说一个局面的打开，一种文化的恢复，是靠人不是靠物，秘籍终是死物，而少林需要德高望重的人来当家做主。他这一辈子就没人夸过，这些言语入耳，现已大为动摇。"

法师探窗一看，见爷爷坐在十个和尚中间，面色红润得好像刚喝了酒。而站在他旁边的父亲，脸色更为红润，不知喝了什么。父亲只知爷爷是个流氓，没料到在武林中地位颇高，《少林寺》一片尽人皆知，自己作为少林住持之子，当是十分光彩，隐隐觉得爷爷出家，倒也不错，想到那句"臭屎也有发热时"，不由得飘飘然起来。

法师叹道："能开局面的是人而非死物，确有道理，他不去也得有人去呀。"好似倒有替爷爷当住持的心。曾湘萍心头大叫："这个也要坏。"却听他又说："但不必是他，据我所知电灯法师还在世，听说能用一根指头倒立，比九阴白骨爪厉害多了。"

一听还有个电灯法师，两女都松了一口气。曾湘萍对苏小妍说："放心了吧，再说就算他当了住持，也会将你作为镇寺之宝的。"二女就势倒于床上，打闹成一团。

法师走出屋去，对围观的群众说道："散了散了。"经过商谈，十个和尚决定去找电灯法师，但夜色已深，当晚便住了下来。父亲打扫出几个房间，十个和尚齐声道：“明见。”入屋安息。

当一屋屋灯光灭尽，父亲立于院中，睹明星而思索：“若不是当年卖了千把人，置下这份房产，今天的场面还真应付不下。”低声念了句：“啊啊下萨麻哈。”也回屋睡了。

二十

少林僧人走的那天，北京市开始办理个体经营执照，由于没人愿意脱离国营企业，第一批来报名的竟只有十五个人，其中一个是父亲。

父亲骑着平板车去报名，毫不犹豫地在经营项目上写下“人口交流”。执事员一脸惊愕，叫住了父亲：“是不是人才交流？”父亲心中一片茫然：“人才交流是怎么回事？”执事员振振有词地说：“改革大潮下，一个局面的打开，一种文化的恢复，靠的不是死的东西，而是活的人才……”父亲心想：“怎么跟少林和尚说的一样？”口中迎合着：“明白！”

父亲回家后对母亲说：“好比把我爹送回少林寺，人才交流就是，是什么人就把他送到什么地方去。”母亲：“明白！”

但是缺乏创业资金，父亲决定向奶奶要钱。爷爷愤怒制止：“她们娘仨挣点法郎容易吗？”父亲就问：“那您还有没有张大千的画了？”爷爷：“张大千的画，一张一条腿，你看我还有没有？”一家人正在犯难时，法师打听到现在进入了商品时代，开始流行拍广告了。法师和爷爷就去拍了个广告，广告词如下：

醉鬼甲：“你要没喝醉，我把这手电打开，你能顺着这光柱爬上去吗？”

醉鬼乙：“我不干，我爬一半，电池用完了，我不就掉下来了吗？”

醉鬼甲：“不会，我用的是 ×× 牌电池！”

这个广告拍完，创业资金就有了。“人才交流中心”开业时，奶奶的演出期结束，要回法国了。这个消息对爷爷造成了严重打击，爷爷是个从旧社会过来的人，三妻四妾的思想十分顽固，虽然奶奶在京期间并不理睬他，但爷爷一想到“我身边有两个老婆！”就得意非凡。听说奶奶要走，想到“我就剩一个老婆了”，立刻感到男人的光彩全无，怒吼一声，飞身上房，霎时间方圆五百米的电线抖动不止，每个电线杆子上都留下了五指爪印。

爷爷一走又不见了踪影，直至奶奶上了飞机也没出现。飞机升空时，父亲立在机场大厅的玻璃窗后，面无表情；法师第一次见到飞机，贴在窗子上，嘴张得很大；女眷们抱着小孩，叫着：“飞机！”张招考叫了声“爷爷！”——女眷们见跑道上立着一人正和几个工作人员叫嚷，一抬手便有两人摔了出去。

苏小妍急叫父亲：“金贵，快看！”父亲一望，见自己老爹正像扔沙包一样扔人，急急下楼，到机场口便被阻拦，说没机票就不能进。曾湘萍：“他又是怎么进去的呢？”苏小妍冷冷道：“我也真不知他除了飞身上房，还有穿墙入壁这一着！”法师对着检票员大讲“我们是去救人的”，仍然无效。

一队保安手持棍棒绳索奔跑而至，跑在第一个的显然是主管。父亲一把将其拉住：“打人的是我爹。”主管立刻抓住了父亲，“走！”

飞机场上，却见挨打的工作人员呆呆而立，爷爷已不知去向。

那几人说当他们从地上爬起时，只觉一道黑风旋转不止，令人目眩心闷。再睁眼时，黑烟已经消失。再问，他们纷纷对爷爷的武功大为夸奖。父亲拍拍主管肩膀："我爹来自少林。"

此言一出，众保安肃然起敬，主管长出了一口气："幸好来自少林，这属于特殊情况，否则跑道上闯进闲人，我们非被开除不可。"父亲便掏钱请主管和众保安吃饭，互道姓名身份，知此主管姓王。王主管一直盯着法师，喃喃道："太像了。小时候，我奶奶有个高僧的相片，天天供着。"法师："那一定就是我。"

王主管大惊，立刻双手合十，忽又大惊："怎么，还俗了？这位啊，当然是尊夫人，难怪难怪。"望一眼曾湘萍，心想："红颜祸水。"望一眼父亲，心想："这是个什么人家？"

王主管这顿饭吃得毕恭毕敬，分手时父亲递给他一张名片，王主管一瞟之下见"人才交流中心"几字，心中又想："这是个什么中心？"脸上挂着笑容，口中说着："失敬失敬。"

一伙人回到家中，第一眼便向屋顶望去，果然见一人躺在屋脊上睡得正香，正是爷爷，一伙人松了口气。曾湘萍对苏小妍说："此人能去机场，也算有情有义。不过他这飞身上房的毛病，你得想法给他去了。"苏小妍叹口气："唉。"

二十一

父亲的"人才交流中心"开业后，许多人才两眼一黑，醒来后发现自己已经在一个陌生地方上班了。父亲的中心，使全国人才急速交流，公司迅猛发展，当年贩人集团的伙计都感慨："看来这卖人才比卖孩子，来钱快多了。”

当年贩人集团的伙计们纷纷投奔父亲，一起串联的知青们也纷纷投奔父亲。父亲决定改“人才交流中心”为“交流中心”，打算以后什么都交流了。办理改名手续时，办事员说：“你还不如干脆改为运输中心呢。”父亲便采纳了这个建议。

父亲发财了，决定装修房屋。知道曾湘萍以前是资本家小姐，便交给她去办，果然不负众望，半月后的家，连曾湘萍自己都觉得过分。爷爷却十分高兴，觉得眼前一切，已远远地超越了旧上海黄金荣、杜月笙的家，躺在床上，忽发奇想：“应该再讨一小妾。”

苏小妍见爷爷闭目倒在床上，脸上表情丰富无比，恐他又要飞身上房。爷爷心虚如贼，怕她已知道了自己的不良心理，小声说：“后宫粉丽有三千,三千宠爱于一身。”

苏小妍听得高兴：“要注意自己的行为规范，你我都是当爷爷、奶奶的人了。”展颜一笑，顺势坐在床上，“你那飞身上房的毛病一定要去了，如实在改不了，就改为飞身上床，如何？”在床上娇羞一团。爷爷心道：“黄、杜二人能有老子此时的快活？我张家老婆的功能集妻妾于一身……”单腿一蹦，飞身上床。

二十二

一日有客来访，竟是机场王主管，说他见坐飞机的人越来越多，一打听，原来挣钱越来越容易，就受到了鼓舞，从机场辞职，银行贷款盘下了一家将倒闭的玩具厂。但没想到挣钱并不容易，他现在已经负债累累。王主管叹了声：“都因为听信了谣言。”一脸苦相，怔怔地望着父亲。

爷爷小声对父亲说："瞧瞧，肯定是找你借钱来了。"耳听得苏小妍已经在批评王主管了："这就是你的不是了，既然是亏损企业，肯定问题重重，明明就是条死路，你难道想让我们一家子跟你死在一块？"曾湘萍也在说："你一个大男人卖玩具，这不犯傻吗，你难道想让我们大家伙跟你傻到一块？"母亲也要说话，父亲打断她："住嘴。"

王主管已经痛哭流涕，口中唠叨着："为富不仁。"久坐不语的法师忽然道："既然你奶奶供过我的照片，你这个忙，我帮了。"众人顿时愕然。王主管："你能给我多少钱？"

法师："钱太俗，我给你出主意。现在小孩子活在太平年代，缺少刺激，咱们这代人经历了种种颠倒梦想，太刺激了，如果制成玩具，小孩们肯定喜欢。至于一些大型的，不如卖给娱乐城、度假村一类地方，恋爱中的男女跟小孩没什么两样。"

一个月后，北京各大商场玩具柜台便有了新型玩具。为了促销，售货员往往示范一番，示范的售货员会有双倍奖金。这类玩具在小孩们心中至高无上，买回家去，对付父母。父母都觉得跟当年上山下乡类似，见到拍手称快的孩子，均想："怎么生了这么个东西？"

游乐园中，亦有这类大型玩具，青年男女双双而至，男方往往为一显胆色，主动一试，博得女友欢心，觉得是条汉子。游乐场中成就男女无数。

王主管成了全国第一个亿万富翁。法师成了全国第一个商务策划人。

二十三

法师另有打算，决定依据国内形势，当个游走四方的气功大师。曾湘萍的打算是，成为一个托尔斯泰。当他们夫妻各怀鬼胎时，家中收到了海外来信。父亲当年的小学同学再次提出要回国投资。

来信："我是中国人，我有中国心，就算傻×了，亦不惜。"

父亲回信："来吧。"

家中六个小孩由于在贫困中度过了童年，对现在金碧辉煌的家，感到毫无安全感，就像第一批登上美国大陆的欧洲移民。为了寻找失去的童年，他们开始流连在穷街陋巷。常常闯入一些下岗人家，不说不动地一蹲，两眼含泪，一待就是一天，直至那些被闯入的人家看不过去，说："我家没钱买水果，要不给你们一人洗根黄瓜？"他们才羞愧地走开，几天后那被闯入的人家会收到一箱水果，署名是"桃谷六仙"。

六个孩子杀富济贫的思想日益严重，但生活范围狭窄，他们眼见的富人只有自己的父母。由于父母都是高人，孩子们思索，如果动起手来，肯定讨不了什么好。但心中的杀机越来越重，听说现在从西方引进了心理治疗，他们便去看心理医生。

心理医生老练地说："你们这是俄狄浦斯情结，想杀父亲说明你们爱上了自己的母亲。"六个孩子大惊失色，从此再也不敢回家。

在六个孩子失踪的时候，父亲的小学同学回到了祖国。张家的四合院中，一时德、意、法、英、俄、荷、丹麦、瑞典、斯拉夫各国语言杂乱无章，胡同口挤满了高级轿车。附近邻居纷纷来看热闹，父亲叫道："都是华侨，散了散了。"小学同学们不服："我们的老婆可都是外国人呀！”父亲向他们解释了一番现在经济、文化一块搞活，坐公共汽车都能碰上老外，转头对围观群众叫道：“见怪不怪，散了散了。”

但围观的群众还不散，原来其中好几个人的老婆是外国影星，父亲就埋怨小学同学：“你们在国外生活了那么多年，怎么还跟国内的大款似的，喜欢包个明星？”小学同学们赔着笑：“改不了了，改不了了，给您家添乱了。”

爷爷听到外边有人喊明星，立刻施展轻功从屋里蹿了出来，吼道：“在哪？”一见外国明星为数不少，登时手脚冰凉，脸上滚烫，耳听得身后法师喃喃的声音：“阿弥陀佛。”

忽然满院子看热闹的人都转移了方向，似乎胡同里还有什么更热闹的发生。爷爷发出“别走，还想看什么说就是了”的哀求，但人流仍潮水般涌出。

原来六个孩子一直流浪在外，饿了许多天。胡同的人去看张家热闹时有的忘了锁门，六个孩子便趁机钻进去。正吃得高兴，有人回来，大喊一声：“抓贼！”立刻惊动了四面八方。附近居民抓起菜刀、火棍、拖把、扫把，一拥而上。六小子则组成了“少林拳阵”，双方或攻或守，打得甚是热闹。

张家院中，爷爷正在批评父亲：“你要早搬几把椅子，人就不会走了。”父亲的小学同学也对观众的走失，甚为不解，出来一看，立刻释然。对自己的明星老婆说：“与看美女相比，中国人还是更喜欢看武打。”

忽听一声锐响，远处打架的人群中一股黄烟冲天而起。爷爷见到黄烟正是少林“江湖救急”的信号，心中纳闷：“难道武当派大举来犯？”行动却快，众华侨见一条黑影蹿出，单足一点已在房顶，几个跳跃落入了打架的人堆中。

爷爷从天而降，见是失踪的六个小孩，望着张招考手中的那只火筒，正是自己当年的旧物。家学渊源，无可奈何，心中叹道：“想不到我一代少林高僧，竟然牵扯到小孩打架的队伍中。中华武术堕落了。”

爷爷对六个孩子怒吼一声：“你们要是连这帮人都对付不了，就死了算了。”又对围攻的人群怒吼一声：“你们要是连六个小孩都收拾不了，还活个什么劲？”纵身一跳，落在电线杆子上，摆出裁判的架势。

望着电线杆子上的爷爷，双方都觉得万分尴尬。大人们对孩子们说：“要不咱们接着打？”孩子们：“打吧。”双方又攻守了几个回合，父亲一干人挤进了围观圈子，对小学同学们介绍：“那都是我们家的孩子。”小学同学们发出一片赞叹声。

围攻小孩的大人们发出抗议：“你们这么叫，干扰我们情绪。”有的大人说：“我们也有啦啦队！”招呼老婆女儿，立刻响起女声大合唱，还有人举起“必胜”的牌子。

父亲大怒：“比谁能造气氛是不是？老子有钱，我他妈搞个现场直播。”立刻来了许多报纸电视台的记者，人群中架起了七八台摄像机，还有的摄像师对爷爷说：“你那个角度好，要不你下来，我上去？”

父亲的手机接到好几个电话，询问能不能插播广告。父亲回答：“我这有国际影星，可以给你拍广告，现拍现播。”正在讨论广告代理的价钱时，架已经打完了，六个小孩鼻青脸肿地摊倒在地。父亲大怒："生你们干什么，这么没用，一笔大生意没了吧！"六个小孩看着父亲，均想："该杀。"

当人群散去后，父亲的头脑才清醒过来，问道："你们为什么打架呀？"六个小孩被打得有点晕，什么都想不起来。父亲又去追着问打架的大人，大人们艰难地想了半天，最后说："就打起来了呗。"父亲回来对小学同学们说："就这么个投资环境，说个事都说不清。"小学同学们发出灿烂的笑容："咱不正好浑水摸鱼？"

小学同学们纷纷写了调查报告，寄回外国的公司，内容主要是对张家打架事件的分析。由于分析得有理，得到拨款投资，外企出现在大街小巷。

二十四

对于张家打架的具体事件，父亲决定诉诸法律。胡同居民没有法律意识，都不以为然。父亲又放出风来，要请香港黑社会来解决。由于港片风行大陆，胡同居民立刻明白这意味着什么，连忙赔礼道歉，给六个小孩送来许多张学友歌带，还有周润发、刘德华巨幅照片。六个小孩叫道："这都过时了！"当六个小孩收到王菲歌带，郑伊健、谢霆锋巨幅照片后，挨打的事就不了了之了。

但是父亲仍在思索此事，觉得如果当初谈判技巧再高一点，广告代理就能及时谈下，于是发动了全家学谈判。一家人学成后，苏小妍出场，因多年戏曲训练，快语吟吟，说得谈判方逻辑混乱，在头痛欲裂的情况下签了约；曾湘萍谈判时，只静静一坐，谈判方不自觉地想到："赶紧签完约，出去谈个恋爱。"爷爷出马，谈判方顿觉一股刀剑寒气穿身而过，在精神崩溃的状态下达成协议；有时法师也来相助，往往结束时，谈判方已成了泪人，口中狂叫要出家。

一时家产又翻倍增加。但张家的谈判大军终于碰到了对手。苏小妍出场，那人学黑人说唱；曾湘萍出场，那人哼札幌小调；爷爷出场，那人口嚼冰棍；法师出场，那人大谈基督教。

最后只得父亲出场。那人对父亲讲起了实证主义。谈实证主义正是父亲早年的爱好，两人头头是道地谈了半天，脑中忽闪出一人，顿时心慌："你……你不会是头儿吧？"

那人正是头儿，当年他被卖到台湾给日本人砍木头，如今是个台商。父亲："头儿，我害你在台湾砍了几年木头？"头儿拍拍父亲肩膀："我只砍了三斧头，便溜了。日本监工真能守住咱脑力劳动者？"父亲应道："就是，咱研究哲学的就是比别人强。"

头儿从怀中掏出张名片递与父亲，父亲下意识地也将自己名片递上，竟都是"运输中心"，不由得对视大笑。

头儿临走时说："反正也联系上了，我以后再找你算账。"

二十五

张家女眷们询问小孩为何离家出走，问出一个俄狄浦斯，均觉得养孩子无异于养虎为患。由于时代氛围尊重西方文化，爷爷做出决定："宁可信其有，不可信其无。咱们还是往外闪闪。"

大人们都离家出走了。爷爷成了武术指导，跟着武打片剧组全国跑；法师成了气功大师，摇晃小铃，游山玩水；母亲跟着父亲在各地搞运输；苏小妍跟着京剧团巡演。

最有出息的是曾湘萍，写小说出了名，被评为“少男少女的灵魂工程师”。她一直想成为托尔斯泰，但一下笔就是琼瑶，幸好她的崇拜者们认为：“以托尔斯泰的文笔写琼瑶的故事，不但超越了琼瑶，也超越了托尔斯泰。”

曾湘萍成了通俗文学的领袖，游走全国开各种文学研讨会，凡一出言必成经典，大报小报齐登。荣誉刺激了她的灵感，《中国安娜》《女人与和平》《又活一下》等爱情小说越出越多，成了国内第一个以文致富的人。

法师“周易说什么”“打通任督二脉”“神游极乐世界”的讲座也越办越多，成了靠气功富起来的第多少个人，以致爷爷羡慕地说：“可惜我那九阴白骨爪不是气功！”

法师：“不是也是，是也不是。”

爷爷：“你的意思是……”

法师：“止止，我法妙难思。”

爷爷思索了一会，不久传出气功神秘流派——“九阴派”传人出山的消息。

曾湘萍的文学研讨会和法师的带功报告，常常在一个地方。两口子见面总是颇多感慨。

曾湘萍：“祖国的名胜就这么几个地方。”

法师：“极是。”

曾湘萍：“我们都富了。”

法师：“极是。”

曾湘萍：“晚上一块乐乐？”

法师：“极是。”

后来听说曾湘萍又搞起了婚外恋，法师也有了情人。

二十六

六个小孩无依无靠地待在家中，感到内心凄楚，又去看心理医生。面对愁眉苦脸的小孩，心理医生说："找个女孩聊聊，比跟我聊管用。"

于是六个小孩纷纷早恋，从此熟悉了成人用品商店。每当看到孩子们来买东西，售货员总是发出感慨："连这种东西都帮父母买，真是太孝顺了！"

有了女朋友，远方寄来的钱便不够用了，好在正逢社会上"打假"风潮，六个小孩便流窜于北京各大商场，遇假货便买下，过一日便索赔。孩子自有孩子的生财之道，令各大商场痛苦不堪。他们的勇敢行为，影响了少女的时尚，女孩们对男友的要求已经由"开着大奔去看朝阳"，变成了甜甜地说："带着我去打假吧。"令多少男儿痛苦不堪。

一日正准备去王府井百货大楼，电话铃响，是一个自称横断山脉的人，想来家中与父亲叙旧。张招考一口回绝："我爸远在他方。"那人又说："见见昔日朋友的后代也好。"张招考大生烦恼："见我？一小时后，百货大楼前。"

那人正是葛若多，自从在父亲"贼就是佛"的言下顿悟，终于成为一代高僧，此番是来京讲学。当张招考站在百货大楼前，抽一口烟吃一口冰棍时，他走了过来。

张招考见来人一脸奸诈，起了戒备之心，礼貌地说："您好，再见。"转身便走。

葛若多不料是这种结果，估计又是自己这张脸坏事，感慨下唉了声："啊啊下萨麻哈。"几步远外的张招考立时转身，耸眉愤道："我操！你骂我什么？"葛若多惊道："我未曾骂你呀！""得了吧您，啊啊下萨麻哈是不是？我爸爸每遇不顺心事也骂这一句，你瞒不了我。"

葛若多举首望天，面部忽变得万分祥和，自语："他终是未忘记这一句，此行足矣。"也不再理张招考，反身过街，向送自己来的轿车走去。

背后的张招考仍在大叫："你骂我什么？"葛若多并不回头，气贯胸肺的一声："稀奇古怪，美妙非凡！"激动之下，掏出了父亲当年送给他的钢笔手枪，空抠了一下扳机。

张招考手持冰棍吮了一口，小声自语："美？没骂我反而赞美我，谁信！"转身见另外五个孩子各带着花花绿绿的女友，已经到来。便和他们排成一排，很酷地进了百货大楼，准备闹个天翻地覆。

二十七

当葛若多在百货大楼前扣动扳机时，远在千里之外的父亲感到心脏痛了一下，他急忙照了照镜子，见脸色并无异样。

唯一的异样，便是这许多年过去，自己还是个青年模样。大惑不解的父亲，想到自己认识的人，老婆、爷爷、奶奶、苏小妍、法师、曾湘萍，甚至头儿，都是多年不老，便更是奇怪。后来想起一句老话，就心底坦然了。

那句老话是——"祸害活千年。"

劫活

在围棋棋盘上有横竖十九道线，拼成三百二十四个方格，三百六十一个点。“劫”就是黑白双方在一点上相持不下，反复争夺。在这点上将蔓延出广阔的死亡，但有一丝生机会在远方钻出。为了远方的利益，高手会自造劫争。

——摘自《东湖棋评（白话本）》

我的父亲在一九七九年死去时，我有个不敢确定的记忆，在被推进化尸炉的瞬间，他的身体猛然脱离他的头颅，一跃而起，飞奔而去。

他是个下棋的。

以下是那时一篇关于他的报道：“在一九七九年，他离开城市来到他的出生地，而后他的棋风出现北方风景的野趣。他在棋盘上往往设下一片片复杂的对杀，这个黑白的世界没有风和日丽的温情，展现给人们的是寒冷的色调和低回的流云，表达着北方冻土的肃杀……”他在一九七九年的全国联赛中保持四十三连胜，令我省的团队名次列于前茅。

他虽过早死去，但我是个幸福的少年。有这样的父亲，我的童年贵族一般，享受着荣耀，许多不认识的人都冲我指点：“这是××的儿子。”他遗留下的头颅木头般燃烧，剩下些许灰末，留在一个盒子中被母亲秘藏。他的身体却像个销毁了证据的罪犯，不知游荡到何处。

我长大后，也成了个下棋的，落入了他生前的集体。

那个集体中是一些和蔼可亲的人，他们都衰弱颓废，如同海岸边昏暗的灯塔，勉强标示出我父亲曾经的存在。那在一九七九年的荣耀至今是我省围棋唯一的荣耀，有时我想：他活在一群弱者中间。

我所在的省份是一片枯萎树叶的形状，有着那篇报纸上所说的冻土，恶劣的气候让心灵难有余绰。围棋子晶莹光滑，应是南方和缓的水流冲刷而成，而我们的手过于粗大。我省的人体力充沛，这是亚寒带人种的共性，他们在诸多体育项目中轻易地取得成绩，有着温带地区羡慕不已的爆发力。但在各种棋类比赛中却缺乏控制力，在棋盘上展现了亚寒带特有的不连贯思维。

他们以粗糙的生活方式度过一生，本能地应付一切，仿佛是苍天喂养的家畜。我父亲却展示出旺盛的智能，背叛了自己种族素质，所以他死了。他一度战胜了外省所有棋手，他能力超绝，怎能轻易地死去？我在很小的时候就对此怀疑，他的死总该有个具体因由，不能归咎于死亡本身。活在那样的土地，我的童年简单乏味，就以琢磨父亲为乐。我像个侦探一样开始了我的一生，我应该有个仇人。为了追究父亲的死亡，我下起了围棋。

第一次摸棋子时就感受到父亲的大脑与我重叠，眼前出现一只巨型手掌的幻象，手指间飘着白云，事后妈妈说那是家乡一座山峦的形状。由于我过早地来到城市，对家乡的记忆已模糊一团，所以这清晰的视像只能源自父亲的大脑。

当这只手掌在我瞳孔中显现时，我的手落在了棋盘，对手的一串棋子无声地死亡。我顺利地通过了棋力测试，终于在九岁的时候作为神童进入了围棋省队，这个父亲生前的集体。我接触了当年与他为伍的所有人——那些我叫作叔叔的人，沉默寡言地度过了青春期，没有和任何一位叔叔的女儿恋爱，我害怕性爱关系化解了血海深仇。

我的母亲思维简单，对我的不近女色深感不安，而我总是劝她：“不忙。”这么多年来，我总得掩藏我那过多的智力，勉强维持着母子关系，接受着她没完没了的教诲。总是隐隐约约地觉得被一双眼睛窥视，应该是我仇人的眼睛，为了这双眼睛，必须把自己表现得毫无心机，我的生活就像是一场旷日持久的演出，参加了大量户外运动，在一个篮球架下消磨所有时间，并且在下棋时故意输掉，直到围棋队考虑要把我调到篮球队时，我才稍稍认真。

体协大院中有诸多的队伍，聚集着大约五百少年。我经常去的是体操队和滑冰队，每当看到那些小女孩从木马上摔下或是在冰场上滑出去好远，我总是充满快感，想象着把我假想的仇人摔得鼻青脸肿。同龄的队友十分不满我看着女孩哈哈大笑的举动，认为我丢尽了围棋队的脸。

我省是体力化的人种，早恋是普遍现象，而且深入人心。尤其我们体委大院中的少男少女，大家多是来自外地，总是早早地搭帮结伙。每当晚饭时分，在体协大院的食堂中吃饭的少男少女总是成双成对，那种热烈的气氛实在令我向往，但我家就住在大院里，每天得回家陪妈妈吃饭。我死去的父亲不但棋艺高超，而且生活能力颇强，早早就将我们一家三口的户口从乡下办到这里。有时想，如果我家不在这里，也许我会活得如鱼得水。其实就算我家远在天边，也很难如鱼得水。因为我既然不和叔叔们的女儿谈恋爱，自然也就不好意思找其他人，否则会伤害两代人的感情。

有许多同龄少年来自偏远城镇，强劲的体能是他们改变自己的唯一凭借，比如体操队和田径队的人。但我们围棋队多是世家子弟，和我一样每天回家吃饭，和我一样腻烦得要死。除了这个狭小的圈子之外，在我省下围棋是件不可思议的事。在我进围棋队的第一天，我们的队长说："围棋是文化，但现在衰落了；围棋是智慧，但没人知道……"如此等等，情绪激昂。他说话时那么孔武有力，以致我认为他是杀死父亲的凶手。

我的父亲是个强者，所以能杀死他的一定也是强者，最合适的人选就是我们的队长。我管队长叫"阿帝叔"，应该说他是我家的恩人。

在过去时光中的某一个十年，许多事情神奇得不可测度。我听妈妈说，那时阿帝叔因为下乡改造的缘故来到我省。在蜷曲树叶形状的省份中一个蜷曲树叶形状的小村，和他同来的围棋手或是老死或是以特殊关系返城了，两年后他发现自己孤单地留在那里。在一次种田的间歇，他躲在闪动的树叶阴影中算计，觉得自己可以忍受在种田程序中日渐衰老，却悲观地感到当体力被那套程序耗尽时，偏偏还有什么仍在活动，难以疲惫，那就是智力。

我的父亲那天在烈日中行走。他是个年轻力壮的农民，尚未和我母亲成亲，充沛的体力难以消耗，便拎着个石灰桶，在村中四处刷上标语。他处于亢奋状态，想象着如果村中的每一寸土地都用石灰密密写满，那么整个山村远远望去便如笼罩在一场鹅毛大雪之中，深夜后仍会发出一层银灰的闪光。

父亲为了追求下雪的动感效果，想在每一人身上都溅几点石灰。当他望见一个蹲在田埂树荫中发呆的人时，便毫不犹豫地将一刷子石灰甩了过去。石灰打在那人身上发出粪便落地的响声。那人转过头来，怔怔地说："我教你下棋吧。"

我父亲陪阿帝叔下了七年的棋，消耗了他七年的智力。七年后阿帝叔返城，但没能回到他的故乡，他去了我省体协，一去便赶上全国围棋联赛。那时百废待兴，各种机制争先建立，比如体协中的围棋队。有了围棋队便要参加全国联赛，但阿帝叔的围棋队就他一人，这样的队伍无法在全国亮相。为了我省的荣誉，他从那个小村招走了我的父亲。

我的父亲到城市后判断了形势，开始讨价还价。作为一个省队的代表，理应一家三口都是城市户口。体协领导对我父亲的小农思想感到意外，但还是答应了这一要求。在这一过程中应该还经历了一场棋力的测试，但当时体协中会下围棋的就阿帝叔一人，这测试有无水分不得而知。

如那张报纸所述，他在一九七九年开始了向他出生地的漫游，但他并非要在风景中顿悟，而是去接我的母亲还有我。当我们一家三口变成城里人后，他和阿帝叔组成省围棋队，去了杭州参加联赛。

在那个时代，总有一种大张旗鼓的感觉。联赛开始时比赛规则尚不完善，由于各省人数的不等，就每队不管人数，必须下够一定的数量，最终按照累计的胜局数定名次。阿帝叔和父亲的省队一共就两人，他俩下得最多，所以才会有我父亲的四十三连胜。

目前的全国联赛已经规则精细，所以也就不会再有奇迹。我的那些围棋队叔叔多是当年受到我父亲胜利的感召，方才开始学围棋的。他们从各种不同的行业转成围棋手，进队时多已三十出头，这一现象只有我省才有。实践证明围棋必须从八九岁学起，我省当年的做法无疑是招收了一大批业余爱好者。但他们的到来令围棋队充实起来，终于像个省队的样子。这种滥竽充数的做法迫于无奈，事实证明，现在连充数的滥竽都已没有。

虽然那些叔叔们的围棋事业毫无指望，但他们并不抱怨自己当年头脑发热。我父亲当年带给了他们一种激动，虽然当他们来到省队不久，他就死去。他生前应该有个惬意的集体，不知为什么没有存活下去。

杭州是座优美的南方城市，他去的第一天就水土不服，高烧病倒，但第二天他就开始赢棋。在父亲的遗物中有一把竹骨折扇，上面题有“雪崩”两字，那是一位杭州棋手送给他的纪念。杭州这个才子之乡讲究意境化的美感，那人以自己的传统意识对父亲的胜利进行了美化。由于阿帝叔教我父亲时完全处于过棋瘾的需要，不是胜负的正常进行，而是故意使局面混乱以求趣味。

父亲的非传统下法令所有的人倒了胃口，毫无趣味感的享受。也许那种混乱不堪的棋风，令那位杭州棋手产生了雪崩的瑰丽意象，但许多人一见到我父亲便头昏脑涨。

据许多人对一九七九年联赛的回忆，父亲每下完一盘棋，面容总罩着股紫黑色。当他在棋盘上追打着对手时，一种无形的力量也在追打着他。一位围棋大师曾经说过，围棋正如所有古老的职业，技能是高度年龄化的，当一个孩子过了九岁再学棋，一切便等于白费。父亲学棋时已经二十多岁，他一生的奋斗都显得过于牵强。

父亲在比赛时背负着为城市户口所做的许诺，如果他大败而归，我们一家三口一定处境不妙。作为想用石灰伪造下雪的人，父亲一定有着丰富的想象力。这种想象力打了所有人一个措手不及，他带着荣耀从联赛归来，很快地死掉。

我母亲对父亲的死解释得简单明了："他是累死的。"我母亲对那次联赛没有任何抱怨，我家来自农村，属于低层民众，做任何事原本都要付出几倍的代价。比如我爷爷为了娶我奶奶给地主打了几十年长工，老得不行了才达成心愿。我姥爷为了娶我姥姥，也给地主打了几十年长工，老得不行了还差点没达成心愿。他们累得要死才有了后代，而我的父亲只不过搭上条小命，就令他的后代做了城里人，我母亲一定还觉得占了便宜。

但省体协对我父亲的死解释得十分复杂。由于棋盘高度抽象的经纬造型，有许多远古的学说附着，与我父亲相关的是"五行之说"：

在头顶的夜空中有金木水火土五块星云，地面镜子般将它们映照，随着天体的运行，它们的影像依次流过大地，人的生命在它们的光影中生成。父亲的棋风被人们一致形容为乱糟糟的火焰，他在那一年联赛中的出众表现，被认为时当火焰星云流过大地，正是所谓时来运转。当这片星云流走后，他的生命想当然地枯竭——这个古老的学说，我觉得狗屁不通。

翻看一九七九年联赛的棋谱，我不得不承认那时的围棋水平很低，但总被其中的惨烈所震惊。越低级的搏斗越残酷，昆虫间的撕咬比禽兽凶狠。处于低级状态中的父亲越战越勇，绝没有那张报纸所说的“风景的野趣”。在他的棋谱中布满了对手严重的错误，看来和父亲下棋的人全都心神不宁，我对这一现象百思不得其解。后来看到一张父亲当年下棋的照片，他的下巴歪起，表情很像打架，连我都觉得他不是好人。父亲以下里巴人拼死拼活的劲头击败了围棋世界里的所有高人，他这种人实在不应该长久。

今日的围棋不再追求快感而是崇尚理性，如同电子表上清晰的数字，那些频繁出错的现象再难发生。作为二十一世纪的棋手，我对于父亲的棋风持批判态度，有时也相信父亲的灭亡是历史的进步，但我还是怀疑他的死亡。

我也想过自己对此不依不饶的原因，因为我五岁他就死了，没有留下多少确切的记忆，只保留下一张我小时候的蜡笔画，上面是他的脸，一个圆圈两个黑点。我很思念他，但我的思念没有落脚点。也许为了回避这个情况，就将他变成了一个扑朔迷离的悬念，借以消耗思念。但他的身体脱离头颅飞奔而去了，明明是个含冤待雪的形象——我怎么会有这样的记忆？

阿帝叔在我进围棋队的第一天，就说围棋是智慧的结晶、是文化的象征，但我怀疑他是凶手。因为他的字十分难看，从他的字上看他没什么文化——我总能从细小的地方寻找蛛丝马迹，他的字体让他的一切行为变得可疑。更让我怀疑的是他竭力想让我成为他的女婿，很久以前就将女儿的照片压在我家写字台的玻璃板底下，就在我的照片旁边，还兴致勃勃地说什么“郎才女貌”。压在玻璃板底下的是我俩的满月照，他女儿五官臃肿，更谈不上什么身材，而我抓着个铃铛，一副胸无大志的模样，这样的一对儿很难有什么幸福可言。他的女儿和我同龄，只相差几天，这紧紧相连的日子，估计被父亲和阿帝叔当作他俩友谊的象征。她越长越漂亮。将这样的女儿给我，明显地是想对我做些补偿，所以他一定做过对不起我的事。但他一直对我很好，所以只能是他害死了我的父亲。

这个念头搅得我坐卧不安。在九岁进省队的时候，我的“神童”是有折扣的，当时招收了十多个神童，基本上都是老队员的孩子。我从小的生活环境就是个下棋的环境，当我表现出对围棋的兴趣后，许多叔叔就暗下决心要将我培养成才，其中包含了他们对父亲的怀念。其中最热心的是阿帝叔，他当年塑造了我的父亲，今日就要塑造我了，我的生活将被一个凶手捏出形状。

我思维简单的母亲在体委大院的食堂工作，她带有农民乐天知命的本性，愉快地为厨师们打着下手。她有一边干活一边嚼东西的习惯，是一种不知名草籽，从山村中带来。那种麻嘴的味道令我不敢尝试，但每当看到她口中嚼着草籽，坐在一个大盆前兴致勃勃地剥豆角或削土豆，我总感到她能长命百岁。她手中的蔬菜迅速地分裂成小块，如子弹的喷射，撞击在金属盆上，发出悦耳的叮咚。她咀嚼草籽的速度和剥菜的频率一致，越来越快，每每令我惊奇。她所享受的劳动快感让人着迷。

她没能活到一百岁，在我十五岁的时候死去，是自然死亡。她死去的那个下午，我忽然想尝尝她嚼的草籽滋味，在家中没有找到，就跑去了她的食堂。她就工作在食堂，可她没有让我在食堂吃过一顿饭，总是在家中做好我的吃的。她凭着简单的信念走完了一生，我就是她的信念。在她怀我时农村的亲戚给她算命，说必生贵子。她对此坚信不疑，怀着巨大的成就感将我生了出来，我的一生在她的头脑中已被充分想象。

我情绪激动地冲进食堂，以后就可以在这里吃饭了！

厨房中有一大盆，旁边是积聚的蔬菜。从母亲食堂的衣帽柜中，我搜索出几粒散落的草籽。嚼着这几粒草籽，我开始入神地挤一个个豆角。我的怪异行为被发现时已是下午四点，那时我的注意力完全被豆角吸引，将忧郁转移，剥出的豆角堆满了两个直径一米的大盆，即便是一个职业厨师这一速度也有些过快。在那个下午赶来做晚饭的师傅们开始叫我“魔鬼豆角”，从此我有了一生的外号，这一外号日后在围棋界颇为响亮。

就在母亲死去的那一年，我将对父亲死因的调查暂且放置一旁，我必须日渐成熟，否定一切荒唐的想法。如果我像我的父亲，我会过早地死去；如果我像我的母亲，我也会过早地死去。所以我决定以一种迥异的方式生活下去。

从此我的生活中只有棋子，这些棋子有着药片的圆形，它们是夺去了父亲生命的毒品。我下棋时总要抑制着恶心的感觉。我完全违背了父亲的棋风，我的棋冷静客观，如少妇的头发，一丝不乱。

从我的棋风中可以看出，我是个考虑得很远的人，没有诗情画意，但专注自己的行为，我明白，只有成为强者才能享受生活。我已淡忘了无头的父亲仍在奔跑，只是下棋，像训练一只狗一样地训练自己。

阿帝叔的女儿日渐漂亮，体协中所有的人都知道我和她必将结婚的陈旧玩笑。

这玩笑搞得人人神经紧张，其实我的不近女色不是为了调查父亲的死因，而是另有苦衷。由于她的存在，我像一只已经死了的动物，躺在笼子里无人问津。体协中所有的女孩都将我置于她们的考虑范围之外，一见到我就两眼无神，浑身放松，这对于一个正在成长的男孩，真是场灾难。

她也从不给我接触的机会，总是突然闪现，留下点新鲜印象后就迅速溜走。到结婚的年龄尚要耐心等待，难道怕我在这漫长的时间里找到她的缺点，从而要求退货？

在我的成长过程中，从不曾得到异性的刺激，所以我发育不良，只好专心下棋。我坐在棋盘前总是垂着脑袋，观看着棋子冷酷的黑白，我以不抬头的姿势活到了二十六岁。让我抬头的是一条浅蓝色纱巾，那是我在第一次参加全国联赛时的所遇，令我在成为强者的道路上停顿了脚步。

二十六岁是一九九九年，我第一次参加了全国联赛。

联赛赛场只有一种气候，永远的冬季阴寒。棋手们无言对坐，打子声如冰层爆裂。在主办人的安排下，赛场流水变换，棋手奔赴名胜古迹，在浓重的文化氛围中角逐，美丽景色映射在心底，如死人脸上的扑粉。每变换一次地点人数便急剧下降，失败的棋手被淘汰在一座座城市。现今联赛的规则已经更改，不再是集体式的一拥而上，而是在集体的名义下个人间的争胜，所以只有强者才能走完这条名胜古迹的道路，比如阿帝叔就被抛在了一座南方的水城。

九月三十日，晴。浙江杭州西子湖畔围棋会馆，我父亲当年扬名的地点。它是这次联赛的终点，全国名次在这里产生。下午两点，我面对着一位棋手，他优雅地合上折扇，夹起一粒棋子缓缓打在棋盘上。我向棋盘看去，在复杂的黑白子中有一点空白，是“劫”。

棋盘上空出的一点显露出棋盘的本色，莹黄的木漆光泽令人神伤。

望着这个劫，我又一次感受到父亲的亡灵，灵魂是一种迷惘的感觉。

这次联赛，我原本早该被抛弃在某一个城市。凭着苦功我并没成为什么高手，牵强地被阿帝叔带来见见世面。我省位于不适于下棋的亚寒带，在联赛中我遇到了很多温带的人种，往往在一开局就处于劣势。棋下得就像手术台上的抢救，用冰冷的刀针捕捉生机。但每当绝望时，从虚空中便会伸出一只巨大的手，将我萎靡的身形一点点捏直。随着这只巨手，父亲着火的头颅融入我的大脑，弥漫出他当年的杀气。

我总能起死回生，胜负靠着怪异的一着，完全背叛了自己稳健的棋风。

每当我走进围棋赛场时，一种奇妙的回声便旋绕在广阔的天顶，那是众人对我发出的唏嘘。对于突然来临的本领，我也一样惶恐。那逆转局面的能力别具魅力，一些报道的文字晕染了我，我有一天突然就成了著名的“魔鬼豆角”。

和我打劫的那位棋手，虽然神情焦躁，手中的折扇依然摆弄得优雅，这就是我可望不可即的。他的生长环境有着最初产生围棋的那种气息，而我却是个地道的蛮类，这种自卑感即便是胜利也无法消除。

一个劫的下面滚动着整局棋的活力，是深海的旋涡。

打这个劫时，我已有了算计，在持续很长时间的反复提子的过程中，我的脑海向另一处流去。

那是到达杭州的第一天，我们仅存的一批围棋手刚下飞机，一条浅蓝色的纱巾便出现眼前。杭州一年四季散发着懒洋洋的温和，少有风沙，原本不应见到蒙在脸上的丝纱。那是一尊强健的女人身体，胸部与臀饱满得犹如张开的弓弦，她的面容被纱巾隐藏，以弹力十足的步伐走到了我们面前。

她走到了我们中的一人面前，那人鬓角花白，有着前辈高手的翩翩风度，他就是当年送给我父亲折扇的杭州棋手。我和他在这次联赛遇上后就管他叫“杭折扇”，这个开玩笑的称呼表达了我和他之间的亲密。很奇怪的，一见面他就给了我一种亲切的感觉，这种感觉我已多年未遇。阿帝叔也是个风度翩翩的人，说话的音律有种特殊的感召力，母亲死后他就承担起照顾我的责任，深入到我生活的每一个角落，明摆着我会成为他的女婿。他漂亮的女儿在滑冰队，善于将一条腿掰到耳朵的位置在冰面上单足滑行。每当望着那竖起的光腿，我就感慨：“这就是我的命运。”但阿帝叔并不曾给我这亲近的感觉。

在联赛上遇到杭折扇后，他就将我作为侄子，将体会到的围棋奥妙无保留地揭示与我。他的语言闪烁着南方文化的灵性，而阿帝叔只会向我摆分析图，真是乏味。比如杭折扇口中的“劫”，竟然用一句诗来讲解，那句诗为“今日我已成孤月，幸有晨辉接曙光”。劫只是早晨的一弯残月，本身光明淡薄，但整片的天空已经亮了起来。不要赢劫，但要通过反复争夺将这个劫弄得重要无比，让对手不惜任何代价去赢这个劫，所谋求的其实正是对手的代价，这便是“接曙光”的意指。我的阿帝叔就没有这种诗化的领悟，我跟他学了十四年，却不知围棋的意境所在。每每听完杭折扇讲棋，我并不羡慕他的智慧，而是感慨如此的智慧该由多么惬意的生活滋养。

望着杭折扇年轻的妻子，很想掀开她脸上的纱巾，触摸她的面容。她可见的体形是雕塑的感觉，甚至望她一眼就立刻感受到她浑身肌肉的重量。也许正是她身形的明确，更显得纱巾的暧昧，使人产生观看她面容的强烈欲望。我想，她应该有着挺直的鼻梁，圆满的脸庞。杭折扇似乎也对妻子的纱巾感到好奇，但没有问什么，只是将我向她介绍。我们握手了，我手中的她的手有着滚滚的热感，她的手在我手中蠕动了一下，仿佛一头小兽。

我的生理在这一秒钟迅速成熟。

出了飞机场，杭折扇将我请到他的家中，在那里他的妻子解下了纱巾。她果然有着挺直的鼻梁圆满的脸庞，我还发现在她的脖子上贴了一块拇指大小的白色胶布，她抱歉地说是不小心碰伤的。杭折扇冷漠地看了她一眼，没有任何关心的表示。

我二十年来一直过着严格的禁欲生活，实在对女子脖颈的胶布没有经验，但凭着男性的原始灵感，我超验地想到在那块白胶布下是残留的吻痕。我都想到了这一点，估计所有的人都会想到，这也是她在飞机场戴纱巾的原因，不是为了隐藏面容，而是保留丈夫的颜面。

吃晚饭时，杭折扇故意多喝了酒，讲起话来滔滔不绝，将我的脑子搅得一刻不停。也许他想干扰我对他妻子的猜疑，他离开杭州已经一个月时间，他妻子脖颈上的胶布一定与他无关——想到这一点，我忽然有种莫名的亢奋。

我后背僵硬地靠在椅子上，抛弃了围棋盘前的低头姿态，对面的杭折扇斜睨着她。杭折扇正在说“棋之将死，有劫则活，人之将死，无若奈何”。他像一个没有教养的小孩，用筷子将盘里的花生拨来拨去，比画着给我讲棋。他说，当一局棋要输了，可以通过打劫起死回生，但人的一生要输了，就没有打劫的好事了。他在酒精的作用下，双目眯得斜斜纵起，眼角的鱼尾纹延得长长。他说，人的一生是输不起的，天地比不上棋盘宽容。他说这番话时，散发出一股马路上的柏油味道，也许就是人们常说的“老人味”。他整个人像根软化的蜡烛，在慢慢变丑。

他老了。

在他展示自己衰老的同时，我的脚踩上了他妻子的鞋带，在桌面下。对那条散开的鞋带，我已经注意了很久。一进他家，他妻子就将凉鞋的扣带散开，拖拖沓沓地走着，那长长的扣带在地板上蹦蹦跳跳，吸引了我的目光。我呆滞的目光，立刻引起了她的反应，她跺了跺脚，解释说：“我的拖鞋坏了，只好这样。”

在她的脚弓骨上有一道粉色的压痕，我一直关心着她已经解脱的双脚，那双脚呈现出松快的姿态，仿佛卧在沙发中撒娇的女人。我的鞋子踩上她摊在地上的鞋带，在那一刻，她胸口前耸，腰部骨节响了一声。我踩上的是她的鞋带，却好像踩到了她的肉体。

我等待着她勃然大怒，这一切我始料不及。

在机场一见到她，我便抑制不住地想碰碰她，选择了鞋带这个最安全的接触点。这地方远离她的神经与皮肤，这地方没有她的血肉，我和她的相碰将不过是两块凉鞋塑料的相叠。我已经反复想过做鞋的原料只是些无机物组合，安全可靠。那根扣带就在我的旁边，踩上去她不会发觉，此时不踩也许就永远地没有了机会——我如此地告诫自己。经历了一次次勇气的败退，终于伸出了我的左脚，脚心心脏般跳动。

我调整后背，摆出倾听杭折扇说话的最佳姿态，目光在转变姿势的同时迅速滑到桌面之下。我看到自己的脚仍踩着那根鞋带，但她的脚已脱离了凉鞋，摆到了别处。她赤裸的双脚上隐约着别的色泽，那是她淡蓝的血管。

她若无其事地喝着饮料，野兽汲水般伏在桌面，伸展出结实的脖颈。随着吮吸，她后背的肌肉逐渐缩紧，我俩都有一个坚硬的背脊。

杭折扇在不停地讲着，她在没完没了地吃喝。我脑中想象着她鞋外的双脚，忽然有种委屈的感觉。出于报复，我的脚按着那根扣带，悄悄将她的凉鞋远远带走，这个动作干净利索，跟刚才全然不同。

在我弄走她鞋的同时，她仿佛在睡梦中受惊般地周身颤动，幸好她很快地抑制了自己。她疲惫地活动着脖颈，在脖颈运动的弧线中，她的双眼空洞地扫我而过，垂下头很响地吸了口饮料。我忐忑不安地坐了一会，终于决定将那只凉鞋拨回她脚边，当鞋碰到她脚趾时，她拍了拍桌面，说：“不早了。”然后飞快结束了饭局。

很多年以后，我从一本科普杂志上看到：“女人的触觉无处不在。”

我反复回忆着那天在杭折扇家的晚餐，脸上流露出失神的表情。也许这表情给我的对手造成了莫大的信心，在这个劫上他强硬地和我争执下去。但那微小的一点空白被他占有后，棋盘上他的棋形反而出现了崩溃的征候，又走了几步，我就赢了。

当我在棋盘上放弃这个劫时，内心已做了个决定，有一件事必将发生。

我像抱着个女人一样将这个决定带回了房间。杭州的日期是联赛的最后阶段，能来到这里的棋手享受着单人房间的待遇。每当不脱鞋地躺在房间的床上，就会感到没有阿帝叔的日子真好。来杭州之前，参赛棋手达一百人之多，我和阿帝叔合住一个标准间。我在这次联赛突如其来的表现引发了他一层隐隐的嫉妒，他竭力地想在这次联赛能有所作为。为了稳定心神避免所有的刺激，和他在一起就没看过电视，总是早早便睡。醒了后也一动不敢动，怕起床的声音将他惊醒。所以他在那座南方水城被淘汰时，我的耳畔猛然响起交响乐恢宏的幻听。

躺在床上望着窗外，有一片蓝色的大楼满是褐色的玻璃，这个色彩极度不协调的地点就是我们的赛场。遥遥向它望去，上千扇窗户幻化成一个个透气的丝织网眼，一条无穷大的丝巾飘舞在我的窗外。在丝巾中是棋子打在棋盘上的声音，和我听过的有些不同，不是近距离的刺耳，而是深谷传出的，不是赛场中几万颗棋子同时敲击的嘈杂，而是一下一下清晰无比，钟声般肃穆。那条丝巾在风中旋转，形成了一个直通天地的圆筒，将这声音运送出我们的星球之外，在黑茫茫的宇宙中传导。下棋的声音将丝巾震颤，无穷薄的丝巾表面生出波涛，正如我血液的波动。血液以它特有的冰凉由头流到脚，我很想用我的双脚将一个女人绊倒……

在床上躺了一会，估计今日赛场的所有棋局都已结束，就快步走出宾馆，等待在那栋蓝色的大楼外。一会楼门中响起巨大的回响，黑压压的人走了出来，噪声消解了沮丧与兴奋，走在最后的是杭折扇。他精疲力竭，胸口衬衫一片汗泽，不要认为围棋只是智力的付出，一盘全神贯注的对局可让人在三小时内失去四斤的体重。我迎了上去，他努力地做出一个微笑，带着脸部神经的疼痛。我问：“怎么样？”

他：“赢了。”

我：“明天。”

他：“明天。”

明天将争夺决赛权，是在今天赢的四个人中的比赛。今天，我和他都赢了，也许明天抽签就是我和他的较量。他从大楼台阶上走下，扶着我的肩膀，立刻倾斜来他全身的重量。我任他扶着，慢悠悠地将他送到路口，稍一停顿。左面是大街，走大街便是回家，右面是宾馆，那里有他一个房间。他转向了左边，我帮他打了一辆出租车，他坐进去时，眼神莫测地瞄着我：“豆角，我老了。”

我没有接他的话茬，直接向他挥手。出租车远去。

第二天早晨，抽签。我抽到了他。

他的眼睛布满了血丝，但衣着洁净，发型利落。他深吸了一口气，落座在我的面前，抓起一大把棋子，哗啦啦的声音击点在坚硬的棋盘上。望着他掩盖棋子的手背，我从棋盒中拈出了一颗棋子。他手背的血管轻微地扭动了一下，手掌张开，喘着气一粒粒数起自己拿出的棋子。数子的结果是二十六颗，双数。我刚才用一颗棋子无言地表示选择了单数，猜子的结果是我错了，所以他执黑先行。

他整了整不需要整理的前额发丝，将一颗黑子打在了棋盘的右下角，发出了清脆的声息。这次下棋的只有两对人，回荡在大厅中的落子声终于清晰可辨。今日出现的第一步落子声令我心旷神怡。

当我们走到第四十步时，我从棋盘中取出一颗子，握在掌心直伸到棋盘的中央，我的这个姿势大概停顿了三秒钟，然后我的手掌一翻将这颗子按在棋盘上，当我的手撤开，光亮棋盘上的是一颗反扣的棋子，大厅中立刻响起一片惊呼声，盘旋着上升到天顶。

杭折扇狐疑地望着我，我没有和他维持对视。现场的记者和棋协人员构成个半圆形围拢过来，我扭过头瞪着这群人，他们纷纷垂下头站在原地。我对于自己的威严感到满意，然后我姿态庄重地起身，快步离开了那里。

回到宾馆后，我翻看着服务员送来的报纸，昨天的报纸上，有一篇写我的东西："他被称为'魔鬼豆角'，来自远方的冻土地带。在大概五岁的时候，他从出生地来到城市，迅速显露出天赋的才华。这种显露原本只在大地的一角，现在他是联赛上最明耀的星辰。他的棋风非传统所有，在众多围棋爱好者眼中别具魅力。这颗突然出现的星辰打破了天空原有的次序，明日他将争夺决赛权，再一步将是夺取冠军。这就是他的运行轨道，似乎他的胜利已成为必然。"

这东西和二十年前写我父亲的报道大同小异。我穿着鞋躺在床上对写这东西的记者感到好笑："似乎他的胜利已成为必然"，而我刚才以围棋特有的仪式推枰认输了。执行这一无言的仪式，作为失败者收场得很有尊严，想到这一点，忽然对围棋萌生了一股不曾有过的真挚。

三个小时之后，围棋协会通知我和另一局的输者对局，以便决出本次联赛的第三名，比赛时间安排在争夺冠亚军的同时。一听这个时间我立刻弃权，这样我成为本次比赛的第四名。而冠亚军将在杭折扇与另一局的胜者间分配，他们的对局在两天后举行。这以前我们都是一天接一天地下棋，劳累得像是农民赶集，看来只有强者才能享受休息。

作为一个上年纪的人，两天的时间是很好的喘息。但杭折扇并没有抓紧时间，他用了整整一天带着我四处游玩，同去的还有他年轻的妻子。

我们参观了许多的名人墓地和大大小小的古代寺院，最终将一块巨大的塑料布铺在了西湖边一道斜斜的草坡，躺在那里享受着温暖的落日。我躺在中央，杭折扇在我的左边，他妻子在我的右边。那女人已经走了整整一天，浑身散发着热烘烘的汗味。

杭折扇的侧影轮廓清俊，犹如经过了精细的打磨。我一直在暗自模仿他文雅的言谈方式，这一天他就像个优秀的导游，将自己的城市说得津津有味，我一整天都不得不做出兴致勃勃的模样。现在他脖颈僵硬地扭向了我，嘴角的褶皱在夕阳中刀疤般显现。对于阿帝叔，对于他，这次联赛可能是最后的机会，他们这一代棋手生理的极限已经来临。我输给了他，他就可以走完联赛的全程，也许在两天之后他就是全国冠军。

他嗓子嘶哑地哼了一声，将要说些什么。

我抢先说话："讲讲我父亲吧。"

他陷入沉思。我知道他二十年来一直在思考这一问题，来到了杭州后我才发现他在当地围棋界的资深地位。杭州围棋会馆展览厅中有一张照片，保存了他当年无忧无虑的表情，和今日得体的笑容是多么的不同。那些陈年的报刊资料记载了他是二十年前的一代天骄，但他被父亲战败，从此一蹶不振。表达着"英雄相惜"美谈的一把折扇，也不能掩饰他心中的痛惜。也许他在那把折扇上写的“雪崩”两字，不是对我父亲棋艺的颂扬，而是自我内心崩溃的写照。

“每一代新人开始下棋时，总是坚信胜负由自己的努力决定，随着对围棋的逐渐深入，才发现自己的行业有着神灵。围棋的神灵是个成长中的女孩，她的恋爱行为与其说是寻找男人，不如说是借此体认自身。她没有永远的情人，这也就是为什么围棋界没有常胜者的原因。”

“在冻土中的你省是这位神灵尚未光顾的角落，那里人们旺盛的体能令她备感新奇，她需要借助新的人群令自己发育成熟。她制造了你父亲的胜利，你的父亲是一艘供她出游的快艇，也就是古语所言‘时势造的英雄’。至于你父亲的真实棋力，不见得如时势中般高强。”

杭折扇斟字酌句地讲完上面的话语，这些话在一九七九年联赛后就将他反复折磨，二十年来已不吐不快。这是第一次有人当面否定父亲的棋艺，虽然和我的结论一致，仍是产生一股强烈的抗拒。我尽量减免嘲讽口气，说：“棋可是一着着下出来的，你的围棋之神怎样在棋盘上显灵？”

他吃惊地瞪了我一眼，许久，小声嘀咕着：“一位老前辈曾经说过，当不按常理摆上越来越多的棋子后，就什么都可能发生。”他停顿了一下，恢复了正常音调，“豆角，这是你父亲的取胜之道，作为他的儿子你还不明白吗？这件事你已经牵扯得太广，什么都可能发生。”

我知道他口中的“这件事”，指的是我突然的认输，明眼人均可看出我还远不是败局。我打开手中的易拉罐喝起了饮料，当我缩着脖子将水都喝完，身旁响起了他的鼾声，扭身看去，他的脸上泛着疲劳的红晕。

他年轻的妻子一直一动不动地坐在我的右边，紧张地抱着双腿，脸上是睡眠时的麻木神情。暖红的夕阳转成古铜色，从我的角度看去，她脖颈的那片胶布发出白玉的色泽。我轻声说：“他后天就比赛了。”她一动不动：“对，是后天。”我：“你观战吗？”她忽然将整个上身向我转来：“我？我在家等消息。所有的决斗都回避女人。”她的声音忽然变得生动起来，“我就当他在为我决斗，女人要学会享受荣耀，对吧，豆角？”

她期待着我对她妙语的欣赏回应，但我语调僵硬：“后天找我。”

她的眼睛空洞洞的，上身转回去，恢复了一开始的坐姿。

两天后的早晨，我在宾馆房间看到一行人无声地走进那幢蓝色的大楼。

走在中间的是杭折扇。也许是决斗者自然散发的煞气，所有人都下意识地和他拉开距离，这一点从俯视的角度看得更为明显。望着他小小的身影，我在宾馆的高层不由自主全身倾上玻璃。

当蓝色大楼前空无一人后，我徘徊在那里。过了十分钟，一条身影和我擦肩而过，带走了我手中的宾馆钥匙。我仍留在原地，仰面是一片蓝色，站在大楼下的我不禁对之产生了一种向往，从不曾有的向往。由于我对争夺第三名弃权，今天计划中的两盘棋成了一盘棋。今日过后，联赛就结束了。

徘徊了大约五分钟，我转过身去，走进宾馆。

为我开门的是杭折扇年轻的妻子，她被一条纵格毛巾包裹，跳向房间的深处。我长吸了一口气，这股气流直冲指尖，我跟了上去。

她躺在床上，肢体呈现出无尽的旋转动态。

在上午光线的晕眩中，我和她终于一动不动，最表层的皮肤细胞十分温暖，好像躺在初夏的沙滩。为了掌握时间，我们一直开着电视，除了我们，不会有人在围棋讲评声中做爱。

电视直播，棋局正常地进行。

汗水令她的面容柔软异常，由于眼球的弧度，我在她的瞳孔中映现出侏儒的形象。这个映像一闪即逝，她转过头去，瞳孔中的映像换成那栋蓝色大楼，一扇扇褐色窗户沉寂肃穆。我第一次觉得大楼色彩和谐，那里曾是我的世界。

今天的事，发生得太容易。两天前我故意输给杭折扇，从而抽身而退，在他决赛时约见了他的女人。由于我从小到大的生活都是阿帝叔给我安排，从不曾筹划过什么，这个阴谋也许可笑，至于为什么约见这个女人，更是心里没数。我只是想过，要是她脖颈的胶布如我的猜测，作为一个水性杨花的女人，她可能会来找我。从那天到决赛中间隔了一天，我一整天都坐卧不宁，总劝自己宽心起来，因为她根本不会来，但事与愿违。

她的瞳孔重新对准我，说了一句奇怪的话："还行。"

这是今天她跟我说的唯一的话。二十分钟后，她衣裙齐整地离我而去。

她走后，我不知所措地待在房间，陷入一种特殊的沮丧。我像她在西湖边一般，一动不动地坐着，任由时间消耗。揣摩着那个西湖傍晚她向我转过上身时的心态，我模仿着转身，就看到了有一个人以和我一样的姿势坐着，也不知存在了多久。

我一眼便认出那是我的父亲，因为他有一个与众不同的特征——没有头颅。

父亲的身体在失去头颅后变得日益强壮，恢复了他还是个农村青年的状态。虽然没了头颅也就没了眼睛，但从他肩膀的姿势判断，他正在用脖颈上的一片虚空对我入神地观望。

他看了我很久，忽然肩膀转动。我顺着那方向看去，电视屏幕中出现了他老友杭折扇的身影。电视中，棋局已经结束，裁判数子后判定杭折扇输了。他脊椎如钩地陷在沙发里，手指死死地捏着一颗棋子，嘴角抽动出向裁判讨好的笑容，忽然低声地说了一句："再数一遍吧。"他连续念叨了两次，那个声音近似于哀求。但现场没有人听到，只是被摄像机的话筒录到，传导在电视上，他失败得太没有尊严。

电视画面将杭折扇省略，镜头中出现了大厅中沸腾的整体场面，镜头指向胜利者。我转向父亲，想看看他的反应，但他刚才坐过的地方已空荡荡，甚至没有留下坐过的印痕。

我将电视关上后，坐晚上的飞机离开了杭州。临走前没有去看杭折扇或他的女人。

我走前向我省体协打了电话，但下飞机时并没有人接我。我归来的一日是我省少有的酷热天气，踏上我省的地面，立刻涌出一身黏汗。飞机场的地面镜子一样反光。不单飞机场，一路所经过的每一个地方都白花花一片，直到体协大院也是一样。烈日将户外的人们压缩干净，只有作呕的反光。

我的双眼在外暴露了好几个小时，眼底神经紧张。后来才知道，我酸楚的双眼是我以后命运的明确预示。处在从各个角度飞射而来的雪片般的反光中，我的大脑忽然闪现出杭折扇哀求数子的情景。回想到这一幕，有一种轻微的厌恶感觉。我可以认输，但忍受不了别人以为我是真的不行。如鸟自惜羽毛，我的羽毛是棋手的尊严，所以我直截了当地认输了，而没有去伪造自己的败招，如此明显的相让很容易被人看穿。果然这个隐患腐烂了我生活的全部。

当我与杭折扇对战的棋谱传真到我省后，当地报刊已经将我那毫无理由的认输炒作得沸沸扬扬。

我很怕见阿帝叔，但他晚上来到了我家，同来的还有他的女儿。他的女儿见了我总是羞羞答答。大人们开玩笑的话语往往后患无穷，她从小就对我相敬如宾，为日后的结婚做着充分的准备。因为体协内生活单纯，这个念头奇迹般地维持至今。我父母死后，体协曾要收回我家的房子，将我发配到集训队的集体宿舍，是阿帝叔制止了这一决定。当时就有人说，他是为女儿结婚能有房子。

我家的房子两室一厅，比较适合于结婚。他的女儿从不来我家，也许是为了结婚时的新鲜。今天她一进门就双目低垂，努力地控制自己不要四下张望，她来得很不情愿。阿帝叔和我海阔天空地聊着，绝口不提围棋联赛，正如他下棋追求以静制动，谈话时他也喜欢别人不打自招。他的女儿只在一旁无声地坐着，一瓣一瓣吮着我拿来的橘子。有一滴橘汁溅在手背上，她低头舔了舔，她的这一动作在瞬间摄走了我所有的精神。

这时阿帝叔突然提到联赛，捕捉到乘虚而入的最佳时机。

但我曾千百次地琢磨过对付他的方案，虽心神涣散，仍条件反射般地流畅回答。我跟他说，鸟类爱惜自己的羽毛，我爱惜我的名誉。当阿帝叔您被淘汰后，我一个人孤零零地继续争斗，心里没有了依托。在半决赛大厅，我对那宽广的空间不由自主地产生恐惧，意识到自己已不可能胜利，为了避免丢尽我省颜面的惨败，我在局势尚好的一刻及时地投子认输。

阿帝叔在听我说话时，眉毛和嘴角不住颤动，泛滥出一个个理解的表情，以鼓励我说下去。当他听完我的话，一张肉感的大脸上已全无波澜，淡淡地说："明天有一个记者发布会，是为了庆祝你全国第四的成绩。"他说完起身便走，他的女儿迅速放下手中的橘子，跟上父亲的脚步。将出门时她回身向我比画双手，好像讨要擦手的纸巾。当我找到纸巾时，她已被父亲带走。

他们走后，我家桌面上绽放着一朵葵花，围绕着中心片片对称，那是她剥开的橘皮。

几日来的紧张终于缓和，阿帝叔明显地对我还是关爱。我无忧无虑地趴在床上，将那片橘皮置于地下，抚摩那萤黄的颗粒表皮。随着手指摩擦的加快，它活动出柔和步调，宛如一只在水底慢慢游荡的海星。

第二天醒来，我步伐轻快地走进体协会场。在体协领导热情的表彰后，记者们的提问完全是唱着反调。面对"你因何突然认输"的激烈谴责，我不能回答"为了和人约会"，就说是心理压力过大。面对"那你为什么连第三名也不争取"，我不能回答"如果我不弃权，就还是没时间和人约会"，我只能再说我有心理压力。出于动物的自我保护天性，我本能地装出一副痛苦表情。我的可怜模样引起了记者们的同情，他们小声议论着，不好意思继续发问，我暗自庆幸又过了一关。不料坐在现场的阿帝叔突然发言，说出了一句日后广为流传的名言："一个棋手就算要死，也得爬到棋盘前。"

这句令人肃然起敬的话，将我一瞬间抛进了深渊。

记者纷纷簇拥在阿帝叔身旁，我狼狈退场。走过那群人时，听到阿帝叔正在举我父亲为省争光的旧事，向容易激动的记者们说明什么是棋手品格，什么是集体荣誉。他宽和的音质有一种特殊的感染力。无疑的，我成了我父亲的逆子。望着他慷慨激昂的模样，我恶狠狠地想：你还想不想让我当你女婿了！

体协会场中哄闹的人声令耳朵鸣响，室外却寂静无比。穿越了一条阴冷暗淡的长廊，走出大楼时被阳光袭击，两眼忽地全白。我捂着眼睛蹲在地上，犹如小腹受到了一击，想到自己在众人眼中已是个懦夫形象，视神经的疼痛一直连带到脚跟。在阳光下好一会，眼中的万象由一层浅棕色开始，附着上越来越多的颜色，终于辨清眼前的两段圆物是女性小腿，胫骨部位的皮肤游动着白皙的光泽。

抬头望去，阿帝叔女儿单手支腰向我展示着一身的衣裙。

她在五年前个子迅猛增长，这样的身材已经很难胜任冰面上的高难动作，就转而加入了省模特队，从此天天在一间废弃的体操教室里走来走去。将时装表演作为体育项目，这样的事只有我省才有。她身上是一条低胸露背的花裙，印满了鸳鸯蝴蝶的图案，很像是农村里洞房的床单。她将穿着这床单进行时装表演，令我省民众大饱眼福。

她的双腿三七开地分配着重心，将那条长裙撑出起伏的线条，等待着我的夸奖。我知道，只要我夸她一句哪怕只是个笑容，她立刻会得意扬扬地转身而去。

我揉揉眼睛，起身便走。她就像电视里的广告，频繁地亮丽出现，创立自己的品牌，却又转瞬即逝从不理我，将自己当作珍贵瓷器打包装箱，运输的终点是喜筵后的婚床。每当她神气活现地走过我的眼前，我总是想寻死般的厌烦。

我掉头就走，她花容失色。她“相敬如宾”的美好设计被粗暴地打碎，丧失了智力般远远跟在我的身后，如同一条失宠的小狗。当我打开家门时，她犹犹豫豫地上了楼梯。我怒吼：“你来干吗！”她结结巴巴地说：“我想看看你家。”

她一入我的家门，我立刻扭住她的手臂。

她从小就是运动员，每天在冰场上运动十二小时，今日的她已力大无穷。而我们下围棋的是体协中独一无二的羸弱人群，我的手甚至无法抓牢她野兽般绷紧的四肢。最后我还是将她制服，但总觉得她在让我。

我和她在床上翻滚时，充满了报复的快感，想象着阿帝叔被气得死去活来。但生理的一切安宁后，猛然想到我还是成了阿帝叔的女婿。怀抱着她，有种强烈的被命运捉弄的感觉，阿帝叔想办的事情都实现了。

从此后我总是浑身痒痒，经常抓来抓去，弄得青一块紫一块。

我和她从小就在一起，由于大人们的玩笑，她当我媳妇的心理准备已经做了十七八年，和我一好，立刻进入角色，充分表现着自己的温柔体贴。对于我的抓耳挠腮，她特别忐忑，带我去各大医院看病，均无结果。最后她说：“要不看看精神病院？”

我去了，一去就被明确告知：“你这是心理作用。是不是有什么事不顺？”得到的医嘱就是让她一定要事事顺我。估计所有的男人都希望从医院得到这么个药方，那样就可以名正言顺地欺负老婆。

我去精神病院的消息不胫而走，渐渐传出我其实是一个潜伏了二十几年的精神病患者，这倒解释了我为什么会有那么多古怪想法，比如无头父亲和血海深仇。

我成了精神病的消息不胫而走，在社会上引起了强烈的好奇和深切的同情，瞬间抵消了我无故认输的罪行，一时间变得楚楚可怜。稍有医学常识的人都知道，精神病是遗传的，所以我那倒霉的父亲受到牵连。许多人发表这样的感慨："怪不得他们爷俩总赢，原来不是常人！"一时闹得许多人都想了解疯子是怎样下棋的。过了些日子，我的棋谱竟然出版了，书名是《围棋凡·高》，小标题是"虽然他的耳朵完好无损"，销量很好。在我省，一本棋谱竟然成了畅销书排行榜上的第一，真是奇迹。

这本书的作者是阿帝叔。看完了这本书，我才知道他对我从小到大的每一局都没有忘记，书的基础是当年的复盘分析，亏得他能保存。添加的内容是他的讲评，那些讲评写得散文一般，不懂棋的人也能看得津津有味。在解释"劫"时，他甚至也用了和杭折扇同样的诗句，"今日我已成孤月，幸有朝晖接曙光"。原来他很有文化。

书的重头部分是我在这次联赛中的棋谱，我是在这本书上才知道阿帝叔对我的评价。看完他写的讲解，连我都觉得自己下得真好。我甚至都买了好几本，准备将来送人，可想而知它受欢迎的程度。以销售数量而论，阿帝叔应该有好多稿费，他终于名利双收。

这本书美中不足的就是对我做了大量的心理分析，一直从我的童年算起。看来在阿帝叔的知识体系里还有弗洛伊德学说。这些分析周密地塑造了一个自私人格的成长，仿佛我天生就是个败类。我常常气愤地想道："难道我就不能心情不好！"我常常自怜地想道："真是胜者王侯，败者寇。"我还常常受惊般地想道："我的弃权，并不是像我说的是心情不好。"

这一事件越炒越热，我省突然有了数量庞大的围棋爱好者。

但我抓耳挠腮的毛病仍未减轻，最后她说："要不要看看大夫？"

女人们的社会活动能力往往惊人，她真的找来了一位大夫，那位大夫将我的病情说得童话一般："在人体中有四个国家，名为埃及、巴比伦、印度和中国。中国将大量丝绸运出，但那三个国家没有同样精美的物品交换，大地上满是内疚的情绪，你的皮肤反映了三国人民的骚动不安……"

我和她张目结舌地听完"四大文明古国"的理论，那位大夫要给我开个药方，被婉言谢绝。后来想到，他可能是用贸易逆差来解释我循环系统的失调。我们又找了不少江湖郎中，得到了越来越神奇的解答。所找的最后一位据说从非洲归来，他说："现在最怪的就是性病，你该不是得了艾滋？"

我得了艾滋病的消息不胫而走，《围棋凡·高》的销量又升了一倍。

阿帝叔丝毫不考虑他女儿被传染上性病的危险，对她夜夜住在我家并不干涉，有时还叫人送来些瓜果蔬菜，真想不到世上还有这样的爸爸。每当我这样批评阿帝叔时，他的女儿总是哈哈大笑："等你真得了再说。"后来查出，我只不过是对女人的香水过敏。当她将自己的香艳武装解除后，我就大病痊愈，但那时的我已名誉扫地。

记得她刚和我发生关系后，来不及重新穿衣便去察看房间，赤裸着逗留在每一角落。她入神观望的样子令我哀伤。原本我俩可以按照她设计的轨道，成为完美无缺的一对，但阿帝叔突然的反目，令我俩加速度地撞在一起，撞得一切失去美丽，她的确值得同情。

她是个不错的姑娘，自从和我好了以后，在时装台上就走得松松垮垮，训练结束，立刻跑回我家手疾眼快地做饭，令我想起我那早死的妈妈。但她父亲已将她的幸福毁掉，将她扔给一个身败名裂的家伙。阿帝叔对我的勃然大怒，在记者眼中非常可爱，他那天燃烧的怒火将我照亮，让所有人看清我的自私懦弱。

在现代的生活中，大众已经丧失集体的归属感，对这概念有着深深的怀念。阿帝叔口口声声地责问："你心中还有没有集体？"令所有的人对他产生了不可抑制的好感。大众需要这样的偶像，他成为电视台的常客，参加了各种访谈节目。有人告诉我，他开始收到情书。

我则一天到晚在家，不敢出门。

我的家具是二十年前体协的集体财产，至今还印有白色的油漆公章，那是我父亲刚到体协时分配到的。面对家中的女人，我将自己培养得柔情万种，足不出户地过起了甜蜜生活。为了维护她对我家的喜爱，我带领她反复装修，幸好我那全国第四多少有些奖金。

和她相处，我发现了自己越来越多的优点，总能将她置于兴致勃勃的状态。比如我提出的装修方案就令她激动不已，这个方案是"简陋和华丽的对比"，将墙上的白灰统统刮掉，裸露出水泥砖块，但上面安置了一对高级音箱；将家具上的油漆统统刮掉，显现出铁丝和木纹，却摆上一套西式高脚杯。由于这种强烈的对比，高级的东西就显得太高级了。那是从围棋上得到的灵感，我将已存在的一切做"劫"般毁掉，以便体现别处的价值。我那时装模特的女友，总能接触到国际潮流，她说这就是世界上最新的家居理念，看来她真是事事顺我。

我俩的床已经被锯掉床脚，整块地软在地上，一块亚麻布就是床单。这种新颖的外观，令我俩每早起来，总有种露宿街头的感觉。一个女人能让你把床搞成那样，就说明她真的爱你。她从没有怨言，任由我将家里拆来补去。后来我在墙上打了个洞，甚至考虑如果住在一层，就挖口水井。

我破坏公寓的举动，引起了房管局的注意，当他们走进我家，立刻冷汗淋漓。我家的墙壁被挖得渔网一般，按照建筑力学的测量，受其影响，整幢大楼不久后便要倒塌。我和她被强迫搬出，我的家被完全地灌注了水泥，成了结结实实的一块，这栋楼中五百多人的性命得以保全。

无家可归的我俩准备露宿街头，她知道我不愿住在她家，和她爸抬头相对。

从没想过，在那次记者发布会后，我和阿帝叔一样，都成了社会名人。由于名人效应，我失去住所的消息传遍了社会。当我被赶出家门的两个小时后，有一位大款送了我一套两居室住房。

大款送房子的消息不胫而走，这一行为终于为我省棋迷找到了表达方式，但他们觉得与其将钱送给我这个败类，不如给代表着全省荣誉的围棋队。当发出“我们决不再培养豆角这样的人”的誓言后，围棋队收到了大大小小的捐款，利用这些钱举办比赛、培训班，甚至还拍了电视节目。阿帝叔那有着特殊魅力的嗓音无处不在，宣讲着：“围棋是智慧，围棋是文化。”他一定过足了口瘾。

那位送房的大款从不露面，将送房事宜都交给阿帝叔代办。也许在“私人意志和集体荣誉”这一波及全省的论战中，一些古老的美德死灰复燃，这位大款品德高尚，做了好事却不留名。因为房子由阿帝叔代办，我坚决不要，总想露宿街头。但他的女儿劝我：“如果你真的恨他，就应该要这房子，让他知道知道，他害的人，有人帮。”看到他们父女反目，我高兴无比，就欣然接受了。

我们搬走时，阿帝叔一言不发地前来送行，后来就有不少叔叔阿姨陆续出现。自从阿帝叔公开批评我后他们就一个不见，现在却像地震前的耗子大量涌现，拥挤地站在阿帝叔的后面，集体性地表达着依依惜别。望着他们关切的面容，我满脸堆笑，心里想着："我父亲就曾死在你们中间。"

我的那些老家具都已不成样子，它们的所有权还是体协的。我俩搬走前交了笔罚款，阿帝叔告诉我俩，经过了打折。我让所有的东西都灌注在水泥里，永远地维持原样，她说这是世界上最先进的纪念馆理念。我为自己造了个纪念馆，和她带了套碗筷便离开了这里。

叫来的出租车开动时，阿帝叔眼圈红肿，不像是装模作样。他的女儿更是泪水涟涟，呼吸困难，一次搬家搞得像是出嫁。去新房的路上，我对她说："看来这大款是个小号大款，要不，为什么不送我俩栋别墅，而是个两居室。"这个小号大款终于逗得她破涕而笑。

但当走进那套单元时，这个小号大款毁了自己的可爱形象。

推开房门，家具齐备，床头、门上贴着鲜红的"囍"字，显然这是个婚夜洞房。那位大款特意布置了新房送我，诱导着我们像动物般交配，看来，他不但是小号大款而且心理变态。由于无处可去，我和她只好住下，那一夜睡得毛骨悚然。

第二天早晨，她脸色发青，无助地问我该如何是好。我想了想，说："咱们决不能让那大款得逞，我建议将这里改成我家那样。"她立刻昏倒，醒来后身上散发出母性的伟大力量，像保护孩子一样保护这间新房，决不让我在墙上打洞或是锯掉个床腿，她哀求般地对我说："让别人准备洞房，并不见得就受了侮辱。"看来女人为了追求幸福，天生地容易妥协。

考虑到结婚是她从小到大的唯一理想，她终于有了新房，我不能过于残忍。

我和她忍气吞声地住了下来。

搬进新房后，她明显地勤快多了，总是带着幸福的汗水，四处劳动。她的身影活跃在窗台上，在地板上，在所有的家具前，在所有的摆设前，不管是什么，她都像打磨钻石般反复擦抹。按照她目前的状况，我俩将来的孩子一定干净无比。

在一尘不染的家里，我郁郁寡欢。她完全违背了医嘱，在房间布置上决不顺从于我。由于不能对房子动手动脚，我的体力无法消耗，双手指甲越长越长。我的所有设计方案被她无理地否定，心灰意冷的我智力不再活动，于是头发得到了充分的养料，越长越快。她倒是每天任劳任怨地为我理发、剪指甲，充分展现了女性的所有温柔。

我的大脑被头发贪婪地吸收，敲敲脑门会发出空洞的回响。每天照镜子时，发觉头部的影像越来越模糊，轻淡了轮廓、色彩，也许不久之后，我会像我的父亲，成为一个无头的存在。在一天早晨，她对着我的枕头尖声惊叫，我的枕头形状饱满，没有凹处。我的头颅正在慢慢虚化，她又走访了多家医院、拜见了不少江湖郎中，得到的一致答案是“脑子是越用越灵”。为了让我的脑袋实在起来，她赔着小心地说：“要不你再下下围棋。”

在夏天，棋子有着冰凉的手感。我用一条她废弃的长裙将每一颗棋子擦拭干净，自己剪短了指甲，将棋子按在棋盘上时心灵有一丝轻盈。我在棋盘前一坐就是一天。回忆起第一次下棋的情景，父亲化为灰烬的大脑与我重合，那巨大手掌的幻象已久不再来。

我以下棋的方式为父亲招魂，连续不断地摆着棋谱，希望能再见到他无头的身躯。由于有了脑力劳动，我的头颅日渐清晰，在枕头上压出越来越重的凹痕，这一切都让她欣喜若狂。我从小到大不曾如此用功，和冰冷的棋子亲密无比。我不断翻看着自己在联赛上的棋谱，它们虽是我下出来的，可我却并不懂得其中的真谛。在比赛的现场，我每一步都是随机应变的思考，但棋谱呈现出另一种整体的构思，猎豹小腿肌肉一样紧凑浑圆。这一贯穿始终的隐秘构思，非我下棋时的所想，这个最终形成的构思在棋局结束方被发觉，似乎在智力之上另有一股力量在悄然运作。

那神秘力量在父亲的棋谱上一样显现，如海面上的台风，吹出全盘棋子的动态。随着连续不断地摆弄棋谱，那股力量不再只是棋子勾画的平面线条，它渐渐地血肉充实，活跃在我的胸腔。一天我突然痴呆呆定住，被一颗白子的细腻纹理完全吸引，当我回过神来，感到自己已空前的强悍。

强者往往心态平和，我心中的阿帝叔也变得和那小号大款一样，成了生活的调剂。强者宽恕一切，唯一遗憾的是，我开始了失眠。我整日神采奕奕的样子，令她深深恐惧，于是她又开始寻访医院和江湖郎中。这个不断重复的巨大工程，终于弄得她形神憔悴，幸好她从小滑冰，具备常人无法比拟的优良体质。有个身体倍棒的太太，真是幸福。

她带回了种类繁多的药物，我越发地精神矍铄，极度符合“围棋第一人”的光辉形象。吃完那些药后，我像美国篮球运动员一样，身体强壮无比，甚至长高了两三厘米，只是还不能睡觉。我从一本书里看到，希特勒就是从不睡觉，为了让晚上有事可干，他发动了第二次世界大战。也许严重失眠的人都雄心壮志，我打算参加下一届联赛，拿一个冠军重新生活。

为了那一日的到来，我在家中制作了一个沙漏，那些沙子要流淌一年，可想而知它有多大。

自从感到棋力已处巅峰，我就再不怕走出家门，一个绝代高手怎能怕见生人？我趁她睡着时第一次出门，数了数天上不多的星星，然后在街角的小摊上悄悄吃了碗拉面，像个微服私访的帝王。我知道自己正在变得越来越强，智力像乐谱上的符号，曲线活跃，当我开动脑筋的时候，就是一段音乐。我的身体是大脑的舞池，大脑不断地调换舞步，它没有舞伴。只有独舞者才能体会舞蹈的真谛，强者不需要来自他方的平衡。我忽然悟到围棋是所有双人项目中最为高级的艺术，它的美感不是两人间的平衡，它的美来自对平衡的破坏，胜负是强者的美学。

享受着小吃摊上的宁静，在夜深时感到自己精力无穷。当马路上一辆汽车开过，我一跃而起，追逐而去。

白日的各种汽车废气，在深夜的马路显示出实体。它们软绵绵地弹跳，弯曲出各类形状，往往在瞬间相似于人类的面容，带着友好的表情。在无数巨型人脸耸立的马路，我追逐着一辆黑色轿车，我已强盛到感觉不出力量的付出，我肌肉的伸缩，是高空滑翔的感受。那辆轿车中的司机开始发觉我的存在，猛然加快了车速。

望着那辆逃走的轿车，我忽然想起小时候看过的一部片子。在八十年代初的体协，还经常放映一些内参电影，其中有一个长跑运动员的故事。在号称“雾都”的伦敦，受气候影响，有个小孩尿炕多年。小孩每天在放学后便竭力奔跑，他要在学校公车路过他家以前，收走挂在阳台的床单，那些床单上是他尿出的一幅幅世界地图。他后来终于走向世界，由于每日与汽车赛跑，他长大后成为奥林匹克冠军。记得电影刚放完时，有位教练站起身嚷道："一个尿炕的老外都能拿世界冠军，咱们能不能？"许多激动的小孩立刻大叫："能！"

我飞奔在柏油马路，口中喊着："能！"像一辆赛车一样追向那辆轿车。那司机望着窗外的我，终于泣不成声："我没惹你。"然后停下车来，双手抱头。我深感不安，于是对他进行了种种开导。他流着眼泪向我保证将勇敢地面对生活，不管碰到什么意外。最后他说："大哥，你想去哪，我都送你。"我说："我想回家。"

回到家后，她仍然未醒。躺在她身旁，有一种类似于睡眠的感觉。刚才的奔跑，令我终于找回了自己的体力。父亲也应该是在死亡的一刻突然领悟到体能的美妙，所以抛开头颅永远奔跑。我本就是个体力化的人种，围棋这门智力活动，违反了我的天性。望着身旁沉睡的女人，我一下子扭住了她的小臂……

整整一个白天，我沉浸在父亲暴虐的棋风中，体会着野兽口对口的撕咬。强悍的个体，造成物种的进化，在个体对抗项目严重匮乏的今日，围棋成了这种进化力量的最后掩体。它被拙劣地标示上"智慧""文化"，其实它是对自然伟力的体认方式。

在数亿年生物的彼此撕咬中产生了人类，每一代的人类也在大规模地相互伤害。但几千年高频率的悲剧事件，并未使人体有丝毫演变，这就说明人类的一切努力都走错了方向。我们陶醉于老谋深算的打斗，却越来越衰弱，那种不动声色地毁掉同类的智慧，并不能带来任何进化。正如我身边女人的父亲那样。

我处在崇拜自己父亲的狂热情绪里，只有少数的人才能在棋盘上表达这种超乎智慧的自然之力，我的父亲就是一个。他像谭嗣同一样，为了保持激扬早早地死去，将自己的一生变为一个启示。

我不断地在深夜的马路奔跑，在亢奋身体的同时体验那棋盘上的隐形力量。后来，我深夜出门的习惯被她发现，开始小心地追踪。为了跟上我超人的脚步，她买了一双旱冰鞋，运用所有冰上技巧，在我身后五十米外高速滑行。

我和她的身体越锻炼越好，犹如旧石器时代的一对原始男女。城市中晚上敢开车的司机越来越少。当身体达到高度和谐后，攻击性本能便自然启动，对偶然出现的汽车，我有一种食肉类动物对食草类动物的天然喜爱。在追逐中，那些汽车打着一串串圆弧逃逸，机械化的事物也能在强者的刺激下呈现出羚羊被追逐时的美妙动感。羚羊在受惊的一刻完全丧失平时的步态，它们逃窜的姿势像极了猎豹的奔跑，也许是弱者对强者不自觉的模仿。猎豹按照自己的步调规律最终将羚羊扑倒。强者有一种特殊的感染力，我终于明白了那些和父亲对局的棋手，因何不可思议地出错。

面前那些惊慌逃窜的汽车，模仿着我毫无规律的步伐，我身后滑旱冰的女人也在模仿着我的步伐。当一个人被频繁模仿时，巨大的使命感会油然而生，为了解放所有汽车的生物本能，我决定露宿街头。

当我把这个决定告诉她后，就被关在了家里。

为了阻挡我向门口的冲击，她将家改成了保险柜，装上警铃和密码锁，甚至拿着拖把和我厮打。最后她总结出一个行之有效的方法，我一走近门口，她便展示当年的训练成果，将一条腿高高地搬到耳边。每当她竖起她的长腿，我就想起了我暗淡的少年时光，立刻情绪低落，老实无比。

一天我竟然睡着了，醒来后见她流着幸福的泪水。

原来她又买了一种药物，混在饭菜之中，终于起了效果。望着纸袋中满满的黑色颗粒，我周身一紧，那是我母亲当年咀嚼的草籽。她对我说，这草籽中含有一种名为“士的宁”的生物碱，少量服用可以平缓紧张，在十九世纪的欧洲是安眠药的主要成分，今日已被淘汰，因为发现它对脊髓有着强烈的兴奋作用。她吓唬说，多吃便会中毒而死。

女人总愿意帮助弱者，看得出，她对这被淘汰的药物充满同情。她在我身上重新发现了它的价值，陷入激动，仿佛一个刚宽恕了死囚的女皇。她要我起誓不能多吃，然后哀求我：“你再睡个觉，给我看看。”

我拣出两粒草籽放入口中，嚼碎草籽的硬壳，回想到当年疯狂剥豆角的情景，还有我母亲的死亡。草籽的麻涩，令我的下巴一歪，一种不祥的预感驱使我跑到了镜子前，果然看到了一张父亲下棋时的嘴脸。由于他过早的死亡，我不知他生活中的任何习惯，有一张二十年前他在联赛下棋的照片，他的歪嘴令表情凶恶，现在看来，他嘴里正嚼着东西。

慢慢咀嚼着草籽，沉入梦乡。我闭拢的双眼，令她有一种面对奇迹的感动，她像在流星前许愿般地小声嘀咕着对生活的憧憬。迷迷糊糊地听到她说道，以后不当模特了……

当我醒来已是凌晨三点，她的被子掉在地上，她婴儿一样地缩在床角，她的手指紧紧地抓着自己胳膊，嘴角努努地溢着口水。我擦了擦她的嘴，给她盖上被子，将她的钱包掏空，然后就走出家门。

在行驶的火车上，维持着对父亲的崇拜，看来他是全国最早服用兴奋剂的运动员，我为此感到骄傲无比。但我旺盛的精力已然衰竭，靠在座位上奄奄一息，背脊酸胀。我正在向一个人靠近，我现今所遭受的一切都是因她而起，她是我的第一个女人。在寻找她的路上，我的神志逐渐清晰。

接近她的路途得整整一天。夜晚的杭州十分凉爽，我不断地问路，拖延着走到她家的时间。她家的门洞前有一道两米多高的砖墙，在砖墙的前面是一片黑乎乎的草地。我站在草地上向她家的楼层眺望，在一扇窄窄的窗子上映现出杭折扇的侧影，一个月前我对他的女人抑制不住地心动。他的黑影在抽动着牙刷，很像是用一把小刀将咽喉反复刺扎。

当楼上灯光熄灭，我倒在草地上陷入昏沉。自从发现父亲像母亲一样嚼草籽后，我的睡眠便来得轻易。睡眠是个无法抗拒的女人，就像是她，将我紧紧拥抱。

第二天醒来时，我被晨练的人群发现，站起身感到脸上挂满露水。我湿漉漉地站着，仰望着对面楼层。在水房的窗口，杭折扇的女人显露出一张因睡眠而微微走形的脸。她吃惊地张大嘴，浮肿的脸平整了些，她比画着她要下来。

我用脸上的露水洗了洗脸，然后将怀里的野猫扔走，我昨晚上抱着它取暖。等了许久，她终于走了出来，我俩彼此一惊，双方都漂亮了不少。她在向我靠近，脸上是死板的表情，步伐富有弹性，在距我一臂的位置坚定停下。在她口腔中即将有声音发生的一刻，我咬住了她的脖颈，痛快地想到这里将贴上胶布。她的身体在我臂弯中前撞后撞，终于冲出，重重摔倒。

摔在地上的她，身体旋转出无尽的曲线。她脱落的鞋被我踢开，远远停在这团曲线的边缘，在她发出呻吟之前，我飞奔而去。

西湖在早晨七点是太阳的化身，我眼前是亮得目痛的白炽，仿佛从联赛回到我省的那个正午，西湖白灿灿的水面非眼睛所能接受，我的视网膜常人般娇嫩——我已不再是强者。在那片宽广的白光映射下，我奔跑的身影突然委顿，盲人一样摸索着离去。

火车是一个巨大的吃零食场所，我在火车上吃了几粒带来的草籽，本想早些睡去，却见到了那巨手的幻象。当我凌晨两点在一座北方小站下车时，这列火车二十几节车厢中所有的瓜子、花生、糖果，包括一切饮料的瓶盖都被我统统剥开。

我在此生第一次给我以冲动的女人身上盖了个戳子后，便去了父亲当年走出的山村。

我脑海中是那篇七十年代的报道：“在一九七九年，他离开城市来到他的出生地，而后他的棋风出现北方风景的野趣。他在棋盘上往往设下一片片复杂的对杀，这个黑白的世界没有风和日丽的温情，展现给人们的是寒冷的色调和低回的流云，表达着北方冻土的肃杀。”

作为省队运动员，在村子中我受到了县级干部般的招待，在公社摆下丰盛的晚宴，饭后端上了一盘黑色的颗粒，每人抓起一把，边吃边聊。我心碎地发现那是父母咀嚼的草籽，看来是我家乡的习惯。我家当年的土屋早已坍塌，有许多村民热情地让我住进家中，说一晚上只收我五块钱。我说我要在这里住上一年，于是村干部劝说大家，干脆一天一块。

当我每天的饭费也成为一天一块后，有一些人突然开始哭哭闹闹，很明显是草籽的药力起了作用。望着他们涌现出的旺盛精力和丰富感情，便可以推断我父亲在联赛上的超水平发挥。他们争先恐后地说着和我家的旧情，甚至因为抢话还打了起来。事隔多年，我父亲办下的城市户口，仍让乡民们传诵不已。他们对父亲佩服得五体投地，看来如果他不下围棋，完全可以成为这里的村长。

据他们讲，父亲和阿帝叔当年常在田埂边下棋。他们分配的田地在一座土山之上，自从两人离开这里，那座山上便寸草不长。有一些老人讲，这两个人日后是大人物，他俩已把那座山的精气带走。他们走后的几年，村子遭受了旱灾虫灾。那些老人又讲，没料到他俩把整村的精气都带走了。

他们激动地要带我去看那失去精气的山冈，由于没有手电，便一人拿了盒火柴跌跌撞撞地拥我出门。我抢过火柴盒坚持要一人独往，他们有的人仍不依不饶地追出了好远，泪流满面地摔倒在路旁。

村子的东头是那巨大的土山，已被风蚀得过分松软。它远望便觉得非凡，如一只手五指撑开抓住大地，正如我第一次下棋时所遇的幻境。这只苍穹中伸出的手，想象中可以把大地铅球般扔走，将一切都扔走。当我们的星球在现在的轨道运行时，产生了此际的生灵。如果突然地到了另一个轨道，所有的动植物将在一秒钟变异，凹凸成另一个模样。

这座失去精气的山冈已没有一株植物，甚至没有一只蚂蚁。在全无生机的黑暗里，我体会到原始人对于天黑的恐惧。每一次夜幕降临都是一场灾难，为了躲避黑暗，我们的祖先发明了睡眠。

我慌乱地掏出几粒草籽，扔在口中快速地咀嚼。舌头上的麻木扩展到全身，在即将睡去的一刻，不知由何而来的一股感染力，将我所经历的一切凹凸成另一个模样。我的脑海出现了一串光斑，美丽得令我忘记恐惧：每一个集体中都有阿帝叔那样的人，位居高位、心怀大局而且感情丰富。也许他将我当成了一个劫，打劫一样地把我越炒越热，也正如打劫，是为了远方的利益，也许他就是那个小号大款。我的父亲以他的光荣来号召，让这个体力化人种的省份有了围棋，我是个反派，但作为他的儿子，我对世间也达到了和他一样的效果。“今日我已成孤月，幸有朝晖接曙星。”我已为世人唾弃，但我省的围棋有了第二次热潮——这是我从没有想过的一点，我不是父亲的逆子。

那串光斑将所有的仇恨消解，消解得我极度虚弱，我挣扎地划着了一根火柴，企图用它抵消脑中的光亮。一星火光在山冈上微弱地亮起，在这片亮光与无穷黑暗相接的边际，有一个人以和我一样的姿态静静而立，他的肌肉在火光中一块块凸起，他的头颅隐于黑暗，那是我的父亲。

我不知道他失去头颅后处于何种生命状态，捕捉野兽般蹑手蹑脚地向他靠近，生怕将他惊走。在走动中，一阵风将火柴吹灭，我脑中的光重又复现：他用一把草籽创造了奇迹，煽动起人们狂热的情绪，民众总是需要连续不断的奇迹。为了维持民众的热情，我的父亲决定将自己终止。当一个人死了他就是永远不可能被战胜的了，也许父亲当年就是怀着伟大的使命感，产生了坚定的死亡意志。他靠着一股坚强的意志死去，所以死亡的只是头颅，而身体仍然活着。

当我重又划亮一根火柴，便见到了父亲强悍的肉体。这尊肉体正在向山下微微倾俯，用已消失的头颅注视着什么。我顺着父亲身体的动态向山下望去，见远远的一个人影正在向上爬来，是阿帝叔的女儿。

因为她是少有的高挑女子，所以爬起山来跌跌撞撞。从她爬山的劲，我就知道她将和我长久地纠结，我和她之间不是一次性行为就可以简单地了断。

转过头时，父亲已经消失。他原有的位置显露出一片虚空，悬挂着北斗七星，那是伟大的转折形象，竖在天地间发出光晕。我怔怔地立在当场，手中的火花再次湮灭。

满天星斗下，我的女人已走上山冈。

花园中的养蛇人

一

他死了。我最先听到的是找寻尸体的经过。

据说是被一条鱼发现的。

在距北京四十公里有一处新开发的风景区，他在一个夜晚失足落水，消失在五公里范围的水域。那里的夜晚有捉鱼的山民。

一条鱼，被手电照住，双目在水中是鲜艳的红。村民的网兜将触到鱼鳞，那鱼才扭动而逃。它背贴水面很慢地游行，以致令村民产生捕捉它的希望，但数次的捕捞角度均差一点。小舟在黑暗中渐行渐远，直至进入湖的西北地带，逢迎上一片莽莽芦苇，那条鱼忽然潜入了水底。

手电光中只剩下一片圆形的绿水。不甘心的山民继续搜寻，引起水浪波动，一张脸在瞬间浮出又迅速淹没……

听到那条蛇形的鱼，不由想起我初遇他的时刻。十五年前，我是个美校学生，常到校外的街心花园写生，那里歇息着各色人物。它处于五条马路的交点，安插着十一个车站。

一个中午，我走进花园。

围绕着树，有一圈条凳，上面睡着一个人，为适应条凳弧度，身形蜷曲成一个别扭的造型。我站住，打开画夹。

那是个炎热的夏日正午，他身上湿漉，黄色的衬衫上有菜汤点染的污秽，没有袜子，两脚直接插进球鞋，耳廓油腻。但他有一张清俊的脸，睡着后婴儿般完美。如果他纯然是一张脸……

写生的过程中，他醒来，发现我后尷尬地一笑。没想到，如此秀气的脸上出现的笑容竟如此褶皱，仿佛迅速戴上的面具。他说：“在画我？”我走上前，展示手中的画，就此结识了他。

已经忘了当年破除陌生感所用的话语。十五年前的人还少有现今的冷漠，社会气氛便有种交友的热情，反正就结识了。我和他都刚为青年，头脑单纯知识面狭隘，除了聊第二次世界大战，就是说说自己的童年。

他的童年令我羡慕不已。

他的父母是云南知青，在一片原始森林中自发地结合。他一生下来便远离地面，住在竹楼。他的床也是竹子编就，一岁时床被劈烂，因为竹管中发现了蛇。

一个晚上，他母亲噩梦惊醒，见儿子床中闪着一丝鲜红，便大叫一声，将整村人惊醒。他的婴儿床被粗暴地劈碎，飘出雪花般的蛇蜕，一条蛇滚落在地。它没有蛇类的纤长，只是短短的一截，痴呆呆趴在地上，更像是一条鱼。

它应该是在幼年时钻入竹管的，不知是贪图竹内的舒适还是对外界恐惧，没有及时钻出。它的身形按照竹管的长宽生长，几次蜕皮后，被囚禁于此。

这条蛇以弱者的姿态瘫躺在众人脚下，有人提出将它乱斧劈死。动手前，众人想到一个有趣问题，它囚禁在竹管中何以维生？

有人猜测它吃的是自己的蜕皮，为了维生，它的生理产生变异，蜕皮的次数远远超过了物种规定，靠着自己吃自己的方法活到了竹管被敲碎的一天。

被惊醒的也有本地傣族，他们认为：藏蛇的竹管处于婴儿头部，它的信子从竹管裂纹中伸出，这是它唯一的生机。毫无疑问，它靠着舔婴儿的口水过活。

听完傣族人的话，他母亲恶心得呕吐。但傣族人说，那是她儿子养的蛇，要让它活着。这条蛇最终被放走，它虽已失去了蛇的纤长，但腹下的大地复苏了它的原始本能，它像它的祖先一样开始扭动。

它的身躯被竹管压缩得太短，难以形成蛇类爬行时的连贯圆弧，在火把照射下，人们眼中所见的是一条鱼在土地上游动的奇异景象……

他讲述自己童年时有一股深切的语调，我认为这就是魅力所在。当时我正被一个女人深深困扰，她是我的同班同学，我俩的位置在教室中呈一条对角斜线。与所有男生一样，对喜爱的姑娘，我有口难言，为自己的魅力不足而备感烦恼。

阳光直射下，他的衬衫仿佛被洗涤，呈现出一种高度提纯的莹黄。望着他，我心中有着强烈预感，只要模仿着他就能追到那斜线上的姑娘。

从此我交上了这个朋友。

二

他的朋友大多是在花园中结识，在他死后接踵而至，共同的感慨是：他死在婚礼的第三天，一个人的福气竟如此之薄。

他十八岁时离家出走，三十岁时组建自己的家庭，不料一结婚便死去，看来他真是命运不济，一场喜事便将所有的福气耗尽。他的女人被唤作“迎迎”，也许一直同居着便也没事。

和他们同去旅游的有三位朋友，两男一女，去那片风景区也是他们的建议。出事那晚，一伙人喝了十一瓶啤酒，迎迎和那一女醉倒后，他提出要去散步。

当时已是凌晨两点，两男随他去了。

外面鸣响着一种从未听过的声音，怪异得仿佛不是来自人间。他在那晚越走越快，将两男远远甩开，衣衫飘荡，突然响起了四溅的水声。

两男方醒悟，响彻夜空的鸣响是水库的放水声，那时他已在百米之外。消失前他极力仰头呼吸，给河岸上的两男留下仰天长笑的印象。

当晚有渔民发现了尸体。天明时，他的朋友们一拨拨赶来，对陪他夜游的两男满是怨言。两男反复说起他落水后的笑容，还有落水前的奔跑，暗示着他是自杀。

或者是天命。他们刚到风景区时兴奋地游玩，划船时经过一个岸边岩洞，他非要下船拍照，在照片上留下一个若有所思的神情。而在他尸体上浮的地点，两男发现，照片上的洞口正阴险地潜伏。

以上一切我都是听人所说，他这次游玩并未邀我同去，出事的当天我也未得到通知。但在十五年前，我和他有过一次出游。

他吃住都在花园，学校每天上午的课间操过后有十五分钟休息，许多学生都溜出校门买零食。我与众不同地抽着香烟，一走进花园，就有一人从长椅跃起，口中叫道："有粮食了！"我总是节省买颜料的钱给他买烟，无过滤嘴，七角一包。

他的魅力除了他的童年，还在于他研究逻辑。他一直在寻找这个世界的逻辑，认为自己一旦头脑清晰，便能四两拨千斤地解决一切。他在花园中冥思苦想，古代哲人般令人敬仰。

但对我从学校借来的逻辑学书籍，他翻了两页便极度失望，他概念里的逻辑更像是能逆转命运的法术。那些书籍提供了一个信息——西藏有一种逻辑学叫作“因明”，他对此给予厚望，甚至去了一座喇嘛庙。喇嘛庙没有“因明”的书卖，他在庙内第一次见到了唐卡。唐卡是西藏绘画，以色彩艳丽著称，对于唐卡之美，他归功于画家的逻辑性思维。

我们在抽烟时讨论逻辑，每一次花园归来，都令我感到智慧增长。除了逻辑，还常说到远山。那时的北京空气纯净，天际的山峦在每一个落日时鱼鳞般闪光，对人有着特殊的诱惑。

不久学校放了寒假，我和他抬头望着壮丽的远山，他弹开烟头，说：“我们到那去。”

我向家人说学校布置了风景画作业，必须出游写生，得到了五十元钱。他也不知从哪穿来身新衣。为仿效古代朝圣者，我俩步行而去。

小腿绑上捡来的草绳，我俩模仿电影里的战士行军，白天睡觉，夜晚行路，为了省钱露宿野外。白天找一片阳光下的沙土，睡在上面，沙子积聚的热量烘在身上非常舒服。

他分析，睡眠只是一种心灵需要。证据是，穿多少衣服，睡着后都会觉得冷，但只要盖上一点什么，便奇迹般地暖和。他的分析千真万确，每次我盖张报纸在身上，果然从不曾被冻醒。

走夜路，因为夜晚阴寒，只有活动肢体方能抵御。走了五天夜路，双目适应了黑暗，所有草木清晰可见，公路生出乳白色泽。

我们只在夜晚露宿过一宿。那晚起了大风，我俩躲在一棵树后浑身打战，感到血液越流越慢，他分析，我俩将在天亮前冻死。为获得温暖，我俩吃光了所有食品，却没有产生一丝的热量。

他回忆起喇嘛庙中见到的一幅唐卡——美丽的女性双手上扬，攀附在一尊牛头怪兽上，正是所有情人拥抱的热切姿态。他问过喇嘛，为何将女人的手心画成红色？回答是，代表她在那一刻全身勃发的热能。

他说："去幻想女性的红润手心，就能获得温暖。"我如他所言地想象，眼前黑暗中现出转动的手指……

幻想红色而获得的温暖，多年以后，我从一本视觉心理学书上得到解答，因为红色引发了生物本能，那是祖先们对火最初的记忆。

那种温暖来自大脑的迷醉，所以我稍一恍惚便沉入睡眠。在梦中视野扩大，由红色手心看到了女子赤裸的全身，后来又看到她所拥抱的牛头怪兽——当时并不知道，这一形象在日后将我的命运更改。

天亮时已没了风。

随着天空逐渐明媚，饥饿感达到无以复加的程度，以致我撕下一角报纸，放入口中贪婪地咀嚼。他先是嘲笑我，最终也撕了纸片放入口中。

口中有物可嚼，饥饿奇迹般减轻。他分析，与睡眠一样，饥饿只是头脑中一种固执欲望。我和他口嚼报纸，在正午时分终于进山。

钻过一条隧道，到达一片干涸的河滩。滩石三五一堆地凑在一起，犹如一个个天然的瓷碗，盛着剩余的河水。此时身后隧道传出巨大回响，一辆军用卡车呼啸而出，向着河道上游驶去。

他指着卡车兴奋地大叫："有部队就有招待所！"

部队招待所价格便宜，一个双人间才五元一晚。这是一所培养通信兵的学院，我俩在部队食堂中换了饭票，浑身放松地闻着米饭香气，觉得生活超乎想象的美好。

还有更美好的，饭后在学院草坪上小歇，我俩逢迎上一队洗澡归来的女兵，由于头发湿漉未戴军帽，裸露着额头整齐而来。她们骤然见到两个抽烟的男子，不由得纷纷低头，快步而去。

这支步伐紊乱的队伍渐行渐远，我俩久久无言。看到三十多个女子一齐做出含羞的表情，我和他都有种“此生足矣”的感觉。

然后便上山写生。

我往往坐在山中一两小时不动，画笔许久才画一下。他总是远远躺在我身后的草丛，他说山野中散发的草木气息，会像酒一样将人醉倒。

我看过绘画大师毕加索的传记，他十九岁时和一个吉卜赛少年去远游，他教少年作画。不料少年手中流露出天使的笔法，令毕加索心仪，成了他一生的笔法，贯穿于所有的作品。

处于体察自身的年龄，我总希望能天赋异禀，幻想有奇迹来暗示证明。恍惚于毕加索的经历，我将纸笔塞入他的手中。他一副受宠若惊的表情，如同所有的初学者，画得颤颤巍巍。对他拙劣的笔法，我反复揣摩，固执地认为其中有天才的印痕。

他像吉卜赛人一样，有着惊人的野外生活技巧。通信兵学院中有专门的澡堂，但他看着河滩中相拥的石块，发明了天然浴法。

我俩将招待所的暖壶拎来，选择团成水凹的石堆，用衣服将漏缝堵住，倒热水在其中，冰冷的河水就有了些许暖意。

一晚，泡澡后上岸，山风给予皮肤一种鞭打的痛楚，带给大脑皮层未有的清爽。跳进树丛穿衣时，他发现了一个树根处的小洞，认为是松鼠的藏食之所，稍一挖掘就有香喷喷的松子。

他找来尖利的石片，挖开了这个洞穴，果然盛着东西，暗暗的一团。用手触摸是薄脆的鳞甲，捧出来一条冬眠的草蛇。

它还是一条初步长成的小蛇，腹部尚是柔和的白色，只在背上有淡淡的棕褐。它处于深沉的睡眠，疏懒地绕在他的手臂。

他想分析蛇类的冬眠，将它从手臂捋下，重新放入洞穴，盖上土，打开暖瓶，将剩余的热水浇下。他推断，蛇将吸收热能从冬眠中醒来，如小草发芽般自土下钻出。

但那片土静静的。我预感到，由于热量的突然而至，那条蛇已在土层下死去。他也应该有此预感，望着那片湿土，眼神呆滞。

在掩盖着一条生死不明的蛇的土层上，我和他高度敏感，觉得一尊大型动物正在不远处躲藏。在星光所照的地面，树影里混淆着一条人影。他大吼："谁！"便有了一声女性的喘息。

树林中走出一个女兵。

她梳着标准短发，显得脖颈长长，树叶暗影泼洒在身上，犹如一位服饰繁琐的古代仕女。她冷冷地看了我们大约三秒，又转身隐入树林，鬼魅般消失。

我俩怀抱湿衣匆忙离去，在无灯的路上，不断有水珠从怀中滴下，打在路面，从远方山壁传来惊心动魄的回音。

回到招待所后，他分析起那个女兵。

由于和冬眠之蛇前后出现，这个在黑暗中辨不清五官的女人，有着妖孽的色彩。著名的"白娘子"传说，就是一条蛇慕恋上一位书生，化作美丽女人出现……

蛇的可惧形象被重新描述。他说，蛇的造型在所有生物中最为神性，只是长长的一段，没有手足头尾的繁琐。蛇的形状是单纯的典范，所以最美的女人就应是蛇所变化，写《白蛇传》的古人真是天才。

那一夜户外有风不息地作响。

女兵出现后，我俩再没了画画的兴致，产生了一种莫名的匮乏，空背着画夹四处游逛，遭逢了一场冬季的冰雹。

下冰雹的那片云从远方飘移而来，正为他举目所见。一颗冰晶砸在眼角，他捂着眼拉我跑进一处坍塌的庙宇后，整条山峦都在被动挨打。

我俩在倒斜的影壁下蹲身隐藏，一条人影尖叫着跑进，钻入残存的一片屋檐，是个女人。

我俩和她之间，是水帘一样降落的冰雹。她不知还有旁人，褪下外衣拧水。裹着她身体的毛衣为湖蓝色，在冰凌的闪光中起伏。

远望着那水雾朦胧的肉体，我俩没有观赏异性的欢愉，反而升起恐惧。凭着直觉，知道就是她出现在河滩的夜晚。荒野中，她突兀地出现，暴露优美，有着强烈的妖孽色彩，也许就是那条冬眠之蛇变化而来。

她挂晾完外衣外裤，肉体方猛地感到受凉，双臂环抱着蹲下，蹲下后就看见了我俩。

我们三人无言地蹲着，遥遥相视，由于冰雹的阻隔，看不清彼此的眼神。她蹲下后臀部伸展，毛裤裤脚向上抽缩，露出小腿一截白色，我能真切地感到她胫骨上的冰凉。

冰雹停止后，整个山野闪闪发光的状态维持了两三分钟。对面的女人站起身，她四肢很长，散发着雌性的香气，套上湿外衣，向我俩走来。

她走过来说："是画画的吧？"我俩立刻站起。

通过这个女兵，我俩了解到这片山峦在十九世纪曾有许多庙宇，围拢着一个能令妇女生育的温泉。

在一百多年的时光中，每到山花盛开，山谷中满是驮了妇女的毛驴。毛驴挂着铃铛，当山下铃铛响成一片，山上的和尚便知道春季已猛烈地到来。

随着时光流逝，女人们有了新的生活方式，不再到来。香火断绝后，和尚纷纷离去，被遗弃的寺院自然地破败。漫山遍野的花开景致也不再出现，长出怪异的荆棘，迷失了温泉。此地的秀丽逐渐鲁钝，淹没于燕山山脉的无数峰峦里，不再有什么特别……

女兵说着山中典故，带我俩走上一条回招待所的近道。

虽然彼此说话，但这女人仍有着浓浓的妖气。这条她带领的道路曲折狭隘，荆棘遍布。她在河滩出现后，我询问过招待所所长，他说女兵是不允许随意外出的。女兵们都来自外地，而她像讲自己家里事一样讲着此山历史，越来越像山里的妖精。

小道拐入了一片开阔地带，摇曳着一人高的蒿草，他突然兴奋地大叫："看啊！"

蒿草尽头是直立的山壁，隐约刻有字迹，我正要辨认，他已飞奔而去。那女兵在此时问我："写的什么呀？"

想到是她带我俩走上的此路，那些字应是她所熟识……我感到将有不祥的事发生。

他攀着刻痕，已爬到了第二个字的位置。女兵拽住我说："他可别掉下来啊。"我猛然醒悟，他已经受了蛊惑，在失控的情况下爬上字迹，当爬到最高一字就会掉下摔死。

我大吼一声："下来！"甩开女兵，奔到石壁。

仰望上去，他意外的瘦小。他在高空羸弱的形象，令我惘然，许久以来，我有着深深的自卑……

我用初中三年的所有课余时间，画了四百张方形圆形，考上了美校，终于看到梦寐以求的名贵画册。但面对世界名画，我毫无反应，方知道自己的鲁钝。

为寻出名画的底细，我看了大量画家传记。他们的生平就像是一篇篇传奇小说，大多横死。我没那么烈性，所以也没有灵性。喜欢上斜线上的女生后，我本该天然地将她追求，但那些传记已印在我脑中，有他们作比，我信心全无。

他和一条蛇共度了童年，经历传奇得正像是一位画家。我强烈地预感到，模仿着他就能追到斜线上的女生，但当我走上斜线，即将说出蛇的故事时，一种耻辱感突然降临。我收紧四肢，让故事中的蛇将我一个人缠绕，我不能模仿着别人追求我喜爱的姑娘……

我又吼了一声：“下来！”

他惊讶地回头，身体晃了一下。

我身边响起女兵的惊叫。他稳定住身形，看了我一眼，目光便越了过我。顺着他的目光看去，女兵双手捧在胸前，紧张地比画，随时准备要将他接住。

他的目光充满友善，转过身再次攀登。

我最后说了声：“下来。”低得连我都听不见，就迈步走了。也许不是受了蛊惑，而是一股画家才有的血性，令他在风景中变得激昂——这一激昂我没有。

回到招待所，面对贴在墙上的画，我越发沮丧。作画时他躺在我身后，传来无形的压力，我几个小时一动不动，在风景中毫无领会，我所有的鲁钝都被他窥见。

窗外，三百多女兵在食堂门口整队。据此分析，那个山上的女兵一定是山妖了，不然她就会在此时此地。我离开后，时间已过去不少，他应该死了吧？

当食堂门口走得空无一人时，他跑进屋来，兴高采烈地写了几个字，说：“看看念什么？”

依稀记起是山中的对联，我才反应出那是繁体字。看来在石壁下女兵问我念什么，是她真的不认识。回想起女兵在冰雹中的姿态，她蹲下后显得膝盖方挺，臀部支在小腿上，荷叶一般……

我问：“女兵呢？”他的脸上浮现出一种难以言说的表情，改变了面部结构。

他说，当他爬到第一个字时，回身一望，山上草木是一片忧伤的湿漉。女兵双手捧在胸前，紧张地对应着他的身形，正是我走之前的姿态，像是在召唤他跳进怀中，摔在她温暖的乳房上。

他产生了一种类似于幸福的感觉，喊道：“你在干什么？”

“你要是掉下来，我能接住。”

女兵的话让他确信了幸福的到来。他说幸福是一种麻酥酥的感觉。女兵紧张的面容可爱之极，他不由得想逗逗她：“你要接我，也得把胳膊张开呀，否则接不住。”

女兵认真地说：“你要真掉下来，我是没力气接住你整个人的，我只能接你的头，其他部位摔坏了可以到医院修。”

在高空的他没有被逗笑。他说女性的考虑方式，真的很好，他想摔烂了四肢躯干，只把自己这颗脑袋送进她怀里。

听完他的话，我说：“我刚才走了……”他连忙说，是他惹恼了我，不该在我的规劝下还要攀登。对我的怒吼，他认为：“只有最好的朋友才为我着急。”

他陶醉于友谊中，“一起泡澡去”的话脱口而出。

他拎着暖壶在滩石上跳跃，灵气十足。我跟在他身后，动作笨拙，正如他的童年。他与女兵在石壁的对话无可抗拒地将我征服，他是一个吉卜赛少年。

在他停止跳动的地方，我看到了女兵。

看到我，女兵脸色一下煞白。我才醒悟，这次泡澡，他俩的计划中本没有我。他也许想将石壁的对话延续在水中，在等他拿暖壶的时间里，女兵可能也有着期待。

女兵几次说要走，都被他急躁地制止，他口齿不清地说可以用衣服堵出两个水池。

我左手背上有一道伤痕，那是山上的荆棘所划，刚才离开石壁，我曾有过激烈的奔跑。我举起左手，说：“有伤，不能沾水，我先走了。”

他呆呆地看着我，脸上出现了满布的皱褶。

我上岸后回身一望，茫茫滩石中有一小小人影单腿而立，依稀是女兵正褪下长裤。从此我知道，女人解脱衣裤的动作是那么的婀娜多姿。

忽然很想画画，但没回招待所取画板，空手便进山了。我游逛了很久，下山前，拾起根树枝，在地上画了幅画。那幅画是横七竖八的几个道子，山风吹来便模糊一团，但我觉得它是我画得最好的画。

我终于有了灵犀。

回到招待所，见走廊里晾了湿衣，知道他也回来了。想到女兵可能在屋里，我便敲了敲门。女兵并不在，他兴奋地打开门，手中拿着我的画板。

画板上是一张女人头像，所有的线条都涂抹多次，可以看出画得很辛苦。依稀是那个女兵，却又不太像。呈现在画板上的，与其说是女兵的一个表情，毋宁说有一张脸在女兵的脸上绽放。

他告诉我，那是他和女兵分手后，凭着心中的记忆所画。我曾千百次想从他的笔触中寻找启示，他终于画出了一幅可称为画的作品。但他晚了一步，我的绘画天赋已然苏醒。我说："你画得不像呀。"

听了我的话，他反而很高兴，连连点头，却欲言又止。看着他怪里怪气的样子，我已无心再与他纠葛，我说："我得先回去了。"

我将钱都给了他，钉在墙上的画，我一张没带。对那些他躺在我身后时画出的风景，莫名其妙地只想摆脱。

他有点手足无措，怔怔地看我收拾东西。我虽然没对他说过传记书中的吉卜赛少年，但他一定能隐约感到自己扮演的角色。

他送出我很远，直走到来时的穿山隧道。

隧道上方有着一大片瓦砾。见我观望那里，他终于找到话，炫耀地说："你知道那是什么？杨六郎养伤的地方，《杨家将演义》中都有记载，叫养伤庙。"我想，一定是女兵告诉他的。

他说："你想爬上去吗？"

我："行呀！"

在爬山的过程中，他极力表现自己步伐的轻盈，令我产生难以忍受的厌烦。渐渐地，我和他在荆棘中奔跑起来，脸上手上割出无数伤痕。

养伤庙的遗迹，我比他先到一步，对此我备感快慰。他又运用逻辑思维，分析说，此处可能埋有宝藏。见对我没有感染力，便跳进碎瓦堆奋力地挖掘。见到他弄脏了浑身上下，我说："我得走了。"

他抬起头，瞳孔扩散得很大，说了句：“就快挖到了。”

我走时，他仍趴在地上挖掘。

我搭上了一辆运菜的农车，躺在白菜堆上，想明白了他流落花园的真相，其中没有一丝浪漫。他是一个弱者，已被生活废弃。

他在用寻宝的失望代替他对整个生活的失望，亢奋地表达他的失望——我这样看待他的举动，当时很有一种想了解他真实生活的兴趣。

但那个念头一闪即逝。

三

他死的时候是什么样子？有水草依托，肢体呈现出静寂的美感。他应该被淹死，只有水方能缓解他一生的经历。

我听到他的死讯很迟。也许为补偿内心的负疚，出事那晚陪他外出的两男，决定向风景区索要高额赔偿，为壮声势，按照他遗留下的通讯录找人。

那本通讯录上有我的名字。

在去风景区的车上，我猛然有股野兽被捉般的毛骨悚然。车窗外，每一米的路面都曾为我的双脚所踏，在十五年前。

十五年前，我和他意外地走进一片废弃的古山，十五年后它被开发出来。婚礼的第二天，他被引到这片风景，可以想见他刚到时内心的惊诧。

上次我俩来时为冬季，河道干涸，我和他泡澡时曾想象过河水夏日的奔流。现在，那些拼凑澡盆的石块淹没在水下，痕迹全无。

当年的穿山隧道成为风景区天然的大门，洞口上方的庙宇得到了重建，“养伤庙”三字金碧辉煌。

我进入一群陌生人中，他们都知道我的名字，有的人讲：“他说你是他最好的朋友。”

我不见他已有多年。

我从山野提前归来，耐心等待寒假结束。但在开学时，斜线上的同学已和别人谈上了恋爱。此事对我形成巨大打击，不过也有一份自豪，我终于受苦了，像传记书中的一个画家。

在《毕加索传》上，吉卜赛少年的结局是：

吉卜赛少年是在毕加索睡觉时离去的，这一切都很像是西班牙古老的圣人传说。在圣人的成长过程中，天使会化作一个凡人来给他启示，然后消失。

如果吉卜赛少年是个凡人，他的离去也恰如其分，因为一个不懂绘画的人意外地启发了一个画家，再待下去，他在画家眼中的灵性色彩必将败露。吉卜赛少年一定是在享受毕加索的感激时，决定了永远离去。

他在一个冬天，扮演了吉卜赛少年的角色，原本不该再次出现。一天放学，他在校门口等我，说他一个中学同学上了师范学院，可以介绍给我那里的姑娘。处于失恋状态的我，就随他去了。

结果我俩一无所获，落寞地走在有许多女生晃动的校园，他的女同学不在。他说：“你要有钱，咱俩喝酒去吧。”

我对他说我家就在附近，暗示可以就此分手，但他一直跟着我。我只好尴尬地解释，不是要请他去我家吃饭。他的脸色登时灰暗。

我想，他也许真是拿我当最好的朋友，应该逐渐疏远而不伤情面，就说：“去喝酒吧。”

喝酒时，他问了我家电话。从前我和他在花园中天天见面，即便是准备那次旅游，他也想不起向我要电话号码。

喝酒的时间不是很长，出了饭馆就各奔东西。回家后，我想了一夜，他为何要给我介绍个姑娘，也许想对我做出补偿，难道他真和女兵有了关系……

第二天，他越过校门，推开了我教室的门。

我说：“我在上课！”我们的绘画课都是自习，老师许久才来一趟。我的语调也许严厉，同学们纷纷从画板后探出了脑袋。

在众人的目光中，他一副畏缩的神情，但很快产生变化，变得英姿勃勃，一步迈了进来。他向我要纸，捡起根废弃的碳笔，咬出笔芯，趴在地上画了起来。

在山野里，我曾从他的画上寻找启示，一定令他记忆深刻，也许认为那是他对我的价值，以致现在要用画重新赢得我的友谊。

但现在他的画，在我眼中，只是外行人的涂鸦。我走到他跟前，他立刻起身，欣喜地将画面展露。我说：“别画了。”

他跟着我走出学校，到了街心花园。

我俩并排而坐，默默无言，远方，我们曾经同去的山峦棱角分明。他又对我说起了他的童年：“我是四岁时离开云南的，对云南的记忆是满天的箭羽。收割季节，云南的孩子用麦秆做弓箭，麦秆打在身上十分舒服，令人渴望着被乱箭射死……”

我其实很感慨，他是有灵性的。我所受的艺术教育是：真正的艺术不取决于个人才华，取决于对贫苦大众的深深同情，接触他们叫作“体验生活”，真正的生活是痛苦的生活。

那些画家的传记说得更明白，伦勃朗活在贫民窟中，凡·高背过煤球，郁特里罗一生借酒浇愁。许多名画画的都是被饥饿与疾病折磨的流浪者。

教育使然，我对流浪者天然好感。我给他买烟给他钱，我在我的行为中发现了深深的同情。我并不是在梦想吉卜赛少年的奇遇，而是在体验生活。

我坚定了对自己的判断，说：“你有什么痛苦，都说出来吧。”他疑惑地看着我：“你想听什么？”

他说他不是无家可归，而是离家出走，原因是父母离婚。离婚在当时已经常听闻，对他的诉苦，我大失所望。安慰了他几句，我推托上课起身便走。他慌里慌张地将我拉住，说：“你给我的钱我现在没法还你，这个送你吧。”

他送给我的是一套明信片，上面印着西藏唐卡，应该来自他寻找“因明”的庙宇。我想到其中会有那美丽女性，在一个寒冷的夜晚向我展示红通通的掌心。但我并没有抽出翻看，说了声谢谢，拿了就走。

直到画室方将明信片打开，我看到那幅画标名为“大威德金刚”，画面中央是红手心的女子，充满整个画面的是牛头怪物，它有着众多的手臂，雨伞般撑开，正要一起向怀中的女人抱去。

当年我没有想到这沓明信片的意义是：十五年后我靠它生活。我美校的同学现在已没几人画画，多开酒吧拍广告。我社会活动能力较弱，只得以画“行画”为生，所谓行画就是画可供挂在卧室的题材，略带色情。

我的题材是大威德金刚，牛头怪兽和裸体女人，其中的色情因素和异域格调，令它销路尚佳。画它是为了挣钱，我甚至没舍得买唐卡画册，可供参考的只是这一张明信片。

我十六岁时想当天才，画行画破灭了我的初衷，但能画大威德金刚，心中尚有丝宽慰，感觉在面对一个毕加索的题材。

毕加索的画，许多有美女与怪兽，怪兽也是牛头。传记书上说，他是西班牙人。西班牙文化中牛代表男性，所以毕加索的牛头怪兽与美女，描画的是优美的爱情。

然而大威德的眼神与毕加索的牛头全然不同，那是一种说不清的空茫茫目光。我回避开那无法理解的目光，画着，维生至今。

他给了我明信片后，我俩就再没见过。接到他的第一个电话是前几天，邀我去参加他的婚礼，我没去。不料我留给他的电话号码，第二次被使用，是将我叫到这里。

重见养伤庙，我所感兴趣的是，他当年究竟有没有挖出宝藏？我一说出来，也成了他的一个死因，分析者是他母亲。

他母亲来到风景区后，在众人的劝说下一直装病，甚至将门锁上才敢起床活动，多亏了他母亲装病，令大家能在风景区白吃白住。

众人说，他母亲是二十世纪六七十年代的云南知青，这次索赔人数众多，令他母亲重温到上山下乡的热闹，一直处于兴奋中。

听到儿子曾在此地挖宝，他母亲号啕大哭，说儿子触怒了神灵。有人说，这老妇人讲儿子触怒神灵时有一丝不易察觉的得意，她是在年轻人面前炫耀自己见多识广。

也有人提出，如果他当年真的挖出了宝藏，宝藏现在何处？他划船时非要在一个洞口拍照，说明宝藏就埋在里面。有的人想马上去洞口，但因风景区人员的到来而未能成行。

风景区人员要带我去殡仪馆。为了施加谈判压力，朋友们要求每来一个人便去看一次他的遗体。

我仓促地做出悲伤的表情。当他的尸体从冰柜中拉出，我和风景区人员都不由自主地向后退却。

他的衣衫在打捞时被钩杆撕碎，脖颈周围一片红斑，风景区人员好心地解释："这表明他是一口水呛死，死得没有痛苦。"

为适应冰柜的长宽，他的双手双脚被强力扭曲。风景区人员解释，由于冰柜的不合理，每一尊尸体都要被弯曲一番。我不由得想起第一次遇到他的情景，他在花园中睡觉，为适应石凳的长宽，他的身体便弯成这样。

从殡仪馆归来，我问众人与他初识的情况，他们无一例外地都说自己当时心情不佳，小坐在花园，此时一人过来主动聊天，那就是他。那个为五条马路交叉、围拢着十一个公共汽车站的花园，在我的记忆中逐渐清晰，回想当年所画的速写，那个花园中多是失意的人物。

他在花园中向人宣讲逻辑学，散发着智慧的光芒，对失意者有特殊魅力。也有人说这一光芒随着与他的深入交往而日渐暗淡，他和他的口才一样，好似充满智慧，实则糊里糊涂。

我听着，渐感胸闷。在宾馆外坐了一会，两个人影向我走来，怯懦地坐下，试探着和我说话——是陪他夜出的两男。

对于出事的当晚，两男做出解释：之所以他跑起来后没去管他，是因为他平时常喝多，对于他撒酒疯已经见怪不怪。

我打断他俩的话，询问旅游为何选择这里。两男说，他俩从报纸上看到一个新开发的风景区营业艰难，那里在古代有著名的温泉，如果能找到温泉就能将此地完全开发。

寻找温泉令旅游多了浪漫，而且营业艰难的地方收费不高，基于种种考虑，反正来了这里。出发前他曾兴致勃勃地说，他以前找到过一个温泉。但一入此地，却再没听他提过温泉。

户外的交谈结束后，我回到房间，他们给我安排的是单人间。在深夜十一点，有人敲门。来的是陪他旅游的三个人中的女子，谈了一会，我知道了当年他带我去师范学院要找的就是此人。

她已经成为一名青年教师。

她说，他在高中是一个优秀学生，门门高分，个性激昂，许多同学都崇拜他。但在考大学前夕，他忽然失踪，据说浪迹在一个花园。他的父母在那时离婚，也许他想通过作践自己来挽回父母的婚姻——很长时间，女生们的话题主要是他。

他没考大学，跟着父亲过。他父亲后来买下一家破旧餐馆，他请高中同学来帮忙打扫，当时不但男生去了，还去了好多女生。

高中时代，他以课外知识丰富而闻名，于是有同学问他现在看什么书。他说，在看一本借来的大学代数，人生就是一道数学题，总有做对的方法。

我认为这是他喜欢逻辑的嗜好使然。而女教师讲，同学们认为是他对自己没上大学做一点心理补偿。今日看来，那道数学题他没有做出来——说到这里，女教师便哭了。

她哭泣时向我靠拢，被我避开。

对自己的失态，她解释说我在一瞬间恍若是他。我说，按照逻辑，即便我真的像他，如果你跟他只是一般同学，也不会有如此反应。

女教师对我的分析能力十分钦佩，说在帮他打扫饭馆的那天，她比所有同学都多出一个夜晚。

装修直到天黑，她是最后一个走的，他一直送到车站。等车时，她问："你是不是住在附近？"

他说："对，你要回学校晚了就住我那。"

她说："有点晚。"

他跑回餐馆跟父亲说了句话，把她带回了家。那天晚上，他父亲住在餐馆里，几张椅子一拼睡了一夜。

他父子二人租的是间平房，几天前下过雨，街上的积水淌进屋里，一直未干。她那晚睡在牡丹图案里，那是一张有着浓重咸味的大被，不知有多久没洗。

由于嗅觉作用，她躺在里面有一种沉入海底的幻觉。在那张被子里她献出贞操，但明显的他有经验。

第二天醒来，闻着被褥的汗腥，她陷入恍惚，向他问明公共厕所的位置，独自去了。那肮脏的厕所令她恐惧，不是恐惧肮脏，而是恐惧每日上这样厕所的人所过的生活。她上完厕所后，没有回他家，径直去了车站。

后来听说，他和饭馆中一个叫"迎迎"的服务员好上了。男生们讲，有一度他很爱讨论"性"的问题。

由于辍学，他在知识上和同学们拉开距离。当时大部分男生还没经历过女人，谈论性是他保持优越感的唯一方式——男生都这么想。她想，也不知他口中的性，关于迎迎多些，还是关于她多些？

随着众人逐渐都获得了性经验，他就被同学圈子所淘汰。

女教师泣不成声地离去。

他和迎迎结婚旅游，却带上个曾与自己发生肉体关系的女人，绝非常人所能做到。我想起十五年前，他和女兵相约泡澡，还要拉我同去，也许这是他的一贯作风，什么事都要找人分享。

也许只在有人能体会他快乐的情况下，他才能感受快乐的充分。他在三十岁结婚时应该是快乐的，所以又一次做出这种疯癫之举。

还有种解释，他是自杀，所以他要带上她，强迫她向自己告别。他死时也许有一丝闪念，是对海洋味被子下的回忆。

唯一不解的是，为何我令女教师感到像他？

凌晨一点，响起敲门声，是他的遗孀——迎迎，一个笨拙的农村姑娘。我刚到达时，迎迎将我的手抓得很紧："他总说你，说你是他最好的朋友。"

我决定来，大半原因是对他妻子好奇。一个男人的真实可以由他的女人来判定，迎迎的形象再次让我清醒，他身上的吉卜赛气息是个幻觉。

迎迎说她刚才一直在他丧生的河边溜达，发现从路到河有五十米斜坡，说明他是跑了好长一段才跳入水中的。她问我，他该不会是自杀吧？

迎迎带我去了河边。

在没有路灯的山野，我知道自己眼睛反射着远空的星光——这一经验是当年和他夜行时彼此发现的，令我俩第一次感到作为一个生物的喜悦。

但见到迎迎眼中的星光，我极度惊慌。这里的夜晚并不是一团漆黑，他应该看到前方的河水……

回宾馆的路上，我询问迎迎和他相好的机缘。

迎迎说这机缘来得突然。

她从农村来到城市打工，在他父亲的饭馆做服务员，工资可怜，每晚搭板凳睡觉，唯一能让她留下的就是老板儿子。他脏兮兮的但五官清秀，整日骂骂咧咧，对姑娘们散发着英俊歹徒的魅力。

在一个冬日夜晚，他与父亲激烈争吵，最终抡了菜刀。父亲的上衣被划开一道长长口子，幸好没被砍伤。他扔掉菜刀，走到看傻了的店员中，一把拽住迎迎，说："跟我走。"

他的眼神凶狠之极，迎迎在万分惊恐的情况下，跟他去了。先去了父子二人租的小屋。他从抽屉里搜出大把钱票，但都是一元两元散钱。他握着那些毛票发呆，突然大叫一声："呸！"就将迎迎按在了床上。

之后，他们去了师范学院，当晚他和迎迎分别住进了男生宿舍与女生宿舍，这种留宿外人的行为违反校规，称为"蹭床"。为他们安排的是他高中的一位女同学。

他们在师范学院住了十来天，直至被校方赶走。那段时间，迎迎和他只在食堂见面，吃完饭，便回各自的男女生宿舍。直到被赶走，他才又拉住迎迎的手，说："去找我妈吧。"

刚见他的母亲时，他母亲正在给自己织一顶小红帽，处于和别的男人的热恋中。面对儿子领来的女人，他妈说："不漂亮。"

他母亲很漂亮，但不久就变成一个昏沉沉的老太婆了，她的情人也从此不见。她在一家蛋糕厂上班，做了三十年的工作是折纸盒，新机械引入后，只得下岗。

他一次喝醉后，对迎迎说起了父母的爱情：

他所记忆的云南，是一团鲜亮的绿色。此地有抢亲风俗，女知青外出总是结队而行。母亲当年是有名的美人，一天独自外出，被几个傣族男人拦住，看架势便要抢亲。

此时对面山上一声大吼，一个黑影飞奔而来。等了好久，那人才跑到近前，就是他日后的父亲。父亲蹲在地上气喘吁吁，歇了半天，才能说话，叽里哇啦讲了几句，傣族人就把他母亲放了。

父亲讲的是傣族话，所以大吼一声，能令几个傣族人感到有必要停下。虽然他们总是腰里插刀，其实是一个质朴民族，非常讲理。他们被父亲话中的道理所折服，从而离去。

他父亲反复说的只是一句话："她，我已经抢过了！"

过了七八年，他父母所在的山寨，也没有一个傣族人娶上女知青，倒是有不少男知青娶了傣族姑娘。当知青们纷纷生了小孩，就变得焦躁，连续讨论了四个夜晚，决定找组织要求返城。

他们是带着行李去县城谈判的，孩子留在山寨。嫁给知青的傣族妇女预感到将被抛弃，纷纷跪在寨门烧香。她们的预感在晚上被证实，知青们与组织谈崩了，直接去了火车站。

传消息过来的是他父母，他父母是唯一回来带孩子走的父母……他想不通的是，共经了患难，父母感情本应更深，怎会离异？

回母亲家后，他一直闲着，靠迎迎养活，迎迎又找了家餐馆当起服务员。他买了许多折价书，如《官场厚黑学》《精明交际法》，每晚写笔记，彻夜不眠，到次日凌晨，他会叫醒迎迎。

迎迎和他在一起后，养成了清晨做爱的习惯，直到他找到工作。他当了报纸校对，阅读量一日七万字。开始兴致勃勃，后来那些错别字惹恼了他，每天下班都气势汹汹。

迎迎又养成了在晚饭前做爱的习惯。他家在大杂院，为掩饰动静，他俩总是打开电视。由于常在新闻联播的时候，迎迎日后只要一听到播音员的音腔，就脸颊发热，浑身酥软。

对于他俩的生活方式，他母亲不太在意，只是有时叫一声："别看电视了！"

三年前，他父亲来了。

他父亲的饭馆倒闭，只好屈辱地投奔离婚的妻子。父亲睡在他俩的房间，每晚用椅子搭床，因经营饭馆多年，做得一手好菜，赢得一致赞扬。

他在那段时间非常高兴，每晚父子俩一块看电视。他俩看的是一部香港武打剧，声音开得很大，俩人眼睛圆睁，神态一模一样。

母亲给父亲织了双手套。一个晚上，父亲没有再搭床，睡进了母亲的房间。那一晚，是自父亲来后，他和迎迎第一次做爱。据迎迎讲，当高潮来临，他已泪水满面。

他梦想家庭复合时，父亲却在厨房摔倒，法医鉴定是自然死亡。

父亲的尸体在家中放了七天。因为他从一本折价书上看到，人死要停尸七天，以备有还魂的可能。他等了父亲七天，但父亲的亡魂没有回来，屋中弥漫着怪味，只能及早火化。他给父亲买了新衣服，但不愿清洗尸体，也许害怕脱下父亲的衣服，便证明父亲真的死去。

母亲也不愿意，交给了迎迎。

洗时，尸体的阳具骤然勃起，迎迎惊叫着把他拽进屋。但父亲没有复活，是一点未凝结的血液所起的作用。

望着父亲挺立的阳具，他跪在地上号啕大哭，由于声音过大，影响了左右邻居，迎迎劝他小点声。他咬住嘴唇无声地哭泣，直至咬出鲜血。

火化父亲那天，他对迎迎讲了刀砍父亲的缘故。

离婚是由父亲提出的，令他对父亲怀恨在心。跟父亲生活后，父亲几次劝他考大学，但他一翻课本就血脉偾张，非要去打十几盘台球才能消解。

他的台球打得越来越好，最终断了考大学的念头，父亲总批评他。一天父亲言辞过激，说："我要知道你这么不争气，当初就不回山寨带你走了！"

他大吼一声："都是你害的我！"抄起了菜刀。

迎迎对我说："如果当初他抓住别的女服务员的手，也一定会带走的。当时有三个女服务员，所以成为他的妻子是三分之一的机缘。"

沉默了许久，她又一次问我："他不会是自杀吧？"国家规定，旅游单位都要上保险，门票就是保险的凭据，所以死在这里，将得到风景区与保险公司两笔赔款。

我问："你们的门票还留着吗？"

迎迎："有。"

回到宾馆，迎迎拿出门票。门票上印着一行妇女骑毛驴上山的画面，正是十五年前女兵讲述的典故。门票粘在一个笔记本上。一进风景区大门，他就嘱咐迎迎将门票粘上，留个纪念。他保留门票的细节，令他的死亡像早有预谋，我已不敢再想。

掀开门票，发现笔记本上写满数字，是他俩结婚的所有花销，细致到一盒烟、一双袜子。他俩结婚共花两万四千六百七十元。之所以带着这个本子，看来是将这次旅游也看成了婚礼开销的一部分，是要继续记下去的。

他的死亡赔款应该远远大于他婚礼的开销吧？

四

天明后，走进风景区会议室，我惊讶地发现，众人都浮现出满脸皱纹的笑容。

风景区领导询问要多少赔款，他的朋友们一时沉默，女教师叫道："一百万。"

谈判双方同时大笑。笑完，他的朋友们脸色难看，一笑过后谈判已处在了劣势。

他的一生都处于劣势，令人感慨这种劣势在他死后依然延续。朋友们后来提出一个算法，按他现在每月的基本工资，预计五十岁死去，他一生可挣得二十二万，而弥补他母亲妻子的精神创伤，得给三万，所以风景区一共应该赔偿二十五万。

这时他的母亲说："不，我就要一百万。"谈判立刻陷入僵局，风景区领导说你们再商量一下，就退席了。

她母亲似乎并非想为自己多要钱，从她的亢奋状态看，是她几十年前在乡下当知青的惯性使然。听说知青一有集体活动便兴奋异常，也许她想配合我们。

刚得到他的死讯，他母亲一天到晚躺在床上哭个不停，不吃不喝，直至高烧三十九度。但当他的朋友越聚越多，决定集体向风景区索要赔款后，她便奇迹般地恢复了健康，两眼发出坚定的目光，吃得很多。

对他情绪热烈的母亲，朋友们劝说道："这是谈判，不能掺杂个人情绪。把此事看成一桩买卖，便能看清大局。"

这一说法得到他母亲的支持，叫了声："我懂！"估计当年知青遇到难事，便有人提出要置身局外地考虑问题，令他母亲印象深刻。

他们的话引起女教师的反感，她说要退出谈判，因为用钱来计算他的生命十分龌龊。虽然他做校对工资微薄，但人的可能性是无限的，例如他在一九九五年的计划若真的实施，那他已是千万富翁。

一说一九九五，众人立刻七嘴八舌。

他一九九五年的计划确实恢宏。

当时他还没有得到校对的工作，一天回到流浪过的花园，坐到黄昏时，忽然有所领悟。

第二天他组织了游园活动，带着迎迎和许多朋友。他们去了动物园。在两栖爬行馆中，他宣布了一个发财计划——养蛇。

大家谈论了养蛇场建设与销售程序，一个朋友甚至还算出了投资的准确数额。后来，为进一步讨论，举行了多次聚会。他认为自己将成为一代"蛇王"，说了无数遍他童年床中有蛇的故事，每次都喝得酩酊大醉。

此事最终没有成功，他也曾为此奔波，然而稍稍受挫便不再努力。

一些朋友认为，他在花园中所思考的，不是做一件事的逻辑，而是自己生命的逻辑。之所以想养蛇，不是经济考虑，而是他觉得一条蛇伴随自己出生，那是他一生的逻辑起点，他的生活也应靠着蛇而腾达。

他认为这是命之所至，所以稍一受挫，便满是怨气——这是他朋友们的一致看法。但在动物园里，他说过一句话令所有人记忆深刻。

他说，蛇是有高低之分的。那些高级的蛇趴在树枝，是昂扬顿挫的线条，一流的书法也难以企及，而低级的蛇，只是屎一样摊在地上。他是高级的，决不让自己的生命摊在地上。

关于人的可能性，众人讨论了很久，结果认为，他最大的可能就是一辈子挣二十二万，然后普普通通地衰老死去。

估计这一可能他也曾料到，以他喜爱高昂的性格，这个结局绝非他所能忍受，所以设计了自杀。他要在幸福中死去，也许除了结婚，他生命中将不再有热烈，他绝不能错过。

讨论到这，他母亲哭了。这时风景区人员通知我们，领导为让我们有充分时间考虑，已经先走了。

吃午饭时，服务员热情地说，领导吩咐，给你们多加了两个菜。此时来了一位年近六十的男子，摸着自己的秃顶说：据此分析，风景区很快会提出个赔款数额，放心，一定很低。

中年人解释，对于气势汹汹的大众，先让你们白吃白住，等气势一弱，再收拾你们。这是兵法中的消耗战，对乌合之众总是行之有效。大家都是凭着一口气来，一口气又能维持多久？

这番话征服了我们，中年人自我介绍，原来是与他父母同在云南的知青，还是知青的头。以此人与他母亲的亲密神态看，我怀疑当年与他母亲闹婚外恋的就是此人，直接造成了他父母离异和他的辍学，败坏了他全部的生活。

如果他是自杀，推究原因，此人要对他的死亡负责；但如果此人不是他母亲的情人，那么知青集体的团结就令人感动。

这位秃顶的中年人被称为“贺叔”。贺叔提出的第一个反击措施是，将尸体从殡仪馆抬到会议室，以表示决不善罢甘休——这项提议令所有人目瞪口呆。后来贺叔又说了一个退而求其次的提议，让我们抱着他的遗像，在风景区门口哭诉，时间定在明日清晨。

下午，迎迎赶回北京家中，找到他一寸免冠照片，放大比例，配上了黑木镜框。晚上，这张遗照拿来了，这张照片在一寸时很多人见过，这就是他身份证的照片。大多数人的身份证照都劳改犯般表情呆板，而他的照片笑得自然，很有感染力。

曾有人开玩笑说，他这张照片是身份证照片中的精品，他也对此极为得意，常拿出来炫耀。但照片放大后，在一寸时看不见的皱纹一根根显现，原本生动的笑容消失，取而代之的是尖酸的冷笑。

第二天清晨，照片被带到风景区门口，我们对着进出的游客哭诉时，照片上的冷笑更加明显。

大家都没有哭诉的经验，举例如下：“不好了，风景区死人啦！”“这地方能玩吗？里面全是害人精！”——喊得连我们自己都觉得丢人，但对游客有极大吸引力，算上附近山民，围观群众达三百多人。

我们后来累得坐在地上。由于翻来覆去就那么几句词，令围观群众渐渐厌烦，纷纷散去，只剩下两三个人抱着“要出大事”的希望，仍然坚持，令我们倍觉惭愧。

只有他母亲不受影响，拖长音叫着：“我的儿呀——”语调始终高昂悲凉。他母亲身边坐着贺叔，不时拿出水壶喝上两口。他是我们中间唯一带水的，令人感到老谋深算。

口干舌燥时，风景区人员走到门口，说领导来了，但从你们刚才的行为看，你们已失去冷静，如果所有人一起去谈，势必七嘴八舌，不会谈出个结果，所以你们只能选一个人。

我们一致推选贺叔。贺叔临走时，他母亲叫了声：“小心！”面对这个六神无主的女人，贺叔流露出一个温暖的微笑，然后毅然而去。我们所有人都为贺叔猛然爆发出的男性魅力所倾倒。

贺叔走后，我们回了宾馆。在等待的时间里，有几人的女友来到风景区探视，这伙人已经驻扎了五天。因为我是单人房间，有人带着女友来敲门，问能不能借半个小时？

我，还有几个被借了房间的，都坐到宾馆外的花园中去了。

和我同在花园的人讲，昨天午饭后，贺叔进了他母亲的房间。昨天中午的阳光非常充足，他们的年龄都已六十，也许充沛的阳光可以弥补体力的不足，带来久违的激情。

倒真希望昨天中午是那样，他无知的母亲，可以得到男人的安慰；希望贺叔真是他母亲的情人，代替他照顾母亲的晚年。

我们难民般坐在花园，谈尽了所有话题后，远远看到一个身影，头顶亮着反光，不由得精神一振，同时起身大叫：“贺叔！”

我们几人去敲所有房间，叫大家到贺叔屋里开会，最后到来的是几对气喘吁吁的男女。

贺叔说向风景区报价十五万，风景区领导说明天给答复。贺叔预计最终会得到七八万。这一结果离二十五万太远，与一百万更是天壤之别，一瞬间，所有的人都调整了一下坐姿。

面对众人未表露出的抱怨，贺叔语重心长地说：“闹归闹，一旦真谈反而要让三分，有进有退，这是成事的第一关键。”贺叔又讲，要贴近生活、围绕现实，不能想当然，不要情绪化——讲得深通世故富于哲理，估计他活着，一定很爱听。

在十五年前他作为一个早慧的青年，总爱给我们讲述哲理，或许可以认为，他在用贺叔的嘴，向我们讲述他死后悟出的逻辑，教育他的朋友们该如何对付生活。

如果他是自杀，赔款就是他筹划的安家费，只有七八万就太少了。但以他一生能获得二十二万来计算，三十岁是寿命的二分之一或三分之一，七万是二十二万的三分之一，补偿他三十年的生命，这个价码也算公平。

聚会结束后，我决定离去。此时又有些人的女友到来，我的房间很快被占用。临走时，我只想跟迎迎告别，但她的门内，传来沉重的喘息，我敲门的手就此缩回。

走出宾馆，我看到迎迎孤单地坐在花园，就走过去说：“你不应该把房间借给他们。”迎迎哭了起来。

她还年轻，她肯定会再嫁的，这个女人，也许以后再也见不着了。来到风景区后，有个问题纠缠得我不得安宁，再不问便永生没了答案。我说：“为什么我是他最好的朋友？”

迎迎一愣，止住了哭泣。我补充说明：“他是怎么跟你说我的？”

在他刀砍父亲的夜晚，迎迎第一次听到了我的名字。那晚他俩发生关系后，开始商量去投奔谁，他首先提到我。

他口中的我，是他的生死之交，陪他挨饿、受冻，教他画画，循循善诱，就像童年时教他识字的父亲。我是行侠仗义的好汉，有着威风凛凛的相貌和强健体魄，例如在比赛爬山到养伤庙时，他便输给了我。

而且我的性格，充满雄性的棱角。当他淘气地攀登石壁，我对他大声训斥，就像一个严厉的父亲。最后总结，我远远好过他的父亲。

然而他俩没有找我。

在迎迎晶莹的泪光中，我低下了头，十五年过去，我只是在他死后凑了一份热闹。迎迎说她刚才向墓地打了电话，墓地管理员讲，如买夫妻合葬的两个坑，可以打折，她没有在他的旁边买下自己将来的位置。

她擦干泪，紧绷面容与我对视。我想安慰她几句，但找不出词汇，只得起身告辞，嘱咐她以后有事找我。迎迎说："不用了，我已经被他家赶走了。"

刚才集会结束后，众人散去，贺叔将迎迎留下，问："这七万元中，你要多少？"迎迎一时恍惚，贺叔便继续说下去："你还年轻，而他妈妈是需要有钱养老的。"

迎迎回答："人都死了，那钱我一分都不要。"贺叔劝她："我不是那个意思，要不你拿五千吧。"然后将一个五千元的存折给了迎迎。

这五千的存折看来是早就准备好的。我一直奇怪，以贺叔的才智，为何要七八万便满足了，原来那钱早就预计不是给两个人分的。我甚至怀疑贺叔与风景区谈判的真实数额。不管明天风景区给多少，既然迎迎拿了五千，也就只有五千了。

五千元存折也就断绝了她和他生前死后的联系，迎迎说原本就不应该有联系。投奔女同学时，他只在吃饭时与她相见，她明白他嫌她是个农村姑娘，如果卿卿我我，就在老同学面前丢了脸面。

自从他在刀砍父亲的夜晚抓住她的手臂，她的生活就像是进入梦境。他死后，方觉得清醒过来，她决定回农村了，从此可以活得真实无比。

临别时，迎迎对我说："你真是他最好的朋友，他很多神态都像你。"

咀嚼着那句话，我转身走了。

沿着河道，我有种想一步步走回北京的冲动。此时是中午十一点，水面上是比阳光更强烈的闪光。那片明晃晃中，应该有个洞口正在阴险地潜伏，也许里面藏着宝藏。

远处有两个人蹲在水边，往水里扔着什么。河中有艘清洁船，清洁工正用网兜将他们扔的东西一个一个捞上来，双方无言地一扔一捞，仿佛有着默契。

走近，看清是陪他夜游的两男。我不想打招呼，悄悄走过，但背后传来他俩的叫声："有粮食吗？"

十五年前，我总买烟与他分享，他管烟叫作"粮食"。看来这一称呼在他的朋友中成了公用——想到这点，我叫了声："有。"下了河堤。

他俩扔的是用餐巾纸撕成的纸钱，也许那清洁工知道淹死人的事件，对他们破坏环保的行为有所体谅，才没有制止。学着他俩，我将餐巾纸撕成纸钱，一放入水中就缩成一团，如同水母，随着波浪一颠一颠地游走。

两男回忆起初遇他的时刻。他俩的情况一样，许多年前，在花园中发愁时，一个人走来大谈逻辑学。这个神神道道的攀谈者，会唱一首傣族民歌，非常感人，所以就交上他这个花园朋友。

我想起十五年前和他步行到此，走出黑暗的隧道，躺在滩石上，他给我唱了首歌，名为《石子天堂》。原是傣族民歌，翻成汉语后，曾在云南知青中广为流传，陪伴他父母的青年时代，感动了我的当年：

如果你感到忧伤，就往水里扔块石头。

看水纹消失，想着一切都能过去。

他唱完后，扔了块石子，激起几圈细腻的波澜，水面很快平整，真的仿佛什么都没有发生……

明晃晃的河水突然黑了一下，很快又亮起。在黑暗的一瞬，我见到那晚的真相：他的奔跑，不是自杀。他所体会到的，正是十五年前我俩体会到的河滩的召唤，我理解了他死前最后一面的笑容……

远处的清洁工终于不耐烦了，划船过来，与两男吵成一团。

我就此离开，带着我的推理。

五

回到北京后，来了一个电话，通知我参加一位美校同学的婚礼。我没去，画“行画”一直令我自惭形秽，与所有同学羞于相见。

但第二天醒来，又止不住地后悔，也许婚礼上可以碰到那位斜线上的同学。她，我毕业后就再也没见。给结婚的同学打去电话，祝新婚快乐。不料新郎极为懊恼，说：“糟透了！”

原来婚礼上有人撒酒疯，掏出把小刀上下飞舞，说要杀个血流成河，以致宾客纷纷告辞。喝醉的人躺在新婚夫妇中间睡了一夜，醒来后说：“你们真好，不愧是同学。”点上根烟，扬长而去。

一夜受惊的新婚夫妇气色极差，彼此看着，都有种痛不欲生的感觉。我问那喝醉的人是谁？新郎告诉我那人名字，就是我那斜线上的同学。

她——我从未亲近，同学四年，只和她有过一次接触。十五年前，电台有文学名著节目，学校用放体操口令的喇叭转播。她爱端着饭盒到操场吃饭，两腿晃悠地坐在双杠上，即便在冬天也是如此。

我走到双杠下，说了句：“你不怕冷呀！”就此接近了她。她说：“食堂的菜太差，在寒风里吃，会觉得饭特热，热量能够弥补味道的不足。”

我被她的聪颖完全震撼，此时文学名著响起，是鲁迅的《药》。她不再理我，入神地听着，她在双杠上的姿势美妙异常，使得站在地上的我像个傻瓜。我说：“真是名著，写得太好！”

她双眼闪烁着冬季天光，轻声说：“是呀，把人血馒头写得那么有滋有味，真想尝尝。”说完后，脸颊绯红。她不再说话，叼着勺子，两眼转来转去。

我无趣地走开——这就是我和她唯一的接触，她叼着勺子的牙，光洁雪白，给我留下永生难灭的印象。

我向倒霉的新郎要了她的电话，我俩相约在美校门口的一家餐馆。谁知那天大雨滂沱。她来时，开口一笑，令我伤心欲绝。

她的牙齿竟已又黑又黄，小得可怜。她说她不知道喝完酒要漱口，结果牙根萎缩，并郑重其事地告诉我，她已有三颗假牙。

她高中时代的恋情早已结束，现在是独自一人。我跟当年一样，一见到她就哑口无言。而她一来就喝酒，速度很快。

酒馆没有卫生间，她到外面上厕所后满脸雨水地回来，摇晃着一头水珠，说真是痛快。一会她又去厕所，回来时兴奋地说："老天就是爱护我，雨就滴不到我身上。"她后来还去了两次厕所，每次都为没被雨淋而得意扬扬。

我看了看窗外，外面的雨早就停了。

我们这些美校学生，从小被教育过一种痛苦癫狂的生活，那是所有画家传记上唯一的生活。

想起十五年前，她说她想尝尝人血馒头。我真有一种冲动，切开自己的血管，为她染一个馒头。我问她想吃什么主食时，她已酩酊大醉。

由于她说不清自己的住址，我只好将她带到我家。我的家在一楼，到家门只有三个台阶，搀扶着她走上台阶，她的手臂传来女性骨骼特有的清凉。在打开家门的一刻，我终于抱住了她。

希望不是女性的本能，而是十五年前她对我的爱慕有一点轻微的感触，令她双臂一紧，缩进我怀里。

我没有开灯，多年以来，我就是一个人，过着起居无定的画家生活。我漆黑的家，曾有过不同的姑娘来临，一闪即逝。而画色情画，令我的心理超常，与我的身体不再协调，以致有时要幻想才能兴奋。

我轻车熟路地将她带到床上，摸索着她，这是我多年未遇的强烈感情。然而身体却意外的无能，在黑暗中喘息很久，我只得再次于脑中幻想，方才完成。

之后，她昏昏睡去。我打开了灯，灯亮的一刻，有种奇怪的念头，希望在光明中出现的我是他的形象——他，我的花园朋友。

我想给自己所爱的女人以最好的面目，也许我内心深处，他是最纯净的人。看着灯光下女同学的裸体，我想将自己身上的肉一片片割下。那种自我猥琐感纠缠到天明。

上午十点，她仍沉睡不醒。猜测她昨晚醉酒的程度，几乎令我疯狂。如果她是全然醉酒，那么我昨晚就是强奸。

十一时，她还在睡，此时响起电话铃声，是倒霉的新郎打来的。说我十五年前对她的暗恋，同学们均深表同情，此番见面如能好上，当然激动人心，但为了对我负责，有一事必须相告。

两年前，她办了个人画展，开幕当天有许多同学到来。晚上大伙聚餐，她喝了许多，要先回家。同学们仍聊天喝酒，没人送她。她一个人努力行走，走到了一片建筑工地。后来发生的事情是，她被几个民工抬到一堆水泥袋后，那几个民工又通知了各自要好的朋友……

倒霉的新郎对我说，如果你要娶她，就要别扭一生。

她酗酒的恶习也是那次事件后才有的吧？我想在她醒来前找个办法死掉。

十一点半，她仍未醒。阳光正变得越来越强，窗外有远方的山峦。在十五年前，他和我在花园，面对远方的群山，他豪气万丈地说："咱们到那里去！"从此心情全然改观。

我趁着她醒来前逃离了，只留下张字条："别走，为我看家。"

傍晚，我进入了西山的夕阳中，那片他丧生的水域。贺叔一帮人已经撤离，他的死亡事件被老练地解决。

沿着河边游荡，觉得他的面孔随时会出现在水上。他一生喜好逻辑，可惜他分析出来的逻辑，与这个世界相去甚远，但现在的我，却需要一种不属于这个世界的逻辑。

一辆军用卡车扬尘而过，我猛然意识到，十五年前的通信兵学院应该还在。

在学院大门，我徘徊很久，想重温一下三十多个女兵一起含羞而过的情景。但自从建立了风景区，学院的招待所就不再对外。我想起他攀登的石壁，于是上山。

山路走到一半时，周围已是全然的黑暗，想到即便登上山也无法看清石壁上的对联，失控般地流下眼泪。风扎在泪水横过的颜面，分外阴寒。十五年前我有过一个将被冻死的夜晚，那时他劝我幻想女性的手心。

我在黑暗中幻想红色，却引起泪水奔涌，耳听的哭声连我自己都害怕，足以惊动山里的妖精。

黑暗中却出现道亮光，将我上下扫射。亮光处隐约有女性大腿的形状，那条腿是绿色的。来人的手电持在腰部，走近，惊叫：“是你！”

十五年后，女兵仍妖精般地出现。当年她出现在深夜的河滩后，我和他的友谊便开始崩溃。女兵见我，满是幽怨。她说，当年我离开后，她曾给我写过一封信，但我没回。

她是不可能给我写信的，唯一的可能是，将我误认为是他。我想自己在手电光柱中的脸，一定是布满皱褶的笑容。

也许我俩当年真的很像，他是我的吉卜赛少年，我想从他身上获得启示，不自觉地对他模仿。他在离家出走期间，对我隐含一种依赖心理，详细观察着我所有的表情，也潜移默化地在他脸上出现。

十五年了，这漫长的时间很难令女兵记忆准确。我和她拉着手，她手心的热量，令我脑海升起一团温柔的红。这红色润泽了我周身皮肤，也润泽了整个山峦。在下山的路上，我和她同时摔倒，碰触到彼此的嘴唇。

他说得对，幸福是一种麻酥酥的感觉。我耳听得万物生长，也许十九世纪那漫山遍野的开花景致正在重新发生。她的脸正在微妙变化，仿佛一张新的脸在她的脸上绽放，正如十五年前他所作的画像。

很久后，她慢慢地坐起，问："你还记得那地方吗？"我不知是什么地方，装模作样地点了点头。不料她神情感动，拉着我往黑暗中某个方向跑去，跑了几步又停下，说："别去了，听说那刚淹死个人，怪可怕的。"

想起他死前非要在一个洞口前拍照，十五年前他和女兵相约泡澡，他俩的激情可能就发生在那个洞穴。他们的激情我刚刚经历，照片上阴险的洞穴里，不是埋藏了杨六郎的宝藏，而是埋藏着他一生不遇的感觉。

我试探地问："那个洞还在？"

她点点头。

我恍然醒悟，她就是他曾找到的温泉。即将走到学院，我问："你为何总在山中游逛？"

她说："我刚才是去看对联了。"她查出了石壁上的繁体字，对联其实是首唐诗："去年今日此门中，人面桃花相映红。人面不知何处去，桃花依旧笑春风。"

每当感到孤寂，她便会去石壁下坐坐，不料今日碰上了我。她忽然说："谢谢你了！"

她现在是学院的讲师，十五年前作为学员，她和一位老师发生了恋情。当年她对我俩说的山中典故，也都是那位老师讲给她的。老师有妻子，一时在学院闹得沸沸扬扬。所有的外地女兵都想留校，她的举动无异自毁了前程，而那位老师权衡再三，疏远了她。

她当时想寻死，不顾学院规矩，整日游荡在外，意外地碰上了他。在洞中的一夜激活了她，她调整了情绪，开始处理与学院的关系。两天后方想起作为活人的他，但那时他已经从招待所走了。

他应该是在招待所等了两天，因为她查过招待所记录，登记了他的家庭地址，便照此写了封信。

他有没有收到那封信，我已不忍心再去探究。我问："你的那些事情？"她说："解决了。"那一刻，我觉得自己仿佛是他的鬼魂。

我一直在推测他，也许冥冥中，已经虚化的他也在窥视着我，将他的一生向我展示——也许我真是他最好的朋友。

我将女兵送到学院门口。在门岗巨大的灯照下，她凝视着我的脸，有一丝困惑，但她开口问的是："你在这住几天？"

我说我今晚就走，她说没有车了。我回答："十五年前我就是一步步走来的，十五年后难道不能一步步走回去吗？"

她笑了起来，说："我不信。"转身向学院跑去，在灯光下一闪即逝，在那一瞬，好像擦拭了一下眼睛。

我已年近三十，对于当年与他了断友谊，早想明了原因，在古庙中女兵毛衣的湖蓝色，将我深深地打动……

想着他十五年前为女兵所作的画像，我举步夜行。那是某种极致时刻陶醉的表情，只有这女人最亲近的人才会发现。我终于明白了一个男人能对女人做出怎样的改变。

六

行走到天亮时，我搭上了一辆车，在上午十时回到北京。

山野里的蚊虫毒性很大，我的脸上被叮了好几个包，带动整张脸鼓起——那是他死后没有经历过的肿胀变形吧？

距家门四十米远，我停了下来。我家居一楼，窗户外有棵石榴树，正在成熟季节，吐露出一个个红艳的浑圆。

植物类如此美丽。作为一个动物类，我正在面临每一个雄性个体对应上一个雌性个体的重大时刻。但人类作为地球物种的怪异分支，所有问题要复杂一些。

我买了张报纸，发誓只要一看完，就立刻回家。但我的誓言没有实现，当我看到报上说美术馆正在举行西藏唐卡展时，便去了那里。

看着唐卡，我不知自己为何要来。我的体能已在一夜行走中耗尽。掏出手机，我用仅剩的力气给倒霉的新郎打去电话：“你说我要娶她，便会别扭终生——什么意思？”

回答是：“嗨，你自己也该知道。”

我挂了。

此时眼前出现一个熟悉的形象，一位手心红润的女性背我而立，攀附在一尊牛头怪兽上，那是我多年所画的大威德金刚。它依然闪动它空茫茫的眼神。

这种眼神我多年画不出来，眼睛是人类最丰富的表情器官，无论怎样画都会有喜怒神情，真不知西藏画师如何解决这一技术问题。

展览厅门口威武地坐着一个藏人，应该是办展览的画师，我上前询问。他以生涩的汉语对我说：“不是从技术上解决，是从心上。”

虽然我画大威德金刚多年，但这一形象的含义却从不明白，便祈求西藏画师告诉我。画师好奇地问我为何要知道，我颠三倒四地把我的绘画生涯、死去的朋友、斜线上的同学都说了出来。

不知他能听懂多少，等我停下来，他开始讲述。他以悠扬的音调讲着一种我听不懂的汉语，引来许多围观者。我惶恐地环顾左右，无意中瞥见大威德金刚画幅上空茫茫的眼神，悟出了一个属于我的含义：

人类是地球上覆盖面最广的大型物种，之所以分布广阔，是因为个体与个体之间相互排斥，所以吝啬与冷漠是人类的基本特性。个体与个体也有极度密切的时刻，就是男女相亲之时，即便是极恶之人也会在这一刻有一丝温情。

在这一刻，如有灾难降临到与自己相亲的女人身上，即便是极恶之人也会有一丝发自心底的震惊吧？

牛头怪兽便是这种震惊的形象化。用这一刻的痛苦悲愤，激发出关爱他人的慈悲，攻破人类心里坚固的吝啬冷漠，所以名为“大威德”。

它的眼神是悲愤到极处才有的空茫。

我也曾发出那样的目光。

听到女同学三年前的事件，我两眼空茫茫的没有了定点，这世上没有什么能挽回灾难，所以也不值得一看。把她带回家的夜晚，我依靠幻想与她做爱，使她遭受厄运的那股邪恶，就在我身上。挽回灾难的方法，是我对此负责。

她一直待在家里等我回来。

见我归来，楚楚可怜地说："对不起，你家的石榴被小孩摘走了。"

我让她看家的嘱托，令她找回了一点女孩的感觉，想让我归来后见到家里焕然一新。拖地时，她抬头见窗外的石榴被小孩摘走，急忙跑了出去，但那些小孩动作灵活，她一个也没追上。

她气愤无比。我说："那些石榴虽然长在我的窗外，但不是我的呀。"她恍然大悟，我俩笑了很久，最终她说："那你给我也摘一个吧。"

我去摘石榴，发现树下有只蟋蟀，便捉了回去。

晚上，我和女同学相抱而睡，听到一串昆虫的鸣叫，调子竟像那首傣族歌曲《石子天堂》。我的女同学惊醒，我对她说："不要怕。那是我最好的朋友为我们祝福。"

她为我的风趣幽默打动，紧紧抱住我，听着昆虫的鸣叫，再一次睡去。睡梦里，我见到他坐在花园，他的周围有许多忧伤的人形，他起身，向他们走去。

梦中的我视线模糊了，我梦见自己的双眼在流泪，只有耳朵尚且听到他的声音：

如果你感到忧伤，就往水里扔块石头。

看水纹消失，想着一切都能过去。

一九八七年的武侠

一

只有时间还是清楚的，一九八七年的夏天，他渴望成为一个武侠。在夏天最热的几天里，他长成十六岁的青年，已有了对女人拥抱的需要。十六年前，他的父亲查遍了字典，为他起了名字，他叫贾庄。每当有人叫他时，他会耐心地解释："贾宝玉的贾，庄子的庄。"

他在夏天也常常感冒，鼻孔滴下一颗颗水珠。这个年龄，每一个女生都发出夹竹桃盛开的味道，男生的体力消耗在篮球筐里、乒乓球上，他们心里有着不祥的预感，没有多少日子了，自己就将与一异性连接在一起，就像一张邮票粘在信封上。后来证明，每个人都等了很久。

小学的年轻女老师一般都无精打采，中学的女老师一般都神采飞扬。贾庄他们班全体男生喜欢音乐老师，她格外的生机勃勃，谁都认为她是教体育的。

九月份，学校里来了个教生物的老师。她发现全校只有贾庄看音乐老师的眼神是毫无光泽的，便爱上了贾庄。她刚来两个月就变得肆无忌惮，每到考生物时便跑到贾庄跟前："呀，你这张卷子印得不清楚。"随后将答案朗诵一遍，因为声音足够大，所以没有引起抗议。每个同学都认定贾庄早晚得被她生物一下。

贾庄不动声色地一直喜欢着语文老师，她和生物老师在九月份一起来到学校。语文老师清清瘦瘦，长发洁净，鼻梁耸挺细长，瞳孔微微发黄，皮肤洁白得略显病态，唇是薄薄的，贾庄认为这就是希腊神话中描述的"智慧的嘴唇"。贾庄喜欢语文老师，就想买件衣服送给她。贾庄想买连衣裙，开始攒钱，但不久就停止了。他发现再这么一分一分地攒去，冬天马上便到了，那时他将什么都买不起。

贾庄带着一包零钱到了服装店，大大方方地说："女式服装，能买什么就买什么吧！"售货员数了半天钱，最后给了他一个乳罩。

教师节，在放学后，贾庄心潮澎湃地将这个乳罩送给了语文老师。那是在学校门口，语文老师接过方形牛皮纸包，温柔地瞟了一眼贾庄，小指挑开塑料绳。校门口很狭窄，里外拥着四五百人，响起了此起彼伏的惊叫，每个人都看见她手里捧着只雪白的乳罩。

贾庄泪流满面地被语文老师关进了办公室，语文老师奋力地将乳罩扔出，它像滑翔飞机般落入墙角旁的脸盆，吸着水，发出"咕咕"声。语文老师无法平静，下意识地捧着自己的乳房来回踱步。当发现贾庄一直望着躺在脸盆中的乳罩后，便大喊了一声："天呀！"房门"砰"的一声关上，楼道里响起一阵惊天动地的高跟鞋声，她走了。

窗户外挤满了看热闹的低年级学生，瞪着敬佩的眼睛，小声议论着，无非是些"有种"之类的话。贾庄大叫："滚！"他们立刻散开，四五秒后再纷纷露出半个脸。夕阳打在玻璃上，由一个角度生出股亮晶晶的光，点在他两眉正中，他眼中的世界立刻变成片紧密蠕动的红。

在办公室可听见，校门口的喧闹声已经消失了。窗外窥视的人回家了，太阳变成黑色，贾庄感到深深的疲惫，还有饥饿。他顺着墙缓缓滑下来，蹲着。泪干后落了层盐，刺得眼珠生出几道血丝。

——这一幕是我心中流水洗不尽的一块颜色，是我失忆后的唯一记忆。因为他就是我，我将凭着这个男孩形象寻找我的过去。我只知道在那个黄昏，流泪的同时身上出了一层冷汗，汗水改变了我整个命运，在一九八七年我成了一个武侠。

二

一九九七年，有条坚硬的红土路。我在长途汽车中已有两天。夜里，似乎有个女人上车了，就在我身边。

一大团紫色的雾气消散后，潮乎乎的黄土就显露出来。我醒了，嗅到股深深的土气。车窗外是条烂泥浆似的水，有人说是黄河。夜行的疲倦使所有人抱在一起，我怀里有个不相识的女人。车颠了一下，勾出我胸腔内藏伏的寒意，迫使我再一次勒紧怀中这疲软温暖的肉体。

中途休息时，那帮来旅游的姑娘小伙尖叫着冲向岸边，将一切可拾到的东西投进黄河，惊叫着："黄河真宽呀！"岸那边没有绿色，待着脏乎乎的一群山羊。羊倌在唱着什么，孤独凄凉，以致我拍醒怀中的女人，对她说："听。"

她皱着眉打开窗，一片寒意渗了进来。于是她又关上窗，将我身子推开，溜下车，往黄河里扔了块东西。她身材不高却很饱满，双眼努努，常很调皮地闪闪，如不是眼角有细碎纹线，就是个小女孩了。

她回身向车窗瞥了一眼，我赶快垂下头，我想起了我自己。

我是上海一所高校的心理学博士。弗洛伊德研究文艺复兴绘画，荣格先生研究西藏密宗和道教法术。他俩成为心理学大师后，艺术和宗教便走了样。我既然是个博士，就肯定研究过什么，但好像走样的是我自己……

窗外的她向小贩买圆饼了，她牙齿很白，咬东西时舌头舔来舔去，引得我想亲她。可能我的目光逼人，以至于她掰饼，给了我半块。她往我怀里一钻，吃得津津有味，为了制止自己再看她的舌头，我闭上眼去听车门的开合，该启程了。

我来到这里，不能全怪导师。在论文答辩时，我目光呆滞，低声地哼着我知道的所有流行歌曲，老师一提问，我就流眼泪。于是，我不能留校当老师了，我忘了自己是哪里人，有无父母。火车站离学校很近，于是我上了火车，又坐上长途汽车……

记得曾因为论文答辩事件，学校安排我去看心理医生。那个在心理学文凭上比我低太多档次的医生，以自卑感很重的鼻音对我说："您这是失忆症，啊，心理学上叫'掉举'，是吧？"我说："没错。"于是他给我开了份证明："经患者本人证明，他有病。"于是导师根据我的论文打上了最高分，但在文凭上加印了一行小字："此人掉举。"

按照心理学的解释，失忆症只是将自己的过去迷失在数以亿计的脑细胞中，犹如一艘沉船。在记忆的深海，我的船静躺在泥沙中，只记得在一九八七年我曾经是个武侠。

一九八七年的我蹲在地上，稍一活动酸麻的右腿，便滚涌出一身的汗水。那时的我因为一个乳罩被关了起来，在办公室中呆呆看到天空黑暗……

恍惚中，我走在一条硬土龟裂的路上。前面有个女人，不时投来目光，是她，那车上我怀里的女人。

可能又是“掉举”，当我怀里的女人下车时，我也下了车。从后面望去，她走路的姿势很有韵味。

接下来的情况是：我在她家住了下来。

那天，她在我眼前走着，忽然转进家小院。我犹豫着，思考着，还是跟了进去，猜想着，也许能从这个我抱过的女人身上找到今后生活的理由。

我站在院子里，看着她从门框上摸出钥匙，打开房门，然后“砰”的一声，将我关在院里。自从知道自己有“掉举”的毛病后，我就发现自己对尴尬的局面特别能忍耐。我像棵树一样长在她窗前，屋里黑乎乎一团。

这样的情景我经历过，那是在十八世纪的故宫。四阿哥终于成为皇帝，帝号雍正，我站在他的窗外，听着他安详的鼾声。他有五十多个兄弟姐妹，竞争帝位难度很大。百姓中流传着他的种种卑鄙手段，其中最著名的是雍正养了一批杀手，他的兄弟以两天少一个的速度迅速死亡。我就是那杀手中的一个，百姓们管我们叫“雍正十三武侠”，其实我们只有十二个人，因为我的武功很高，一个顶俩。那一夜，我负责他的安全，午夜时分，天上飘下雪花。我站在他的窗外，紧紧握着宝剑……

当行李包勒得我手指生疼时，门开了，伸出一条赤裸的手臂。我进了屋，光线昏暗，她的皮肤是勉强的暗黄色。黑夜暗中，我见不到她的眼光，我只知道她是我怀里的女人。

令我想起了十八世纪，我在故宫中守夜。雪花积在我耳朵上，我一动不动。这时远远地走来一个黑影，我一眼认出是那个头最高的妃子，我们这帮杀手管她叫“藕露妃子”，是她满族名字的谐音，落实到这两个字，我们查遍了《康熙大字典》。这个满族的发音变得如此诗意，我们所有的杀手都感到扬扬自得。她仪态万方地走到我面前，小声叹息：“皇上睡了？”我慎重地说：“有什么事？”她长叹一声：“算了，你送我回去吧，太黑了。”十八世纪的故宫没有安装路灯，由于过分的广阔黑暗，常有人被吓死。皇上的女人为什么有三宫六院，主要是为了人多壮胆。我抖掉耳朵上的雪花，随她去了。

藕露妃子推开自己的房门，惊讶回首：“你怎么还不走？”我站在黑暗中：“我得一个人回去，我也怕黑。”她的手臂从门里伸出，动作微小地招招手……

我成了她的男人，她趴在我胸口拿着一包瓜子吃个不停，我搂住她光滑的背脊昏昏睡去。傍晚时分，她逼我穿上衣服，远方响起三轮摩托毫无节制的马达声，当她拉开灯时，她的家人回来了。

每当抚摸脖颈，我便能感到那一刻的重拳。

她家人回来了，当她介绍我是她男友时，我多么高兴，认为她知道我的过去，我是和她早约好回乡探亲的，所以她才会在车上，才会团在我怀里，她记得我忘记的一切。

但，我被她父亲一拳捶倒在地。

这一拳令我想起我在故宫留下的遗憾。那一夜，我上身笔直地坐在藕露妃子的房中，对她讲着作为杀手的痛苦，她讲起作为女人的痛苦。她说女人最大的痛苦是乳房下垂，我一听此事便立刻开动脑筋，我在那天晚上发明了乳罩。我俩为这个发明激动不已，于是做爱，后来觉得这个庆祝的方式有点过分……

当我回到雍正大帝的窗前，故宫已是银色的世界。在厚厚的积雪上有一行纤细的脚印，那一晚雍正大帝在睡眠中失去了他的头颅……

第二天，我醒来时，发现自己正在吃饭。她的家人吃惊地看着我，我愤愤不平地吃着。她——我怀里的女人，由后间屋闪出来，将我拉走，制止了我不停的咀嚼。

我俩走在村子里，一群小孩跟在后面，大声评论我，两旁院舍、围墙后，不时有人头探出，闪一闪又缩回去。她拉着我的手走，问我能不能娶她。我问她知不知道我的过去，她说不知道，我说那就不行了。她打开我的手，跑了。

我费了很大脑筋，方找回她家，问："她呢？"看着她家人的目光，我只得又跑出去找她。

当我走到再也不能肯定可以找回她家时，我找到了她。

那是一片养鱼的水塘，她站在杨树下。我想不出什么方式，只好直愣愣地走过去，叫她回家。意外的，她点点头，跟在我身后。走了二十几步，我打破了沉默，请她走到我身前去，说："我不认路，不这样，咱俩谁都回不了家。"

她哭了起来。我喜欢她哭的样子，微翘的鼻子上染了层粉红的色晕，显得那么委屈。我想亲亲她的鼻子，却觉得似乎不好，于是说："怎么了你。"见她不理，我又说："怎么了你。"她仍不理。我便凑上去，她见我过来便一闪，我的舌头仅擦过她的眼，口中有了几丝苦涩，是泪水。

她连续退后，睁圆了眼。在她的目光下，我惭愧地低下头，实际上，我也清楚现在的自己不是女人可以依靠的。她远远地走了，我沮丧地跟她回了家。一回家，她便找了根粗粗的镢头，脱了鞋，下田耕地去了。院中摩托车响着，她那个大弟弟似乎准备出门，她两个小弟弟吵着要搭摩托车上学。我缩在屋子里，思考着要不要娶他们的姐姐，还没想明白，那个骑摩托车的弟弟冲了进来，给我一记耳光。

十八世纪故宫的那晚，我在皇上的窗外割腕自杀。雍正大帝有早起的习惯，当人们发现他尸体的时候也发现了躺在雪地里冻僵的我。虽然我的利剑划破了手腕，但雪花飘落在伤口，血液迅速凝固。因为太冷，我的自杀没有成功。醒来后，我挨了大内总管一记耳光……

她的弟弟凝视着我的眼睛，讲述了一个情况：他们的姐姐在一座叫上海的大城市打工，她在乡里有一门亲，但大都市的生活令人对她的贞洁持有怀疑。不久这男人的母亲死了，于是有了个说法——是被他们的姐姐克死的，这是个很好的理由，这男人便退掉了这门亲。姐姐虽在城里，虽早厌倦了乡里和这乡里的男人，但被退亲，且隐藏着不名誉的怀疑，便回来理论，可带着个男人去争取贞洁的评价，无疑是端起石头砸自己的脚。

我隐隐约约觉得我就是那块石头。

我那自杀的一剑没有夺去我的生命，却斩断了我的手筋，人们认为那是刺客的所为。从雪地上留下的脚印分析，那刺客是位女子。想当然地，人们认为是吕四娘，她是江南著名的女贼，她的理想是反清复明。

我的旅行包被扔了出去，也许是我心理学专业习惯，望着那个躺在门外的皮包我陷入了沉思。人往往会在一瞬间对男女的欢爱产生巨大的需要，那时我在她屋外僵直挺立，目中所见是窗内的黑暗，她的一瞬间产生在黑暗之中，仿佛一个灵感。以后的情况是：她的大弟弟对着沉思的我大叫："你装什么蒜呀！"他拎着我大步流星而去。在摩托车斗里，我和两个小弟弟挤在一起，然后，他们下车了，然后，过了一会，摩托车又停下，我也下了车，摩托车开走了。我看清自己到了长途汽车站，于是我就这样离开了我怀里的女人。

那是十八世纪的秘闻，雍正大帝的头颅被刺客带走，他的身子配上一个黄金的头颅安葬。我带着残废的左手离开了京城，去寻找他那失去的头颅。藕露妃子将永远留在广阔黑暗的故宫。

我将自己像个行李包一样扔上汽车，望着窗外沮丧不已。窗外的世界随着车速加快而崩溃，一个突然的速度对于世界无异于扔进水中的石块，溅起无数事物飞散着扑面而来，一片树叶就可在人眼中画出道蜿蜒无尽的绿线。人类所生存的宇宙是一块凝结所有时间和事件的琥珀，那琥珀中的小虫便是人类。当阳光照射在琥珀上，会产生瑰丽的折射，那不可捉摸的光线是人类的记忆。我处在众生的记忆中，十八世纪意外地穿过脑际。

失忆后，我成了个不知所以的存在，现实世界烟雾般散去，琥珀显现。不同方向的光芒或曲或直地射在身上，尚有无数道以诡异的弧线擦我而去。那些光线有着各异的色彩，不知从何而来向何而去，有一道是我一九八七年的记忆。

一九八七年办公室脸盆中的乳罩，极为舒展地沉在水底，仿佛一只在昏睡中张开的海贝。我的身上冒出汗来，是海洋深处的咸味。九月份，语文老师刚来的时节，我也曾有过一次灾难。

我们的学校有一根铁杆立在操场的尽头，那是我校的骄傲，许多小孩为了它在中考时选择了这所学校。那是一根爬杆。我校的学生很少迟到，在太阳升起的那一刻，爬杆上满是蠕动的身形。那是别的地方享受不到的运动，他校的学生往往溜入我校……

九月份的一个早晨，我们在黑暗中排队爬杆，当太阳升起的那一刻，惊讶地发现在杆子上那人是外校的。那个外校学生被光明照耀，他俯视操场，见到我校学生从四面八方跑来，在他脚下聚集成黑压压的一片。那个外校学生在爬杆顶部决不下来，再过几分钟就要打上课铃了，如果我们走后他滑下爬杆潇洒离去，我校的声誉将毁于一旦，这所学校的学生将永远抬不起头来。我像个武侠般大吼了一声，推开了众人，抓住爬杆的底部狠劲地摇晃……

我武侠般的行为引起阵阵喝彩，那外校学生终于从爬杆上摇摇晃晃地滑下。我校同学潮水般涌上，拳头攥紧，显出一个个坚硬的骨节。但是上课铃响了，我们退潮般钻入教学楼的十来个门洞中。从教室的窗户望去，我看到空荡荡的操场上那个外校学生跌跌撞撞地向校门走去。

每天上午十点钟要做课间操，整队时语文老师叫喊我的名字。我向她走去，在我的身后同学如撒向海面的大网，顷刻间覆盖操场。语文老师瞥了我一眼，转身就走，我惴惴不安地跟上。在我的学校有一横一纵两片操场，两片操场之间是一条石子小路，语文老师带着我走上了这条石子小路。她和生物老师一样刚刚毕业于一所师范学校，带来许多新的观念，比如诱导式教课、趣味性交流。她走在小路上仪态万方，轻轻地问我："你最近干什么坏事没有？"

她刚刚毕业，满怀着教学的热情，总是早早地来到学校，今晨她从楼上眺望到爬杆下的一幕。石子小路两旁的操场上是我校数千学生，齐刷刷地伸展四肢。语文老师带着我在万众瞩目中悠然散步，宛若情侣。她步态优雅地慢慢行走，等着我交代错误，我绞尽脑汁说出了一件件坏事，她总是咬着嘴唇焦急地说："不是。"将外校学生摇下爬杆是我的光荣，我始终想不到这是个错误。

她终于恼怒，一指爬杆："你爬上去！"我大惑不解地爬上杆顶，听到她在下面喊："明白了吗？"

我回答："没有。"杆顶上的我看不清她的表情，只看到海浪般起伏的数万条胳膊中，语文老师的米黄色长裙飘动。她的声音在风中柔弱无比："明白了吗？"我回答："别摇，明白了。"

我在爬杆的顶端遭到了诱导式教育，她仰望我的姿态仿佛清晨一次深深的呼吸。我在操场万千道目光中降落，滑向语文老师扬起的面容，她失血的嘴唇令我双眼针扎般的痛楚。

三

除了上海，我成为博士的那片水土，想不起还有什么地方是我熟悉的。于是，我要回上海。下车时，发现是南京。我的过去无法令我到达任何地方，我的过去一片空白，除了一星颜色：在一九八七年，我是一个武侠。

站在南京火车站外，手表显示凌晨一点，这时的南京是座黑暗的都市。前方有一团亮，长长的几条案板，闪着瓷器的光。我想，吃一口东西就能认识这座城市。走到面摊前，我问："多少钱一碗？"

"五块。"我坐下，从酱盆里挖了勺鸡蛋，挖了勺肉末，很快地吃完，拍出五元站起身。同时，黑暗中钻出五六个瘦小干瘪的汉子，十数条胳膊将我架住。在那一瞬间我体内有股力量在涌动，似乎是练过武术的感觉，我说："我给钱了。"刚才给我盛面的汉子走到我面前："一碗面，五元。一勺鸡蛋，五十元。一勺肉，五十元。算了，面就不要钱了，你给一百吧。"

我陷入了沉思，我到底有没有练过武术，我不是一个武侠吗，但我的一切都"掉举"了。我慢慢地掏出了一百元，不料他们受惊般地向后窜开，慌张地叫嚷："你把我们当什么人了！作不得真的，我们只是想跟你开一个玩笑。"我不知真假，迟钝地仍将钱向他们递去。他们相互看着，最后说："看来把你吓着了，五块的面钱我们也不要了。我们就是喜欢开玩笑。"我表情复杂地走开了，留下他们笑成一片。

这样的事情我经历过，在十八世纪，我流浪在茫茫大地寻找皇上的头颅。因为在皇宫生活得太久，我在民间的一切行为都显得幼稚可笑，饱受嘲弄和欺骗。我唯一的享受就是去茶馆听评书，那时最火爆的评书是《雍正十三武侠》，每当说到那一个顶俩的武侠，人们总是神往的表情。在那一刻我原谅了他们对我的所有伤害，他们不知道他们的偶像就坐在他们身边……

我忽然明白如果我真的练过武术，武功就不会消失。按照心理学解释，一个人失去记忆时，他的生活技巧并不会消失。也就是说一个人会失去他的过去，却不会失去他的知识。也许世界就是一个知识宝库，无数人死亡，发生在他们身上的真实如清晨的露珠般消失，只留下了各种各样的知识。失去了记忆宛如一次死亡，我肯定是曾经钻研过清宫的史料，我众多的知识在脑海中翻腾，编制了一个过去，只是年代有点遥远。我必须终止我那十八世纪的所谓回忆，我是一九八七年的武侠，我要回到我的年代。

一九八七年，我即将由少年变成青年。那天下午，语文老师将我关在办公室直到晚上，因为，我给她买了一个乳罩。那天，我缩在角落，批评着自己，失去了继续生活下去的颜面。月亮旁挂着金星，想必我的同学们正在家中观看那部美国六十年代喜剧《火星叔叔马丁》。对面墙上一只壁虎在观察着我，目光纯洁……

天太黑，找不到旅馆。火车站旁有一排挤压压的简易房，放着通宵录像。走进去，里面睡倒着几排人，我也便交了钱找到一行空位。众人的体味飘荡在我的左右，投影机忽明忽暗地播着一部过时的影片。我耳听着影片含混的声音，反复回忆那办公室中的下午，它是我唯一的记忆。一个表情成年的小姑娘依次贴在每一个人脖子上，小声询问：“要洗脚么，想吗？”我劳累，肮脏，当她询问到我时，就点了点头。

简易房的第二层是一间间隔得狭窄的屋子，仅能装一把椅、一张单人床。我软在床上，将睡去时，她端了一盆水进来。我起身，探脚进去，彻骨温暖。她细小的手顺着裤管钻入，极快地揪断我一根腿毛，这疼痛带来刺激；当她的手抚上我脚背时，我的双耳登时炙热起来。在这一刻，我与过去相遇了，我记起：在一九八七年，我是一个武侠。

在壁虎纯洁的目光中，我检讨着我的九月。那是夹竹桃盛开的季节，语文老师来到了我的学校，我从爬杆上滑下，为了一个外校学生向她承认错误，同时她的诱导式做法遭到了校长严厉的批评。我幸灾乐祸地放学回家，但第二天上学，在纷涌入校的人流中，一股巨大的羞涩感忽然袭来，那天我和语文老师在众目睽睽的操场并肩行走，多么像是电影中情人的漫步……

我逃学了。在医院里，医生说我的眼中长了一颗粉刺，那是我此生中第一颗粉刺，令我张眼便是痛楚。我的左右太阳穴上贴上了菱形的膏药，就像电影里的狗腿子。十天后，我病愈走进校门，太阳穴仍贴着膏药。走进教室的瞬间，我撕下了太阳穴上的膏药，就看见了我的语文老师……

我已经十天没来学校，那天她讲的是二十三课《杀虎》。语文书中竟有那样的课文，一个精力衰竭的老头在猛虎扑来的一瞬，突然跪倒将手中的铁斧举过头顶，老虎从他的头顶一跃而过，剖腹而死——课堂气氛空前热烈。语文老师惊讶地发现了这一点，让我们自由发言，最后总结这故事的魅力在于老头动作的精确性，而一张写满精确答案的考卷无异于一次杀虎。她的总结引起了热烈的掌声，她表示以后每堂课前都要讲个武侠故事。她羞涩地站在讲台后面，心里想着她的诱导式教育……

那一节热烈的课上我闷闷不乐，走进教室时，她竟然没对我的大病初愈表示惊喜。下课后，我蹿出教室，飞奔过操场，离爬杆还有三四米远便腾空扑去。当我的四肢夹住爬杆的瞬间，听到身后有人叫我：“贾庄——”

语文老师脸颊红润地走了过来，让我教她爬杆。她仍处在那节课的兴奋中，天真地想以这种方式让自己显得和蔼可亲。她的小腿钩住爬杆，整个身体依偎上去，在她即将悬空的瞬间忽然疼得大叫。她扶着我挽起裤腿，我看到她雪白的小腿上有一片玫瑰色的印记。

那是皮下出血的结果，我扶着语文老师离开操场，宛若情侣。但我的心中只有保护妇女的光荣，我感到我是一个古代的武侠。在走进教学楼的时刻，她忽然将我推开，不回头地上了楼梯。

小姑娘的手按在我脚面上，她稚幼的脸庞流动着成年的目光，我依稀地明白这意味着什么。她的眼垂下去，忽兴奋地喊：“呀，你有血刺，我帮你去了吧！”我松了口气，说：“也好。”她急急忙忙地从衣襟里掏出只细长盒子，打开，是一把刻字刀和几只药水瓶子。见我身子向后倚在墙上，就兴致勃勃地挖去我脚趾上的硬茧，向下掏去，猛又停下来，试探地问我：“挖出一根一块钱，挖出多少根就多少钱，好吗？”血刺就是僵硬萎缩的毛细血管。我点点头，她立刻全神贯注地做起来。感受到最初一刀的疼痛，想象着血液在水中的消散，我将胳膊伸入头下，枕住。由于语文老师的缘故，我一生迷恋于血液的色彩，啊，多好呀，在一九八七年，我是一个武侠。

智永和尚的脚伸入水中，霎时水底银光闪亮，仿佛闪烁着无数的流星。在他洗脚之前曾经吞食了近百根银针，那些针像是他的汗水，在与水接触的一瞬流淌而出。这一幕奇迹我亲眼所见，因为我就在他的身边。智永和尚缓缓地转过头，我立刻行礼："我已明大师心志，自会禀告皇上。"在一年前的夏天，智永和尚也曾展示过这一奇迹，他翻译了五十车佛经后忽然想找个女人。他谈恋爱的消息引起轩然大波，面对赶来的震怒群僧，他展示了这一奇迹以表明心志："如我这般便可破戒。"

一年后的智永和尚不是为了女人，而是为了一幅字帖——《兰亭序》。我们大唐的太宗皇帝喜爱王羲之的书法，王羲之的《兰亭序》是一篇很美的散文，汇在东晋的诸多文集中，太宗皇帝断定既然文章是他所作就必有字迹留下，他让我带着两千四百两黄金去寻找这个前所未闻的字帖。我是他的保镖之一，民间管我们叫"太宗十三武侠"，其实我们只有十二个人，我一个人顶俩。我们这些武侠的官职是"太保"，实际就是"唐太宗保镖"的简称。这个简称又体面又威风，虽然在二十世纪这个简称变成了"小流氓"的含义……

太宗皇帝之所以不让文化人帮他找字帖，而选择了我，主要是因为当别人不卖时我可以硬抢。我打探到《兰亭序帖》在智永和尚处，他是王羲之的玄孙。当我叫他拿出字帖时，他让数百根银针穿心而过，触水而出，表白了他誓死也不献出字帖的心志。我有一身的武功，可以在百步外箭穿柳叶，可以倒挂在房梁一个时辰，但我的这些技能在他的奇迹面前，卑微得仿佛一粒尘埃。在两千年前的唐朝太宗时代，有一个奇迹深深地震动了我的内心。

我的两个脚趾冒出血来，小姑娘瞟了我一眼，迅速地裹上胶布。

我缓缓地醒来，温暖的水带来一种体贴的感觉，不知觉间沉入了睡眠。本以为梦境会带来启示，不料进入了唐朝。以前的我一定是位博学多才的家伙，有足够的知识可以编制故事。当心灵伤残时，那些知识开始自发地运作。

两千年前，我无法完成太宗皇帝的使命，坐在智永和尚屋前的山坡上用剑割破了左腕的血管，那时的天气温暖，没有雪花。

我的伤口很深，我将这只手垂在地上。地上是羊绒绿草，智永和尚栽种。这种草产自遥远西方一个叫法兰西的地方，它通过丝绸之路而来，装点着我大唐的万里江山。草上的毛绒将我的鲜血分割成一个个细碎的血珠，仿佛清晨的露水。

我的血液将五株羊绒绿草染红，然后就不再流下，凝结在我的手腕。当我拾剑要再一次划破血管，智永和尚站在了我的面前……

她手里滚着两个红丝球，小小的，水中漂散出一缕血迹，很快扩散，如花蕾绽放。她说："这个——两百根，这个——也有两百吧。事先说的是一块钱一根。"那些是我的毛细血管。我进入了一种合乎逻辑的情况之中，当我将四百元钱取出时，她受惊般地站了起来，慌张地叫嚷："你把我当成什么人了，做不得真的，我只是和你开了个玩笑。"

也许活着就是一个玩笑，但它过分的冗长，引起笑声的关键词汇久不出现。在漫长的等待中腐败出各种味道。在漫长的等待中，忘记了一切原本是个玩笑。

智永和尚沉静地站在我面前，告诉我我所看到的奇迹只是一个高级魔术，世人总是信假为真，那传说中的《兰亭序帖》现在就摆在他的床头。

我是著名的武侠，我从山坡飞奔到他屋中的身法飘逸之极。在飞奔的一瞬，我隐约看见屋旁花圃有一件红色的纱衣在阳光里晾晒，那一定是她的，十五年前智永和尚为了她遭到天下的唾弃。

那神秘的《兰亭序帖》装裱在一个卷轴之中，握着它我的手止不住微微颤抖。这就是王羲之的手迹，他在太宗年代成了书圣，只有他明白古人所造的字体的奥妙，那些北魏时尚且粗蛮的笔画在他的手中宛如春风中的花蕊，柔美异常。

我手中的卷轴仿佛具有生命，我可以感受到它的体温。世上美丽的事物总是令人意乱神迷。当我如酒醉般向智永和尚道谢时，他温和地对我说："你不想打开看看？"

我跪在花圃中，朝着太阳的方向缓缓展开卷轴。在那一刻，一种强烈的幸福感袭上心头。在我眼中的字体还散发着墨香，那是三百年前的香气，书圣的墨汁。阳光照射在卷轴上，一个个刚健粗豪的字体扑面而来，我惊叫："怎么是这样！"晕倒在滚滚的羊绒绿草上……

我醒来时，看到一位少女正在洗拭我手腕的血迹，她跪着的姿态柔美异常。智永和尚的声音在我耳际鸣响："这才是我玄祖的真字体。"王羲之的真迹是如此的雄强，运笔宛如猛虎越过深涧般决断，一点没有世上所谓王体的婉约美态。

太宗皇帝认可的王体是那婉约的美态，他曾将自己学王体的感受写成文章大示天下，他的字体在极力模仿那所谓的王体。如果王羲之的真迹显现世间，太宗皇帝就成了在赝品中迷醉的可笑形象……

智永和尚直视着我，他深渊般的眼睛制止了我眼神中的躁乱，他说："太宗皇上喜欢的是我的字体。"一年前的智永和尚为了眼前的女人毁了自己尊贵的声誉，他从那时开始练习书法，每一道笔画都是心中少女的纤柔意象。他的书法在小范围内流传，因为他王羲之玄孙的血统，致使人猜想那是王羲之书法的一脉相承。

一年前太宗皇帝开始衰老，他一生均在权力的旋涡之中，晚年的太宗皇帝很想沉浸在无波无雨的艺术境地。一年前市面上突然出现许多王羲之作品，王羲之在东晋文献中被评为书之圣者，他的书法大都毁于南北朝纷涌的战火之中。他闻名后世在于他那狂放不羁的逸闻故事，三百年来没有人见过他书法的真面。一年前太宗皇帝见到许多忽然涌现的王书，立刻为之倾倒，在他内心也许觉得只有审美书圣才可和自己的帝王身份相称。

那些都是模仿智永书法的伪作，是春风中花蕊的姿态。我看着智永和尚房中的少女，一道闪电在我心中亮起，那是她的姿态……

洗脚的少女跪在我赤裸的小腿旁，扶着我的膝盖维持身体的平衡。她的左腿弯在臀下，我俯视着她，越过她的头顶，在她臀部的圆满轮廓下露出玉石般骨感的足踝。

她惊惧地看着我，将手中的红丝球递到我眼前，那是两小片沾血的棉花。血迹中显露出的棉花是那样洁白，我不自觉地微笑。她松了口气，换了条腿点着地面，在换腿的一瞬她轻微失去平衡，这一瞬她的双手用力地按住我的小腿。她手上的力量一瞬即失，我胫骨上留下她掌心的温热。

《兰亭序帖》用金龙头吊椎悬挂展开，太宗皇帝静静地看了许久。我站在他的身后，很想告诉他，以前见到的王书是水波中少女的倩影，书法是智永和尚将她的美丽秘密保存的方法。如果真的被这种书法感动，就应该隐藏于山坡后，在天黑的一瞬间将那少女从智永和尚的花圃中掳走……

我没有说出来，因为我发现太宗皇帝看着王羲之真迹的眼睛渐渐布满血丝。太宗皇帝下了道密旨，令其他十一个太保每人带着两千四百两黄金，四处购买王羲之的字体，一遇真迹立刻销毁。我则将造伪者查到请进宫中，命他们按照伪书的风格再造一篇《兰亭序帖》。这是历史上最大的造伪案，由我主持，我很感激太宗皇帝给我这个荣誉。

我带回的《兰亭序帖》给了太宗皇帝无形的打击，他越来越衰老，终于去世。在安葬宫议时我不顾身份卑微，提出建议："太宗皇帝一生最爱《兰亭序帖》，真迹应该随他安葬。"《兰亭序帖》的秘密随着太宗皇帝永远埋在地下，那个伪造的《兰亭序帖》以真迹临摹的身份流传后世，世人眼见的《兰亭序帖》是两千年前一位少女的优柔体态。

那是语文老师钩住爬杆，慢慢依偎上去的姿态。

我不能再蹲在这里了，我要回家，我要逃跑，但办公室的门打开语文老师回来了。她在我心目中已成为恶毒凶狠的女人，但当她笑起来时，就改变了我整个的心情。她一笑："你还在啊，跟我吃饭去吧。"

我吃饱了，我原谅了她。

她是老师，比我成熟，她已经有了喜欢她的人。在学校五楼，实验室中住着化学老师，每天上午做广播体操时，他就用显微镜改装的望远镜眺望她。他日日夜夜都在实验室中，神秘莫测。关于他的传说很多，其中之一是：他在研究一种令人产生爱情的气体，至今困难重重……

我安静地坐着，等语文老师将汤喝完。我绝不敢将眼睛向左上方抬起，那个方向的夜空中有粒青色的光点，那是学校的方向，那是化学老师显微镜的反光。我心惊肉跳地离开了语文老师，她走出几步又转回身，涨红了脸："以后不准那样了，老老实实当个小孩多好。"我点点头。

这一夜后，我就产生了使自己强壮的迫切愿望，我参加了虹口武术队，我渴望成为一个武侠，那是一九八七年的夏天。我练武的汗水洒在黄埔滩头，我一生的汗水只有一种味道，是在她办公室中我流淌的味道，那天的汗水改变了我整个的命运……

洗脚的女孩展开她的手掌，有一丝红在她的掌心，那是我的血刺，宛如风中的花蕊。

四

在南京，天一黑，街上就没有人，所以谁也不知道夜里的情况。午夜时分，路面上会长出一丈来长的蒿草，冒出无数条小溪，里面游着筷子般窄长细嫩的鱼苗。在夜里，南京是一片原始的荒蛮，仿佛我大唐的山野。

两千年前的我在太宗皇帝安葬后就离开了长安，那时的我已衰老不堪。我默默地躲在智永和尚房前的山坡后，期待着那位少女在花圃出现。

我徘徊在无光的南京，终止了自己对唐朝的所谓回忆。

刚才，当洗脚的少女伏在地上擦拭水迹时，我走出了隔间，在那一刻我与我的一九八七年狭路相逢。

我的老师。

我不知道她比我大多少，站在我面前，她按捺不住地渴望成为我的阿姨，从而在心理上省略掉我对她的思念。每当注视她时，我便感到自己目光的可怕。

她比我大，但她仍在微妙地发育着，每天都有所不同。我则产生了突变，皮肤细腻油亮，眼白蒙了层淡淡的蓝色，甚至长出一个令我万分自傲的喉结。我是注意到自己的发育后，才意识到她也在成长，所以，她是我可以触摸的。我们在同一个季节，是在一九八七年。

我所在的班级，多为军队子弟，我们的父辈在几十年前由北方来到上海，而我尤为高大壮硕。音乐老师和生物老师一直密切注意我唇上胡须的增长。她们身上散发的香水，往往令我羞愧难当。

语文老师可能是在我送给她乳罩后，开始逐渐意识到自己的美丽，带上羞涩的红晕，在脸上，在她的脖子上，双耳。升学语文考试，作文成绩占三十分，每个星期，她让我们交一次作文。我买了一个沉重的公文包，漆黑的封皮，隐藏着一把小锁。当我第一次将这个东西交给她后，她在走廊里装作意外地和我相遇，没有说话，只向我伸手。我四下看了一眼，掏出钥匙，放在她的手心，她的手掌消散着雾一样的粉色，是皮肤下新鲜的血液，她的手心极为白皙。

很多年过去了，今日我已忘记我每星期给她写的是什么，我的过去是朦胧的，我失忆后残存的影像已不多了。

离开了录像厅，没有在一个角落昏昏睡死，是为了寻找记忆。夜晚的南京在我眼中复原，蒿草鱼苗在空中旋转，最终在一个神秘的点上消失。我眼中的世界仿佛一个水池，无数的知识就是池中的积水，伪造着生命，当水塞拔掉时，它们旋转着流走。

我摆脱了唐朝，沿着乏味的空气行走，路面上仿佛有着鱼身上的黏液，走在上面极不舒服，还残留着幻象的痕迹。抬头看见条横匾——×× 纪念馆，门扇虚掩着，我踏入一步便绊倒在地，我的双腿绊着根横木门闩，我见到了她，一位端庄的妇女。

她一副惊讶的样子，是的，我与众不同。我有着死去诗人顾城一样过分洁白的眼神，有着死去作家王小波一样充满倦意的笑容。因为一个女人，死亡在我身上展现魅力。我从一九八七年变化到了现在，一九八七年，我为了她而锻炼身体，渴望成长为高大英挺的武侠，脸上的血肉在颧骨和下巴上绷紧，久违了，我昔日的容貌。

我的学校在一九八七年有一根高耸的烟筒，在每个冬季，烧出热量，灌入一间间教室的暖气片中。在烟囱下是一片黑压压的煤堆，侵占了半个篮球场，在一九八七年，我已具备了一个武侠的优良体质和执着心理，在每一个月光昏暗的夜晚，我套着用麻袋改装的衣服，腋下夹着把铁锨，钻进学校的煤堆。我的家族在上海有着数不尽的房子，但我的家族人口众多，虽然我一生下来便被告知：“现在如果还是清朝，你便是世袭云骑位，如果是明朝你便是世袭一品侯，如果是唐朝你便是皇太子了。”也许我有着高贵的血统，但我的家族一千年来的确在走着下坡路，以致我找不出个地方可以将语文老师长时间地抱住。我有几次按捺不住地向我的父母大叫：“我究竟是不是个贵族！”

幸好我有着良好的体力，可以在煤堆中兴致勃勃地挖掘。我建造了我的密室，它如此的完美，有一条长长的隧道，通向卧室，有数不清的机关暗器，足以抵挡一个兵团的入侵。我心满意足，对我的天赋备感自豪，但也常常怀疑：我的家族一千年来本应该是一群心灵手巧的民工。但我有个病态心理又足以证明我出自中国历代皇族：看上个女人，就想把她藏起来。我在煤堆中的密室跟朱元璋建造的故宫，在性质上相同。一九八七年，我不由自主地爱上了我的老师……

语文老师每天总是很晚才离开学校，这样，当她漫无目的地在大街上骑了一圈以后，学校已是空荡荡。为了避免自行车发出响声，她总是慢慢推着车一步步向煤堆走来，然后无声无息地消失——这一幕总是让贴在实验室窗口窥视的化学老师大惑不解。

煤堆中应有尽有，我在煤堆中提炼出了乌金，将它们贴在四壁，皮肤赤裸地贴在乌金上，有一种特殊的幸福感，但也常为此发愁。我不认识走私犯，以至于不能换来一分钱来为她买点东西。她从不跟我说她以往的经历，她住在哪里，她只与我分享黑暗，与她在一起，我失去了视觉。在乌金的包围下，总有微妙的回音，我可以清晰地听到她血液在流动，她发丝与肩头皮肤的摩擦……

她将我那个带锁的作文本挂在洞顶，然后说："是灯了。"我已经不再写一个字给她，那个厚重的本子已经写满，因为她，我刚学写作，便已经掌握了现代汉语的全部奥秘。她总担心我在考试中的表现，因为"爱祖国、爱集体"的题目，我也往往写成一封给她的情书。有一次，市里统一考卷的题目是《我的老师》，她立刻惊慌失措，绕着我来回踱步，直至我写下"虽然我所知道的一切都是她告诉我的，但我太爱学习了，所以忽略了她的存在。我不了解我的老师。"——在这之后她才安静下来。写下这一行字，看着她的眼睛，在这一刻，我患上了名为心瓣阵痛的疾病，医生告诉我，我将被它纠缠终生……

我摔倒在南京的一所纪念馆门口，身旁站着位端庄的妇女，我忧伤地想到，我的语文老师现在也许变成这一样的气质。向后望去，馆深不见尽头，我问："纪念什么的？"

"时间。"

历史是生命的蝉蜕。

我双脚的伤口流出血来，溢到鞋外，她看见，沉默了一会，发出"呀"的一声。在这个晚上，我失去了我的体力和继续游荡下去的勇气。站在我面前的妇女有着优雅的骨盆、光洁的额头，我需要睡眠，她有着语文老师一样"智慧的嘴唇"，看着她，我失去了知觉。

我感到自己睡在一片莲花塘中，钻入我怀中的是盛开的莲花。在黑暗中，我又抱住了语文老师。十几年前，我在乌金中抱住她时，我见不到她眼中的光，她的体温引发我内心最深处的情绪，这情绪不知来源于何时何地，也许是我的前生，我过去一百年的经历：

我是一只在草原气候中漫步的大象，长着弧线优美的牙齿，在庞大的领地迁徙、生育，最后我衰老了，独自离开，走向死亡。穿过一条秘密的丛林，来到一个召唤我的地方，那里有着数不尽的巨大白骨，那是我家族历代安息的地方。

我如此地相信这一幻觉，因为语文老师也叫我“大象”。她说我抱住她时，仿佛一头大象卷起丛草，灵巧地放入口中，慢慢咀嚼。她说，每当她睁开眼，看到我的头颅搭在她脖子上，异常沉醉的表情，她心底就会升起深深的欢娱，她愿意我爱她。

我醒了。

我躺在一间洁净的房中，睡在一张硬木床上，布垫只有薄薄的一层，在床边桌上放着一台九寸黑白电视，音量调到最小。我在纪念馆门口遇到的妇女坐在床脚，入神地看着，她侧对着我，线条舒展，她的双眼隐藏在阴影中，形状完好的眉毛极为放松，她薄薄的嘴唇没有一丝表情，却令我备感忧伤。

我醒了有两分钟，她没有发觉，而我却意识到自己身上有些地方经过了水的清洗，留下几片冰凉。我仰起上身，想引起她的注意，但过了一会，她才说话：“你的伤怎么弄的？”我便将火车站录像厅中的情况说了一遍，她点点头没有言语。

她静静地坐着，有着语文老师般“智慧的嘴唇”。我将脑海中的幻象告诉她，她只是听着没有语言，我只得起身向她告辞。她看着我将被子叠好，双眼在阴影中眨了一眨，告诉我一个馆中图腾的故事：

那是一个秦朝青铜器上的图腾，上面模模糊糊的有一个人形，这个人形被称为武侠。他在人间生生死死七次，拯救历史长河中七个重要人物的性命后，便长成了一朵莲花。他和人类的缘分只有七次，和任何人的相聚，只是为了可以长久地别离。

她展开我的手掌，那条被称为“命运”的线路直通掌根，这条纹路的中间有一小截断裂，她说这表明我即将变成一朵莲花。这一小块断裂的空白，证明我是第七次来到人间，来最后一次填补我的空白，掌中的纹路将完美无缺，连成一条优美的弧线，然后我会毫无痛苦地死去。

我很想自己就是武侠，但我在古代史的漫游中总是造成别人的死亡。看着我忐忑不安的表情，她的嘴唇像语文老师般绽放笑容。

我随着她去看那秦代青铜上的人形，但在走近那铜器时我停住了脚步。我即将回到一九八七年，不想因为一个秦代青铜而误入三千年前。我的大脑有着丰富的知识，它数以亿计的细胞仿佛海底的泥沙，将我情感的沉船掩埋。

我和她沿着时间的方向在馆内散步，越过了唐宋元明清，即将来到一九八七年。当见到历史照片上中山装的款式时，我松了口气，精神稍稍松懈了一下。

二十世纪初，袁世凯在清朝灭亡后称帝，宋教仁先生在报纸上对他冷嘲热讽，已经有风声传出袁世凯派出了杀手。我因为这个缘故来到宋先生身边，和我一起保护宋先生的人被百姓们称为“十三武侠”，实际上只有十二个人，因为我一个顶俩。

那一次外出宋先生说要秘密而行，他不想兴师动众，只带一名保镖。他走到了我面前，说："好像听你说过，你还从未坐过火车。"

宋先生一直对暗杀他的风声不以为然，他所有的保镖都是他朋友们硬派到身边。

我也一样。

在我们的年代，东西方文化交融。受手枪的影响，人们认为武侠有一种飞剑，性能在手枪之上，能够像鲨鱼一样跟踪追击直至插入敌人的心脏。我是徽州一名三流的杂技演员，由于宣称自己会使飞剑而出入豪门。每当他们要我表演时，我总是宣称：随意表演不但是对飞剑这一极品武功的玷污，更是对我师承的侮辱，但为了不扫大家的兴致我还是表演一下飞刀吧。我的飞刀表演是"刀扎蟑螂"，我的刀在众人的眼前飞出，重重地摔在地上，豪门的仆人将它捡起时会惊喜地发现刀头上钉着一只蟑螂。这只蟑螂像钻石一样被众人传阅……

一位看过我表演的爱国商人求我保护宋先生。我打听到这位大人物已有众多送来的保镖，便没有放过这一机会，当这一事件过去后，作为保护过宋先生生命的人，我的飞剑骗局将会涂上一层神圣的保护色。我背着柄长剑来到宋先生府中，望着那些拿手枪的保镖我友好地微笑。两个月来，所有的人都知道我为了宋先生第一次拿出那把飞剑，在十二个人中我才是真正的武侠。

两个月来，在宋先生的环境中，我听到了许多政体计划和崭新思想。我隐约觉得这样一个人会改变大家的生活，我说不好是怎样的生活，在那种生活里我用不着四处行骗。我不想让他的生命因我而消失，又不想离开这个对我有着巨大吸引力的环境。我曾经在吃饭时让一个盘子在筷子上旋转不停，那是我杂技演员身份的明确暗示，不料只是得到了一片掌声……

我存着侥幸心理上了火车，这次旅行也许真的没人知道，我已经决定在这次行动之后向宋先生告别。在春秋时代有一个滥竽充数的故事，由于君王喜欢群奏，一个不会吹奏的人带着一把不出声的乐器混入宫廷的乐团之中，他投入的演奏神情显然是位绝伦的名家……

我脸上是武林高手的沉静，也许这种沉静吓住了暗中隐藏的刺客，在漫长的时间里我只听到火车车轮与轨道摩擦的声音。

窗外一直是荒凉的景象，当一排洋房在窗外一闪而过时，我的胃部是急速的疼痛，就快到站了。我转头向身旁的宋先生望去，一道亮光闪在我眼中，一个戴着礼帽的瘦小男子将一把匕首插入宋先生的胸膛。那个瘦小男子飞速地向车厢的纵深处跑去……

望着他的背影，我扔出了我的飞刀，那把刀飞出两丈远，重重地摔在地上，每当它摔在地上时都会有一个用人将它拾起，惊喜地发现在刀尖上钉着一只蟑螂，那只蟑螂是我在扔刀的一瞬以极快的手法插上去的。

这是座小型历史纪念馆，挂满文物的照片，零星的几件文物的仿制品，几乎没有实物。它属于中小学生，每当学生们排队进来，我眼前的妇女就开始了漫长的解说。

习惯使然，她对我滔滔不绝。陪伴着她的话语，情侣漫步般地走向展厅的深处，将我带入无数个神秘的历史瞬间。

也许当我背着宝剑第一次出现在宋先生面前时，他就看出我的真实面目，但他并不说破。他一直以轻松的心态面对自己的处境，不像个政客而像个文人。他对袁世凯坐龙椅的行为感到可笑，对那暗杀的风声感到可笑，对我们这些保镖的出现感到可笑。也许他觉得他身处的世界就是一个玩笑，也许他觉得我这假冒的武侠在他身边，是生活给予的幽默，为了保持幽默感，他失去了他的生命……

我没有去捡那把飞刀，我从座位上取来那把长剑，那是我进宋府前买的一把古剑，它花尽了我的钱财，它精致异常，造成了我“为宋先生第一次拿出飞剑”的效果。在上火车前，那十一个保镖竭力劝我带上这把“飞剑”。宋先生愉快地听着他们恳切的话语，当我背上这把剑时，他的嘴角隐隐浮现出一丝顽皮的微笑。也许正是这把古剑暴露了我们的形迹。

五

我站在纪念馆的尽头，沉浸在巨大的悲痛之中，生命如同眼中的一粒泪珠，一旦流出眼眶便必然地干涸，这正如我的出生。我甚至在记忆中都无法保存我的语文老师，因为成长是一个干涸的过程，生命就是失去。

纪念馆中的妇女好奇地看着我，我一定让她感到好笑。她笑的时候嘴唇显现光泽，随着这光泽，她的五官罩在一层薄雾之中。当雾散去后，她的笑容浮现出几分端庄，很多年前，她就是带着这副笑容站在讲台之上。

中学，我所在的学校展开了一场渐渐引起轰动的较量，化学老师制造出种种元素复杂的气体，藏在一个个气壳中，他在楼道里碰到我时，就掏出一个向我喷射。我的化学成绩在全班最低，但并不妨碍我制造出结构复杂的防毒面具，一天到晚戴在脸上。只在乌金的黑暗中我才露出五官，以致语文老师取笑我为“愁容武侠”，这取自于堂吉诃德“愁容骑士”的绰号，那是西方世界中的一个高瘦男子，他穿上沉重的盔甲希望能被人爱上。每当她这么叫我后，她总是变得焦躁而感伤，悄悄地钻出乌金，呆坐在煤堆上，直至皮肤被风吹红……

化学老师冒着生命危险探索煤堆的奥妙，每次的结果都是他住进了医院，给我和语文老师带来几天的平静。和语文老师在一起后，我的发明机关暗器的才能逐渐衰退，我爱她，我无法当着她的面制造出一件充满恶意的武器。布在隧道中的机关暗器，已经被破坏得差不多了，不需要多少日子，化学老师将冲进我的宫殿，将语文老师抢走——每想到这一点，我便会异常急切地将语文老师抱住，直至她疼得大叫起来……

一定发生了什么，因为在我的情绪里有一股挥之不去的怨恨。

我匆忙地向纪念馆中的妇女告辞，急于跃入外面的黑暗追踪我的记忆。

她一路小跑追着送我。

如果现在的时间是一粒新鲜饱满的葡萄，那么过去的时间就是吃剩的果皮。她守护着过去时间，在历史的残骸中消耗着自己现在的时间。她有时会将大门悄悄打开，希望强盗或好色之徒突然出现眼前。这么多年过去，什么也没有发生。她没有等来强盗和歹徒，却等到了一个武侠。当我摔在门口时，她很想将我制成标本私人收藏。我双脚的伤口涂了层细腻的膏药，我体内有种特殊的虚弱。在生理上，我需要她，但她不是我掌纹的空白。

我忍着脚趾伤口的轻微痛苦奔跑，她被抛在展览厅一片斑斓的光照之中。

在跃过黑暗的边界时，一扇上锁的铁门将我阻挡。她的脚步声由远而近，我懊恼的脸色在她的眼中。她平静地掏出钥匙将门打开。在她将自己关在门后的瞬间，我询问那青铜武侠未完成使命的后果。她怔怔地看着我，我羞涩地提醒她，我对她讲过脑海中的幻象。

她告诉我，七个被拯救的人是武侠的宿命，每死一个人，武侠的体内就会长出一根骨头，仿佛是扎人心肺的利剑，那是死者来自地狱的报复。

看着我惊惧的表情，她慢慢显出狡诈的笑容。

铁门关上。

我离开纪念馆，去寻找我的空白。

如果生命的过程是一个自己和自己开的玩笑，将玩笑当真就是玩火者的自焚。

当我走出纪念馆时带走了报应和诅咒，行驻坐卧均是痛苦，黑暗中行走的我感觉到体内出现两块骨头，向着心脏的方向不断增长——作为心理学博士，我清楚，这是心理暗示的作用。但很久以来我就有一种自毁的倾向，这幻觉中的两块骨头，随时逼迫着我跳入死亡。

游荡了很久，我意外地回到了火车站，东方的天空显现出微弱的紫色，那是光明的迹象。

她说比起阳光，她更喜欢黑暗。躺在乌金中，透过四壁的回音，我们可以听见彼此的心跳，她有时天真地告诉我：“你跳得和我不一样……”

那天晚上，我们数着彼此的心跳次数，即将睡去，却猛然有了种死亡来临的感觉。她后来说，我在那一刻皮肤雪样的白。语文老师忍受着体内越来越强烈的焦躁，钻出了隧道，发现煤堆已变成了座火山。化学老师远远地站着，在蒸汽中显得神秘莫测，他日复一日地被机关暗器阻挡在外，望着漆黑坚硬的煤堆，痛苦不堪，忽然灵感来临，想到煤是可以燃烧的……

只要再过一刻钟，我和语文老师就将永远地融化在煤炭之中。校园中站满了人，众多的老师还有闻讯后纷纷赶来的低年级同学。语文老师将我架出隧道，向他们大声求救。校长叉手而立，表情冷淡。化学老师慢慢掏出一个气壳，抛给语文老师，说：“只要你闻一下，我就将你们救出。”语文老师看了我一眼，打开气壳，很明显，这就是传说中令人产生爱情的气体，然后她开始剧烈地抖动，仿佛她体内藏着一片寒冷的冰凉。化学老师身旁有一座坦克般巨大的显微镜，镜口喷出水柱，我眼中的世界立刻变成白惨惨的一个盲点。火熄灭了，原本漆黑的煤堆成了一滩软软的灰末。

我和语文老师被分别关在两间办公室，交代我们点燃煤堆的动机和我们的色情行为。

我对煤堆着火进行了解释：“今天煤堆在燃烧，却未变成热气到暖气片中。煤是树叶树干经过了几百万年所变成的，这么无辜地被烧了，它们一定极度感伤。早知如此，何必千辛万苦地变成一块煤，还不如当初做树叶时，一狠心烂掉算了！

“众所周知，点燃一块蜂窝煤，还需要报纸木柴，何况这么一大堆煤。点燃煤堆一定用的是化学燃料。种种迹象表明，罪魁祸首是化学老师！”

语文老师的检查很像是文学博士的毕业论文：“我们应该对文学作品中的爱情悲剧进行反思。”

“悲剧中往往有一个孩子、疯子或瞎子，用他们的视点来窥视爱情。这种阴暗病态的窥视，注定了男女悲惨的结局。但那是文学的道德感在捏造现实。这世上没有天定的惩罚，只有人类的诡计。为了验证悲剧的虚伪，我坚持我的爱情。”

写完那些话后，她被调离了学校。

天亮了。

我发现我缺乏足够的钞票去买一片登上火车的硬纸。我的金钱不知散落在夜晚的何处。

依稀记得自己是个心理学博士，所以就在火车站广场上摆了个地摊，我叫嚷着：“心理咨询！”来了一个成熟稳重的中年人，他说他爱上了自己的妻子，对此羞愧万分、深感不安，觉得自己没有出息。我告诉他，喜欢上自己的妻子是正常的、合理的，因为爱情本身是荒诞的。

他对我深为感激，于是我有了上火车的钱。快到上海时，我猛然记起：在上海我有个妻子。

我飞速地度过了我的青春时代，和语文老师失去了所有的联系。从此我变得迟钝冷漠，与任何人交往都心不在焉，我越来越像一头优哉游哉的大象。我逐渐由一个中学生到了需要别人介绍对象的年龄，我高深莫测的表情吓跑了一个又一个姑娘，除了那个戏剧学院的女孩。她正处于崇拜硬汉的岁数，当第一次见到我麻木不仁的面孔，便认定我将成为她的丈夫。她梳了三个辫子，调皮地翘向天空，走起路来十分缺乏稳定性。

一天，她摔倒在马路上，裙子下的左腿划出长长的伤痕，鲜血淋漓。这时，她看见在嘈杂的大街上，一个人迈着慢吞吞的步伐，如同一头刚刚睡醒的大象，她高声呼叫："贾庄！"她忘记了疼痛，跑到我面前，希望我发现她的伤口，惊叫："呀！你怎么了？"然后将她送进医院——她如此渴望这种戏剧性，强忍着疼痛，亭亭玉立地站在我面前，表情甜美。

意外的相逢总是令我感到兴奋，于是我和她聊了起来。她焦急万分地保持着笑容，悄悄地将裙角不断提起。最后她拍拍我的胳膊，绝望地离开，一个人去了医院。我说话的兴致正高，对于她突然地离去，大惑不解，直至她的身影在人群中完全消失后，我才发现，她的鲜血已将整条马路染红。

从此全上海的女人一见到我，便望风而逃。我学心理学的全部原因是要瓦解我自己，瓦解我对语文老师的思念。

每天，我的神经总是高速运转，我的大脑像一锅煮沸的粥，我无法放松。

博士生宿舍每天由一位钟点工来打扫，她平凡得就像一盆擦桌子的清水，她走路没有声音，每当她来到我的房间，总是能把我吓着。后来，我娶了她，因为她能让我吃惊，在吃惊的那一刻，我忘记了语文老师。

在煤堆燃烧的那个晚上，她闻了令人产生爱情的气体，但仅仅引起了她的呕吐，她走后，我独自一人面对着化学老师的怨恨。

化学老师有着各种各样的显微镜，他都改装成间谍式照相机，他偷拍了我很多照片，然后放大到每个毛孔都异常清晰的程度。人，只有完整的人才是美的，而每一块支离破碎的局部都丑陋不堪，所以当我的身体以照片的形式秘密流传后，这世上便不再有人对我有什么好感。

我给自己起了新名字——诸葛亮。我的新名字含义复杂，笔画众多。语文老师离开我的那一刻起，我就像一块摔在地上的玻璃，碎得复杂无比。我成了智慧的化身，从此，我——贾庄消失了……

我的家族一千年来为了躲避无数次改朝换代的“灭族”政策，曾千百次地改变姓氏，所以我的父母对我私自改名换姓，并没有激烈的反应，而且对我过早来临的情感经历深为喜悦。

我的家族一千年来，每一场败落后又能迅速崛起，的确有个秘诀。我的家族对每一个相貌清俊的男婴都竭尽全力地培养，我一生下来便被严格地家教，我九岁时琴棋书画已无所不通，我有着超乎常人的渊博学识，足够将任何一个妙龄少女侃昏。当我十六岁时，我的家族对我进行了一场历时四十天的考试，得到的鉴定是：要是在古代，这孩子完全可以成为驸马，唉，现在只能便宜大款的女儿了，可惜可惜。

一千年来，我的家族靠着追求女性，不断地起死回生。当我的父亲听说我和我的老师被人当场抓住时，抑制不住地流下了狂喜的眼泪。但当我经过了半年的努力仍无法得到语文老师的消息，寒冷的绝望毁了我令家族备感自豪的容貌。

我有了一张丑恶凶狠的容貌，以致化学老师主动提交了辞职报告，匆匆地离开了这座学校。

我异常孤独地一个人留在了学校，没有了爱人，也没有了仇人。我总是攀上爬杆的顶部俯视，这个超常的视角带来非现实的感应，她的气息游丝般飘浮在空茫茫的操场。那天，我像一只大鸟停驻在爬杆的顶部，疲惫得没有余力呼吸。在我喘上一口气的同时浑身一松，贴着爬杆坠了下去。二十米长的爬杆首尾一致，我的眼中是静止的视像，感受不到下坠的恐惧……

我躺在地上慢慢醒来，音乐老师和生物老师手拉手走到我面前，郑重地对我说："动作太漂亮了，就像个武侠。"我不想接触任何人，我的脸迅速地丑陋下去。我的父亲心碎地看着这一变化，他就是因为在十六岁变丑，从此孤立无援地活在世上。在我的家族里，丑就是一块废物，他为了不想让自己的悲剧在下一代继续发生，才娶了我母亲，我的母亲是一个整容医生。

我拒绝被推进手术室，从此我失去了在家族中的全部待遇，甚至也被父母排斥。他们从家族中帮我领了间房子，在黄浦江边，有一张巨大沉重的办公桌，没有床，每天我就睡在那上边。这是最严厉的惩罚，坚硬的桌面、江上的凉风迫使我丧失睡眠，而每一次的思考都必然地奔向语文老师，然后引起全身的阵痛。每月的三号或四号，我会领到一张汇款，他们令我自生自灭。

那一切发生在一九八七年。

最终，我成了心理学博士，我有了自己的妻子，但我为什么会突然丧失记忆，对此我百思不得其解。现在的流浪生涯已使我想起了我生活的大部分情况。按照心理学解释，当局部记忆闪烁时，心理上会出现尽力将其完善的倾向，这种倾向在潜意识中不知不觉地完成，回忆的过程就像作家在修改小说。

我们的脑海淹没生活。

六

下了火车，我回到了上海。上海挂了许多寻人启事，上海是一座迷宫，人很容易丢失自己，其中一张寻人启事上有我的照片，我对警察说："那人是我。"很快，我回到了我的家中。我的家族见我娶了个相貌平庸的妻子，便不对我将来的小孩抱有任何指望，断绝了和我的一切联系。我和妻子孤零零地生活在上海，我是该尽快回来，否则她面对的将是一片令人窒息的静寂。

抚摸着妻子的乳房，我黯然神伤。时光在她身上经过，她坚挺的乳房已渐渐松软。

我早已越过了一九八七年，正向着中年的方向稳步发展。

在心理学上有一门东西方心理的比较研究，指出西方用纪念馆怀念先人，他们搜寻一切遗物展览，每一件物品都指向一个具体的事件，而东方则只有纪念碑，先人的遗物随着埋葬而永远消失，同时消失的是具体事件。此说千真万确，语文老师没有给我留下任何东西，她已成为一个象征。

在毕业考试的前夕，我面临着"留校任教"与"离校求职"的两种命运。好心的学校从我的档案中取出一份足以摧毁我光明前途的材料，交给我自行处理。

那是一九八七年失火的夜晚，我和我的语文老师所写的交代。

我稚嫩的字体在枯黄的纸上已然褪色，仿佛是落叶上的虫蛀。我们一九八七年的初中，在十数年的风雨中已然消失，原来的人员早已不知去向。

手捧材料的一刻，仿佛回到了那片黑沉沉的煤堆，皮肤在乌金的包裹中，有一种特殊的幸福感。

在那一刻，我与过去剧烈地相撞，两败俱伤，我失去了我的记忆……

回到上海已经有三个月了。

我找到了工作，在一所监狱为犯人们做心理咨询，我常常溜出来，在大街上走个十几、二十分钟。

那天，我漫无目的地行走，一只手搭在了我的肩头，是长途汽车上我怀里的女人。我大叫：“你在上海啊！”这是我十几年来第一次喊叫。她笑嘻嘻地看着我，说：“你走路的姿势怪怪的，你又哪不正常了？”我十分不好意思地告诉她，我身体里长出两块骨头，它们将带领我走向死亡。

她骑在一辆三轮车上，驮满了书，她哈哈大笑，显然不相信我的话。看着她的神情，看来近来的日子还很快活，我就问她：“在乡下，你为什么收留我？”

她仍笑着：“嗨，跟你没法说。你要是个作家我就告诉你。”

我：“为什么是作家就告诉我？”

她说：“嗨，写下来呗，要是我能变成小说，活一辈子也就值了。”

小说就是人类的大脑，密密麻麻的文字是脑中的细胞，脑海淹没生活。小说仿佛游荡在夜色中的吸血僵尸，在生命疲惫的时候闪现而出，吸干一个个男人女人。我早已将自己放入魔鬼的口中任其咀嚼。在小说中满是伤痛。

小说是商场中隐藏在柜台、衣兜中的钱币，换算着世间万物，每个人都被这一法则运算。

她从车上取下本书放入我手中，“这书最近太火了，送你作见面礼了”。

那本书名叫《武侠传说中的大众心理》，署名“诸葛亮”。

显然那是我的著作，解答了我诸多知识的来源。弗洛伊德研究文艺复兴绘画，荣格先生研究东方宗教，我的研究课题是武侠传说。在一九八七年我曾经是个武侠，在我的心底有着深深的怨恨，急速流逝的时光也未能耗尽。

那本书是我博士生涯结束的论文，里面收集了大量野史，很奇怪，几乎每一个野史中都有一个武侠。一九八七年以后，我在漫长的时间里靠着这些野史来浪费脑力。有时我想智慧是一种病毒，它来自生活的伤害，智者往往遍体鳞伤。

在论文答辩的前夕，我的书稿得到一家出版社看好，由于其中的武侠野史，被认定具有商业价值，在我失忆流浪的时候悄然出版。

我帮她推了会车，她说：“不行了，不行了，得分手了。”我说：“你在哪摆书摊？我好找你。”她瞪了我一眼，说：“算了吧。”

我很想告诉她我就是那书的作者，但她已骑着三轮车，摇摇晃晃地走了。

我抱着她留给我的书，僵硬地站在马路中央。打开的那本书，我已忘记它的内容。

书中有几个故事引起了我的注意：

“十八世纪，雍正皇帝死后，他的一个武侠离开了京城。十个月后，藕露妃子生下一个男婴，由于怀上他的时间是在雍正遇刺的夜晚，出于对先帝的怀念，皇族成员决定让这个男婴继承王位，他就是日后的乾隆皇帝。乾隆皇帝曾经七下江南，有人说他是了解民情，有人说他是寻找自己的生父，他的生父是一位武侠。明朝虽然灭亡，但乾隆开始的清朝皇帝均为汉人血统……”

“两千年前，唐太宗安葬仪式后，他的一个武侠离开了长安。他带走了真正的《兰亭序帖》，伴随太宗皇帝安葬的只是一部剑谱，他将兰亭真迹传给一个叫颜真卿的青年，真正的王羲之风骨以颜体的名义留驻人间……”

“二十世纪初叶，宋教仁先生被刺杀在一列行驶的火车上。袁世凯宣布登基，但他只做了八十三天皇帝便染病身亡。他的死亡不是出于疾病，而是因为一位武侠，当他坐在龙椅第八十三天时，一道亮光从天而降，这道亮光穿过袁世凯胸膛，一闪即逝，仿佛是传说中的飞剑……”

那本书的后记是：

“当现实残酷得无法更改，大众往往用自己的愿望编造野史。在这自我欺骗的过程中，武侠至关重要，他们凭借神奇的武功，在野史中连接所有难以解释的环节。从这个意义上讲，武侠就是意愿。”

站在马路中央，我抬起头来，一辆煤车擦身驶去。

隐隐地仿佛我那黑沉沉的煤山。

博尔赫斯的眼睛

上海是如何诞生的?

一八四二年的一个早晨，西藏中路上刷马桶的婆姨们瞪大了双眼。一匹欧洲军马步态优雅地向她们走来，马上的军官有着碧蓝的双眸，在寒冷晨气中脸颊绯红，还是个未经世故的青年。

他坐在马鞍上，僵硬地扬头，忐忑不安地听着婆姨们“他可真漂亮”的一片泥城滨土语，意识到自己的身份是“一个西洋骑士”。正要跟她们打个招呼，猛地浑身一颤，不知被马拉到哪里去了。

肯定有个小孩将什么东西砸在马臀，对这个不知去向的骑士，婆姨们议论了一会也就散了。正午时分，男人们接到通知：凡是有马蹄印的地方都要钉上桩子，凡是有桩子的地方以后就是洋人的地方。

据说这是清廷与洋人早有的协议，由于马受惊了，它跑出的范围是原计划的十倍，包括了今日的第一百货商店、静安寺、黄陂路、武胜路、文化宫。愤怒的人们四处寻找那个打马屁股的小孩，未果。上海就这样诞生了。

据我父亲讲，那个小孩是他的曾祖父，也就是我的世祖。至于世祖当年躲哪去了，一直是个谜，几代历史学家研究，仍未果。

我每天开车的时候都在思考世祖的逃逸之谜。我的职业是出租车司机，每天在上海街道高速循环，非常适合思考这一问题。我的职业得天独厚，它还适合另一个情况，我的右眼不久便要瞎了，这职业正好能让我将整个上海记下。

由于都市变迁，五十年后，将无人明确记得这一刻的上海规划，它只封存在我的右眼中。五十年后，我是一个历史学家。

在我右眼的光明渐渐消失的过程中，有一个女人令我第一次听闻了博尔赫斯的名号。她告诉我，他是异域拉美的一位作家，热衷研究神秘文化，据说达到通灵的程度，几乎参悟了人类全部的奥秘，他和我有一个同样的特征——右眼失明。

我现在以左眼的光明，所写的就是这个女人的故事。

如果没有眼疾，也碰不到她。我的病症是“右眼胬肉赤筋及瞳仁障蔽”，就是说眼内生出异肉，障蔽了瞳孔。此病古已有之，中医古书《救生广济》上的治疗方法是“鸟粪，调和乳汁少许，点滴入眼”。我没有采纳。

西医的方法是，移植角膜。而眼库的存量为负三百，就算有人捐献，也轮不到我。我今年二十八岁，脱离家庭独立已久，等成了残废，必将重归父母身边，乖乖地活下去。我右眼视力已日渐模糊，仅凭着左眼勉强开车，同事们都帮我对公司隐瞒，等哪天出个车祸，方能真相大白。

同事们还纷纷拿出生活秘诀，让我在残疾前领略生活。听了他们的秘诀，我才知道一个出租车司机的生活竟是那么的绚丽多彩。

一个同事说：“你还没有过艳遇吧？”每到深夜一点，他就在冷饮店外徘徊，在这个钟点买冰激凌的女子，一肯定独居，二肯定寂寞。他会开车上前友好地询问：“小姐，去哪？”在冷漠的黑夜，出租车有一种飘忽的浪漫，艳遇属于出租车司机。

我决定试试这一秘诀。一晚，我在衡山路口的冷饮店前停止行驶，正见有人伏身在冰柜上挑选，从黑皮裙下的双腿看，她是今年流行的“骨感”女子。当她挑好冰激凌，直起上身，便展示出“骨感”之美。

真的很美，仅凭着骨骼比例便能将人诱惑，是多么纯粹的女人。

骨感女子边走边吃地出了冷饮店，对我一挥手，叫了声：“的士。”她坐进车的瞬间，两个字在我脑海中跳跃——“艳遇”。

二十分钟后，我才想到，如何发展到艳遇，忘了向同事请教。车又行驶了二十分钟，我想到，我还忘了问她去哪。

我问：“你去哪？”

她说：“向前。”

说完她开始哭泣。她说她生在一个贫困山区，天生是美人坯子，三岁时被一个鞋油厂长看中，将她带出了山区，出资供她上幼儿园、小学、初中、高中，每天都有冰激凌吃。当她要考大学时，鞋油厂长对她下了毒手。

她没上成大学，而鞋油厂长得到了她以后，暴露出吝啬本性，连冰激凌也没了。估计对她下手，不仅是贪图美色，主要是心痛为她交的学费，否则，谁不喜欢女大学生呢？

她让我“那就这样开吧”后，我将车开向我住所的方向，到达后，便开始原地绕圈。听完她一番讲述，我变得冷静，此时一颗流星在天际滑过，我感到我的艳遇，也将流星般被大气层摩擦干净。

我听过许多少女与大款的故事，每当有人想白坐车，我就会听到一个。同事们讨论这一问题，一位老司机说，他们那一代女孩只会说与父母不合、叛逆出走的故事，由家庭问题变为社会问题，说明现今女孩的水平提高。

我问她：“你今晚是怎么回事？”

她说她趁鞋油厂长睡着后，撬开门锁，躲过两只狼狗，才逃了出来，吃着久违的冰激凌，重新领略到生活的乐趣。

我："不交车钱不行。"

她："钱没有，你说拿什么换吧？"

由于长久以来，一直渴望着有更替的角膜，我张口说出："你的眼睛。"说出便后悔，如果我说艳遇，也许就有了艳遇。

不料她说："好吧。"

我表示怀疑，她说："不必多虑。"

她说她是个癌症晚期患者，鞋油厂长当初迫不及待地对她下手，这也是个原因，否则他十几年的努力将要白费。她死前，一定写下遗嘱，将角膜捐给我，如若不信，她可以住到我家，直到去世。

我想，可惜，还是个艳遇。

将这个谎话连篇的女人带进门，我就实现了我的艳遇。之后我进入了昏沉的睡眠，半夜醒来举手一摸，她的肌肤有着鹅卵石的冰凉。

我已经很久没和女人相处，中医古书有言"久坐伤肾"——我能证明此点，自从当上了司机，我的雄气便日渐消磨。开车日行千里，实则困在驾驶座上原地不动，只有女人方能柔化我呆滞的胯骨。

在我的抚摸下，她咿呀地醒来，说道："我不用付你车钱了吧？"我温情答道："不用。"她说："那你给我多少钱？"

她收了我五百元后穿衣离去，我稍一愣神，追出门喊道："你刚才说你得了晚期癌症，是什么癌？"她扭身一笑，说："不是艾滋。"

第二天，同车行的人问我："这么长时间了，你有没有艳遇？"我说："碰上个野鸡，算不算艳遇？"我碰上个野鸡的消息在车队广为流传，再没有人对我的眼疾表示同情，我很担心他们会将我的病症向公司反映，幸好没有发生。我还是干着我的工作，用一只左眼在上海循环。

由于右眼视力逐渐丧失，我右方的一切混沌一团，需要不断转头。在局促的车内空间，人与人最好不要目光交流，而我的头颅高频率地摇摆，令每一个乘客心中不安，他们在精神濒临崩溃时会说："为什么总看我！"

我耐心地解释："不是看你，而是摇头。"他们："为什么摇头？"我："这是我对这个世界的否定方式。"

这句话是我想出来的，我觉得它充满诗意。每当听到这句话，乘客们就恢复了正常，跟着我左看右看。在频繁转换的视线下，街面的灯火翻倍地斑斓，一个更为现代的都市出现。

对这个世界的否定方式——我说了无数遍，终于决定找一个陪车，让他坐在我右面，代替我的右眼。当我的决定被车队同事知晓，他们一致表示："要找陪车，就找个女的！"

我在报纸上登了广告，应聘的人很多，最远来自黑龙江边。我选了黑龙江边的，那是个强健的高个姑娘，姓马，由于从小吃鱼，钙质充足，两眼炯炯有神。她告诉我，她在游泳时，两眼在水下能像深海鱼类般发光，曾将半个游泳馆的人惊得逃走。

马姑娘精力充沛，只要坐在我身边就唠叨不停。她只有十七岁，说起话来却老气横秋，所讲的都是山中土匪和白俄军队，看来她的知识面还停留在上个世纪初叶。我一问，果然她从小跟爷爷奶奶过，从没看过一本现代小说。

她晚上睡在我家。很奇怪，我从未对她有过一丝邪念，看到她吃得津津有味、睡得香甜，我就已心满意足。后来，我猛然想到，我是不是把她当成了一个宠物？

我与马姑娘曾严肃地谈话，劝她不要再讲白俄的故事，多说说右边有没有行人车辆。她委屈地看着我，两眼泪光。

一天，我们拉上个醉酒的大汉，躺在后座喃喃自语。马姑娘激动地说："大哥，你是东北人不？"大汉登时清醒，叫道："是哟！"他俩狂喜地聊了很久，到达目的地后，马姑娘跟下了车，从此再没回来。

我的第二位陪车，来自内蒙古草原，一位宽脸姑娘。每天早晨，她豪情万丈地带着三瓶白酒上车，到晚上收工时已烂醉如泥。

宽脸姑娘晚上住在我家，我俩相安无事。虽然她醉得不省人事，摊躺的身形却有着山峦的静寂，含蓄着无穷力量，每每看得我胆战心惊。

一天，一位醉汉上了我们的车，她兴奋地大叫："大哥，你喝多了吧？"那人怒吼："没有！"但他俩还是聊了起来，到达目的地后，宽脸姑娘跟下了车，自此音讯全无。

失去了陪车的我，不敢再开快车，不敢出现在熙攘的白天。当我的车以极为缓慢的速度行驶在深夜的街面，还是出了事故，撞倒了一位行人，她刚刚走出冷饮店，正是我数日前相逢的骨感女子。

她躺在车下，衣裙翻起，性感迷人地死去。

作为肇事者，我听到自己一声冷笑："让鞋油厂长来收尸吧。"就将她从车下搬离，驾车扬长而去。行驶了两百米，想起她曾许诺将眼睛给我，于是我调转车头开了回去。

远远望见路面上一块黑暗的起伏，那是她冰冷的肉体。当距离她还有一百米时，我的呼吸停顿，她肉体的暗影贴地伸展，慢慢站起，在车灯的光明中，举起右手，叫了声："的士。"

她记不清谁撞了她，视我为救命恩人。她说：“恩人，到你那去吧。”我说：“我今天没有五百块钱。”她说：“我伤成这样，就算你有，我也不敢要了。”

她伤得很重，全身骨折，痛得难以入眠，向我哀求：“讲个故事吧。”我给她讲了个白俄的故事，并没有将她的疼痛分散。后来，我发现宽脸姑娘遗留下的一瓶酒，给她灌下，她打了个酒嗝终于睡去。

第二天早晨，她精神饱满地醒来，我问：“怎么样？”她：“全好了。”我：“怎么可能？”她：“我就这么贱。”

上海的清晨是一片焦躁的蒸汽，侵入室内，将视线模糊。骨感女子的脸呈现出兽类的勃勃表情，据说游逛在野外的兽类跌伤了筋骨，可以自行治愈。也许她的眼睛给了我，还会再长出一只。

她像猫一样，舔着自己的伤口，令我产生将她杀死的冲动。捧着她尚有温度的眼睛赶往医院，重获光明的我便不必归家与父母同住。世祖在西藏中路犯下滔天罪行，一百四十年后，我的家仍在西藏中路。

我现在所居是半地下室的一居室楼房，月租七百，处于上海的城乡接合部，一个河南口音的熙攘世界。我的窗户露出地面，阳光纯净地躺在室内，表现着它温暖的本性——远离父母，这是我从小的志愿。

卧在床上的骨感女孩出现要说话的征兆，当一丝暧昧的音节刚刚脱离她的口唇，我的脖颈撞击上她的咽喉……

我的生活中罕见文字，阅读仅止于一本历史刊物，是双月刊，很难买到。最近一期的封面是艳舞女郎，上身尚存一只欧奴琳牌胸罩（这是我唯一识得的胸罩品牌），标题是《纪念南京大屠杀专刊》，其中对一个日本鬼子的采访令我过目不忘。

“狗屎”在日本是一个姓，他的名字叫狗屎权一郎，年轻时在南京奸杀妇女二十一人，现今已老得败絮一般，坐在轮椅里动弹不得。狗屎权一郎说他每次都是先对女人捅上一刀，再把她糟蹋，与一个濒临死亡的女人做爱，快感是正常情况下的五至六倍。记者听完便血压升高，难怪这本杂志会屡屡脱销。

压迫在骨感女子的身上，倾听着她刚刚愈合的骨节重新爆裂的声音，我泯灭了心中家庭的幻象。

她的眼睛一直瞪着我，睁得越来越大，这便是我想要的东西，距离如此之近。她的身体越来越涣散，也许不必残忍地挖掘，她的眼睛便会自行脱落。

我向着我的目的奋力奔驰，猛然右眼深处的神经一阵剧痛，仿佛被狠狠拽了一下。捂着脸，我跳起，床上的她如同一个溺水者，两臂犹自在虚空里胡乱地攀抓。

她宁静后，关切地询问：“你怎么了？”我挪开脸上的手掌，右眼中的她是一团白色的光影。我说：“我的一只眼，就要瞎了。”

我的话语引发了她女性的全部温情，怜悯地望了我许久后，轻声说：“要不要再来一次，这次我不要钱。”我说：“不不，我给。”

她在我家住了两天，我欠了她三千块钱。

她具有职业水准，当我疲惫不堪时她仍活力不减，蹦下床走来走去。她利用两天里的间歇时间，将我的历史杂志全部看完，边看边对我发出调皮的坏笑。她对我的右眼非常好奇，总拨开我的眼皮，拿着电筒照射，当见到瞳孔上生出的丝状异物，惊得“哎呀”一声，过了一会，还要再看。

大概是两天里的一个傍晚，她撑着我的眼皮，发出哀叹：“以后我叫你博尔赫斯吧。”见我一脸茫然，就严肃解释：“博尔赫斯是异域拉美的一个作家，热衷研究神秘文化，据说达到通灵的程度，几乎参悟了人类全部的奥秘。他和你有一个同样的特征——右眼失明。”

虽然她看我的历史杂志时显露出阅读能力，我还是为一个野鸡对博尔赫斯的了解感到惊讶。

两日过后，她拿着我写的欠条轻盈离去，十分钟后再次敲门，疑虑地说：“真能还我吗？我还是待在你家等着你去挣钱吧！”说完便踢掉鞋子，蹦到了床上。出于职业本能，一躺在床上，她就恢复了坦然，舒展出一个惬意的造型，大大方方地说：“我在你家要白吃白住。”

她离去的时候，我原本不该地有一丝惆怅，而对于她的归来，我反应迅速，说：“那怎么行，把鞋油厂长置于何地？”她抑制不住地大笑了许久，在她停止笑声的时候，我感觉到我的嘴边也有一丝笑容。

笑得有些狰狞，她的去而复返，令一件事情变得可能——得到她的眼睛。我问：“你真的患有晚期癌症？”她说：“如果有鞋油厂长，我就有晚期癌症。”

一切迹象表明，“鞋油厂长”是她的一个职业术语，不知有多少人上当受骗。那么就只能这样了，将她杀死……

我说：“我的右眼近乎失明，出车挣钱，必有危险，不如你当我的陪车吧，代替我的右眼。”她从床上坐了起来，脸上有一种近似于感动的神情，也许她以为我要像爱护眼睛一样地将她爱护，如此这般地一想，我也有些感动。

两天没有开车了，同事们可能以为我已死在某一条街道。当我带着她行驶在上海回旋的高架，相逢许多同事的车辆，它们接连向我靠近，见到驾驶舱右侧的她，无不乱晃着仓皇而去。

她是个漂亮姑娘，在半摇的车窗后有一种特殊的媚俏。

我的计划是，如此这般地行驶到深夜，用扳手钳朝她的后脑砸下，再将车撞在高架底柱，伪造出一场车祸；掌握住她必死的最后时刻将她送到医院，当医生抢救无效发出懊恼的叹息，我提出建议："正好我有只眼睛出了问题，不如……"

所担心的是，医生不见得给我，可能还有关于遗体的种种法律，所以在中午吃饭时，我对她说："给我写个遗嘱吧。"她眯起一只眼睛，诡笑地问我："什么？"

女人越现代越好，因为现代女性对生活充满游戏感，不管说什么，只要离奇，都会取得她们的欢心。她用唇膏在一张餐巾纸上写下遗嘱："我的眼睛归你。"

我们吃饭的地方是出租车司机的餐点，我所有的同事都在，围拢着一平板三轮车的盒饭。我们蹲在地上，一阵风吹来，所有人都调转了后背。在转身的时刻，她将遗嘱递到我手中，浮现出柔弱神情。也许餐巾纸上的字迹是"我归你了"的原意，如此一想，我不由得伸出手臂，将她的肩头搂住。

身后立刻响起一片轰鸣，那是同事们啧啧的赞叹。她回头白了一眼，嘟囔道："起什么哄呀！"便将头缩进我的手臂。

她的遗嘱叠成方正的一块揣进我上衣的口袋，心脏之上。饭后开工，她不再和我交谈，仪器般机械地报告右方的情况。如此这般地行驶了整整一个下午，天空终于出现黑暗的迹象。

在二十一点四十三分，打车的是一个醉汉，摊躺在后座酒嗝不断。她终于说话：“大哥，你是东北人吧？”那人：“是哟！”一会，她又问：“你喝醉了吧？”那人：“没有！”

他俩聊了起来，话题是土匪白俄。当那人下车时，我条件反射般大喝一声：“你不要下车。”看着我，她惊异的表情渐渐平和，说了句：“我不下车。”

扳手钳在座椅下发出铜铁撞击的声响，正逢一个拐弯的时刻。她问：“什么声音？”我说：“歇工的铃声，咱们回家吧。”

我对她的欠款增加到三千五百块。

她瘦削的身体，有着想象不到的韧性，犹如鼓面的皮革紧紧绷在我的身上。我眼睛干涩，黑暗的墙面上闪烁着父母的幻象……

我的家，一百四十年来仍在西藏中路，狭隘的两层，五六个房间，有着陡峭的楼梯，窗户窄小得不像是为了阳光透入而像是仅仅用来透气，一年四季阴气森森。这类房子在一九一六年被北方人称为石库门建筑。

在那样的空间里，我出生后对父母的第一印象是“鬼影绰绰”。我的双亲有着魔术师的造作风度，鼻骨、面颊尖利，柔软的部分——鼻头和眼皮造型精巧。我难以长得他俩般精巧，所以总是心存隔阂，终于在十七岁时离家出走。

我十七岁的时候，我的父亲有了外遇。一个早晨，母亲带领我闯进了相隔三条街道的一所石库门。父亲极其冷静地从床上坐起，穿衣穿鞋，挨了母亲一记耳光后，脸色铁青地离去，遗留下床角一位缩进被子里的阿姨。

母亲一掀被子便和她打了起来，暴露出她大片的皮肤，每一下颤动都令人晕眩，将远离床榻的我拍打。

几番折腾，母亲摔到了地上，悲愤地冲我吼叫：“揍她！”我打了个冷战，跳上了床。她戴着乳罩，乳罩的上沿是胸骨的隐约形状，我便冲着此处一拳打去。

她的胸骨渐渐清晰，浮现出瘀青的色泽，也不知打了多少拳。

父亲的情人被我打断了胸骨，铁青着脸的父亲赶到医院谈判：“你说私了还是公了？”那女人说：“私了。”

所谓私了就是她与父亲的奸情得以延续，作为免去对我刑事起诉的交换条件。我为了母亲而仗义出手，不料得罪了父亲也得罪了母亲。我里外不是人地待在家中，终于压抑得离家出走。

出走那天，我先去了淮海路上一家新的内衣商店，辨认出父亲情人的乳罩是欧奴琳牌。

在骨感女子四肢的包裹中，我有着禅师般的瞬间领悟，当年我为何一下一下击打那女人的胸骨，因为我始终不敢将乳罩剥下……

骨感女子的乳房亲密地贴在我的胸膛，诱发我离家后所有的记忆。我在街头擦过皮鞋，在麦当劳打工，在外滩游轮上做过导游，卖过血，最终成了个出租车司机，浪漫属于出租车司机。

其实我没经历过那么多颠沛，上面的职业罗列只不过用来说明心灵的痛苦。出走后我每月都以缺钱为由而回家一次，估计着父母会把我留下，但他俩每每都有钱给我。

我的家很有钱，我现在租房的每月七百，还是父母提供。

骨感女子的右腿弯曲在我的小腹，凸出的膝盖造型精致。她乳房上方的胸骨有着比父亲情人更为清晰的形状，我不禁一拳打上，听到了一声陶瓷的回响。好的女人好到骨头里——原来标准是这样的。我找出根棍子对她一顿抽打，恰巧发出《泉水叮咚》的曲调。

她以骨骼的微妙硬度再一次将我征服。

我的杀人计划一拖再拖。

一个早晨，我先一步醒来，她酣睡的神情仿佛一个五岁的女孩，那种纯洁令我干涸的右眼出现泪滴的预兆。那一滴眼泪如同从眼球中挤出一滴血，疼得我坐卧不宁。

我投入到楼外阴冷的空气中，奋力奔走，听到一声“煎饼油条”的叫卖。我说：“来根油条！”

油条混合着面粉和豆油的香气，令我突发奇想——不如索性同她生活在一起，又叫了声：“再来两根油条，一袋豆浆。”

滚烫的豆浆在手中颠簸，令人对夫妻生活产生向往。奔回住所时，我发现楼前有辆雪铁龙轿车，许多人围观，似乎发生了什么事情，什么事情也不能阻止我给她送早点。但跑进楼门前，还是回身看了一眼。

便看见了骨感女子，几条大汉正要将她拉进轿车，她整个人躺在地上，挣扎着，嘴里发出委屈的尖叫。

我冲过去，听到声：“什么也别管啊！”就被一拳击在脖颈，摔倒在地。看着她被大汉们拎起了双手双脚，扔进车中，我大喊：“先别走！我到底欠了你多少钱？”她在车窗后被人拧着胳膊，说：“多了，数不清了。”

车开走后，我缓了半天方能爬起，拾起地上的豆浆袋吸了一口，想：难道真有个鞋油厂长？

在图书馆中我查到全国有六百七十一家鞋油厂，看到制作鞋油的主要原料是动物骨骼，我已决定前去拼命，也许我的骨骼便要混进下一批鞋油中了。

一个乡镇鞋油厂有一百余人，杀这么多人，多好的刀也难免会扭曲变形，最终我选择了厚重的扳手钳，不久前还曾想用它砸碎她的头颅。

带着扳手钳，我并没有寻遍全国，而是依旧开着出租，没完没了地在上海循环。我是个懦弱的人。渐渐地，我对她的记忆只剩下“一个野鸡怎会知道博尔赫斯”这一思考。

我又找了个陪车，一个只穿 T 恤，露出两臂腱子肉的女子。她说她受过跆拳道训练，能手劈木板，舌舔炭火，掌握三十一种撬锁技巧，擅长修理家用电器，原本想成为一名优秀的保镖，不料那些雇她保镖的富人们其实只是想调戏妇女。

她坚贞不屈，所以落魄如此，做了我的陪车。每当无聊时，她就会给我表演劈手，随着一声清脆的吼叫，一个路牌便会裂成两半。我管她叫“手倩”，有这么个武功高强的陪车，我一度又产生游历全国的想法。

可能不是鞋油厂长，骨感女子也许属于某个组织。我问手倩：“你对色情行业了解不？”她登时无声无息，过一会严肃地说：“你要干吗？”

我把骨感女子的故事说给她听，她哭得泣不成声，在我脸上亲了一下，说：“太危险，你不要去，一切交给我。”说完打开车门，跳入一条黑暗的弄堂。

的确危险，手倩再没回来。

我反复回忆我对她讲的故事，这个故事能让她落泪，也许说明我对骨感女子还有些依恋。由于没及时替补上新的陪车，我出了事故，在右转弯时撞倒了一位正在潇洒指挥的交警。公司知道了我的眼疾，于是我就失掉了工作。

车队同事为我举行了告别晚宴，许多人都喝醉了，纷纷勾住我的脖子，说："不是我出卖的你！"

退掉了租的房子，万般无奈地回到家里。

我的父母和当年一样，眼神敏锐，动作敏捷，只不过增加了染发的习惯。他俩拥有青春的外壳，皮肤上的油脂依旧年轻。

父亲是个能圆满处理一切生活问题的上海男人，无论做什么都精力过人。他说话总是由一个细弱的喉音开始，然后越说越快，直到振荡了整个房间，让人心烦意乱，而他达到了旁若无人的悠然境界。

母亲随着年龄的增长，目光越来越凶狠，这是上海女人的发展规律，不管在年轻时多么秀气。她一天洗二十次手，三十次脸，做四十分钟健美操，和父亲连绵不断地说话，平均六十分钟含有一百二十个重音二百七十个高音。

我的家摆满和父母一样精巧的物品，都是日本电器，十几年前流行日货。如今的上海流行美货，而我的父母还固守日货，说明他俩毕竟老去，面对时尚开始鲁钝。

我的家还有七十年前的老上海古董，唱机、电话机、海报一类，焦黄锈污，塞在床下。按照风水之说，床底下最好空空荡荡，而床下淤积的旧物，将我的未来辐射得毫不明朗。

时常怀念当出租车司机的时候。在杳无人迹的深夜，两个出租车相逢了，会彼此喊一声：“抽根烟？”将车停在路边，抽着烟倾听着都市的噪音，甚至会有心旷神怡的感觉。慢慢越来越多的出租车停下，由于统一的色彩，远远看去，深灰色的路面泛起一片巨大的艳红。

那种快活已一去不返。

母亲骄傲地告诉我，父亲早已停止了他多年前的艳遇。我的家已平安无事，整日待在其中，是死一般的沉寂。我家的藏书都是我小时候看的小人书，现今都已是绝版珍品，对此，父亲认为他当年对我的智力投资，已连本带利地回收。一个清晨，我拦住了出门上班的父亲，递给他一个纸条，说：“能给我再买本书吗？”

按照纸条上的书目，他买回一套《博尔赫斯文集》。

博尔赫斯——我终于看到了他。书的封面登着他青年时代的照片，和我一样的懦弱。书的扉页是粉红色，以白色影印出他老年的轮廓，他右眼失明后整张脸开始转变，转变了三十年，成了另一个模样。

我喜爱他老年的面容，也许那便是我三十年后的样子。一个智者，是人类但没有人类的表情。

对于自己的右眼，他没写过任何东西，也没有一篇失明者的小说，而对于妓女或是妓女般的女人，他有许多描述，手法雷同，不是“鲜亮的红发”就是“鲜亮的黑发”，这重复的贫乏词汇，也许对于他是津津乐道，他就喜欢女人的毛发。

我喜欢女人的什么地方？我喜欢她上衣圆领露出的锁骨，喜欢敲点她鼻梁的硬骨，她——我的骨感女子，不知她的身体现在何处……

我的右眼以前是模糊的光旋，而今已然是一片昏暗，也许不久便溃烂凹陷。当我尚且面部正常，不惹人注意的时候，母亲交给我一个任务——监视父亲。

作为一个闹过婚外恋的人，积累了多年经验，我的父亲具备一股难以形容的风度，甚至还有令小女孩动情的力量。他可能的确离开了多年前的那个情人，却很难担保没什么新的举动。

随着他，我到了一所咖啡馆，一所理发店，最终进入了一所澡堂。

一进澡堂，便失去了他的踪影，这时一高个女子走来，问道："先生，修脚吗？"竟然是马姑娘。自从和她的东北老乡一起下车，她便消息全无，见到我，她激动得眼圈发红，又叫了一声："修脚吗？"我说："修。"

在修脚室，她一边把我的脚划得鲜血直流，一边又讲起了白俄的故事。这个故事是，一个白俄在雪地死了，他是饿死的，这个故事就是一点点讲述饥饿的过程，说完这故事，我流血的脚上滴满了她的泪水。我不知该如何劝她，就说："再讲个土匪的故事吧。"

她讲的土匪的故事是，一个土匪抢了个村姑，这个故事就是一点点讲述强奸村姑的过程。故事讲完，她停止了哭泣，恢复了正常，在我的脚上又划了一刀。她说这两个故事是她的精神支柱，每当难过得吃不下饭，就给自己讲白俄的故事，每当她腻烦，就给自己讲土匪的故事，凭着一点兴奋，生活下去。

她问我是否对土匪的故事有些许感触，我说："否。"然后请她帮助寻找我的父亲。询问了父亲的音容笑貌，她两眼泛起深海鱼类的光芒，说："他呀，谁知道跑哪去了。"

猜想马姑娘与我父亲的关系，令人无法忍受，我匆忙告辞，一走出修脚室，耳边响起一声：“踩背吗，先生？”——这个声音分外熟悉，正是我蒙古的宽脸姑娘。她见到了我，泪眼汪汪，激动地又说了一遍：“踩吗？”我说：“踩。”

我的后背冰凉闪闪，那是她的眼泪落下。她说在澡堂的诸多工种中，她最喜欢踩背了，站在别人的背上，立时感到自己命运逆转。

她站在我背上喝完了一瓶酒，醉态可掬地问我，是否将彼此的关系逆转，我说：“否。”然后请她帮助寻找我的父亲。询问了父亲的音容笑貌，她焕发出八百年前成吉思汗征服西域的豪气，凭空一指：“那里。”

按着她指明的方向，我到了一个黑暗的单间，里面有一个姑娘的身影，轮廓的边线已让我认出了她——骨感女子。她的身体耸动了一下，在即将上演相认的悲喜剧前，我张口描述父亲的容貌，她说：“刚走。”我便推门出去。

奔跑在回家的路上，由于缺乏右眼的视线，跑得非常颠簸。跑到离家相隔三条马路的一户石库门前，我敲了敲门。多年以前我的离家出走，实则是被父母所弃，父亲的态度容易理解，而母亲不单是为了交换条件，我拳打一个半裸女人时脸上的表情，也令母亲对我产生了极大厌恶。

没人开门，如果我在十七岁的时候没有随母亲走进这扇门，也许我就是另一种命运，那时要没人开门该有多好……

我奋力地又捶了一下门，引发出二十步外的一声大叫：“什么事，我在这！”父亲的情人出现在弄堂口，款款地走来。许多年过去，父亲的情人依然美丽。她的皮肤没有了当年的水灵润泽，但她依然美丽，不知父亲在何时将她抛弃。我说："我有件事，必须跟你谈谈。"她诧异地看着我，点了点头："你说吧？"我说："我可以进去吗？"

她犹豫了一下，问："你是好人吗？"我说不出话，她以为伤害了我，赎罪般地说："进来吧。"我感慨着，经此一问，我知道了她是善良女性，还有些幼稚单纯。

一进她家，我迅速地将门关上，以极大力量将她顶到墙上，在她的胸骨上打了一拳，然后剥下了她的乳罩。

对着她赤裸的胸膛，我极度哀伤，她的乳房已垂软萎缩，乳头是暗淡的咖啡色泽。我转身离去时，她说了声："浑蛋！"我骂了声："婊子！"

然后我又开始了极不协调的奔跑，到达澡堂，抓住骨感女子："跟我走吧，我能把你藏住。"

我俩强作镇定地经过澡堂门口时，门口的大汉问了一声："干吗去？"骨感女子回答："客人请吃饭。"

走出澡堂二十步外，我握在她腰上的手，感受到她肋骨的一阵痉挛。

我有一个藏身之所。我曾经在开车时反复思考世祖逃逸之谜，按照爱因斯坦相对论的说法，当速度接近光速，时间变得无穷。那时的我，心灵滞懈在右眼失明的焦虑中，相对而言，出租车的速度便接近光速，所以我有无穷多的时间思考这一问题。

我早已破解了世祖的逃逸之谜。

世祖不是逃逸到远方，而是躲进了家里，这一所有人思维的盲点，让他躲过了被愤怒国人打死的厄运——这是我的逻辑推断，如果能被证实，便可以藏住一个姑娘。

我给家里打去电话，说我眼睛全盲，迷失在黄浦江边，需要让他们将我领回家来。父母出门后，我拉着骨感女孩走进我家。

经过了细致搜寻，我发现了屋顶与房脊间有一段距离，这是一个只能躺着的空间，推想一下，一个人长久地躺在这里，能够自由活动的只有两手，我躺了下来，果然在头部正对的位置发现了指甲的划痕，隐约是一个骑在马上的外国军官——这里就是世祖一百五十年前的藏身之所。

我和她躺在了这里。

这里很好，与天空只有一层瓦片相隔，雨打在瓦片上就仿佛打在身上，晴天的时候，会有鸽子降落在屋顶，爪子在瓦片上滑动的声音清晰无比。她说："比雨还要好听。"

在这狭小空间，我和她紧紧相拥，有时父母会听到头顶的响动，母亲说："是老鼠吧？"父亲说："可能是燕子安窝。"我和她捂着嘴，才没有笑出声来。

我从没有如此漫长地和女人相拥，血液与骨骼都在分裂，即将演变成一个新奇物种。在深沉的甜蜜感中，我问出了一个困扰许久的问题，你怎么会知道博尔赫斯？

她说，她的行业是古老的行业，唐朝供奉观世音，宋代供奉吕洞宾，五六年前，不知行业中的哪一个人何种缘故读到了博尔赫斯，心灵极为震撼，从此广为宣说，博尔赫斯就成了她们供奉的第三个人。

我问，是不是因为博尔赫斯写的"鲜亮头发"？她摇摇头，说她并没有看过博尔赫斯的作品，在行业中流传的只是博尔赫斯的传记。

这个出生在动荡南美的人，他的生活，并没有他的小说般惨烈诡秘。他有着博学文雅的祖辈，从未被金钱困扰，一生在母亲身边，饱受宠爱，毕业于最好的学校，工作于图书馆，完全与生活脱节，获得了无尽的悠闲时光。

行业中最早看到他的人，之所以心灵震撼，因为他的生活是她从小的向往，那是一个淑女的生活。这篇博尔赫斯的传记，在她同行姐妹心中，犹如西方极乐世界对一个佛教徒的意义，将一个女人的理想描绘得具体周详。

但博尔赫斯为什么会写下那么多的诡秘故事？很快我俩就知道了答案，藏了十几天后，我和她的心理出现了幽闭症患者的迹象，对我们所逃离的外界，感到越来越深的恐惧。

骨感女子开始衰竭，在我的怀抱中骨骼松软。对她将死的预感，折磨得我两脚反复摩擦，终于碰到一块凉物。

那是块石头，镶嵌在瓦片间隙，显现出武器的光芒。一百五十年前，世祖躲藏到此，带一块石头的理由只能是，这是他令马受惊的工具。

我用双脚夹出了这块石头，让它落在肚腹，一把握在手中。如同所有的神兵利器，它蕴含着巨大力量，令我的指节不住颤抖。我对她说："走，咱们什么也不怕，到外面去。"

站在熙攘的街头，享受着落日的宁静，她凹陷的肌肉血流加速，渐渐摆脱我的搀扶，挺立起脊骨。她的康复，令我产生巨大狂喜，此时远远走来一片黑压压的人影，在马路对面站成一排，正是我见过一次的那几条大汉。

她说："我得走了。"

我："我还欠你多少钱？"她："算了。多得数不清了。"她过了马路，走到那伙人中间，与他们手挽手迎着落日向西而去，我大喊一声："你们都是鞋油厂长派来的吧？"那伙人一脸困惑，她帮他们回答了一句："傻瓜！"

他们的身影模糊在马路的灰色中，在光天化日下神秘地消失。我呆呆地看着，许久后方想起手中还有块石头。这块石头，非同小可，一百五十年前世祖扔出它，发生了上海诞生这一巨大的历史事件。

我扔出了它，等待着山河巨变，但是什么都没有发生，它飞出二十米，摔在地上，招来一个骑自行车人的叫骂："你 ×× 干吗呢！"它滚了滚便不动了，它只是一块普通的石头。

我的情况很好。回到家，活在父母身边，越来越热衷文化，买了许多书，用一只左眼疯狂阅读，如博尔赫斯般博学——这便是我的生活目标。

在深夜时分，父亲时常会悄然离家，每听到关门声，我都有一种想跟随而出的冲动，但每次都制止了自己，也许他去的地方便有她——我的骨感女子。

父亲后来出了事，在过马路时，一辆经过的翻斗车遥控失灵，将整车的石子倒在父亲身上。据目击者讲，无数石子像乒乓球一样在五十米范围的马路蹦跳，这宏大的场面，令父亲壮烈得像一个英雄。

由于被石子砸碎了整个头颅，他没有给我留下角膜。父亲的死，令母亲在一夜衰老，直到葬礼上，父亲多年前的情人出现，母亲方恢复了她凶狠的目光。那女人冷冷地扫视着母亲，当看到我时，神情大变，掉头而走。母亲以为我也在瞪她，欣慰地拍拍我，说："真给妈撑腰。"刹那间我感到重获母爱。

以后我就是个废人了，买了墨镜，等待着完全瞎眼的一天。我获得一种知天知命的宁静，不料接一纸医院通知。医院有了一个将死的病人，指名点姓将角膜捐我。

我赶到医院正是那人弥留之际，走廊里坐着我熟悉的几条大汉。她正是我的骨感女子，见到我，“哎哟”了一声立刻死去。她得的是急性肾衰竭，送来了十一个小时便抢救无效。几个大汉对我说了声：“节哀”威武地离去。

我为死去的她付了医疗费，为自己付了手术费，躺在手术台上说了声：“换吧。”

手术结束，医院将我尚好的左眼也包裹在纱布里。母亲找来了一个生活保姆，握到她满手的硬茧，我说：“你是不是手倩？”就听到啼哭响起。

手倩那晚下车后，究竟有了怎样的遭遇，她说那是她一生的秘密。而今她已弃武从文，作为生活保姆，十分细致体贴。

我和手倩日久生情，她也恢复了自己的天性，每当和我一起散步，有东西挡在我面前，她就“啊”的一声劈去。听到电线杆接二连三地倒下，我的心情就变得很好。我俩幸福地生活在一起。

五十天后，纱布拆线，我莫名其妙地看到右眼中有一个我自己。医生解释，人往往在临死前会将最后看到的视像凝固在角膜上。所以我就见到了一个哀伤的自己，那是她死时我的表现。

这个哀伤的我存在了两个月时间，然后就开始淡化，半年后完全不见，现实的影像开始浅浅地浮现。

我复明了，永远失去了博尔赫斯的眼睛。

上海九流

汉代九流指儒、道、法、墨等诸子学术。元代九流是社会身份，包括妓女在内，文人居于最末。一八六一年，上海租界建立，有了新的九流说法。

一流神道

一八七一年，一个会念咒的和尚来到上海，在龙华寺前表演了一项绝技。在他错落有致的音调下，地面出现了数以万计的蚂蚁，纷涌爬动，犹如微澜的湖面，最终汇拢成“普度众生”的字样。

但是龙华寺的大门仍紧紧关闭，禅宗临济一脉在龙华寺已传承了七代，高僧大德辈出，面对一个外乡和尚的斗法竟然没有回应，令上海市民大失所望。此事过后，念咒和尚广收门徒，其中有许多富豪高官，他的威信越来越高，他的蚂蚁在酒会、舞厅、政府机关中也照样出现。

一八七二年，上海大旱，富商高官以及市民们要求他作求雨法会。他的法会富丽堂皇，八百平方米的会场笼罩在一条巨大的绸缎之下，作为遮阳大棚。绸缎是杭州织锦，价格昂贵，由一千五百信徒买来一千五百匹，八十少女连夜手工缝制在一起。

绸缎为金黄色，暴烈的阳光透过绸缎转化得柔和，叠印在念咒和尚的脸部，反射出圣洁的光芒，令参加法会的群众升起了无比信心。他们跟着和尚念诵，渐渐进入平静祥和的精神境界。

他们齐声念诵的音量传出很远，起码有一秒的时间里，整个上海的居民都感到自己的心房猛烈地跳动了一下。

渐渐地，绸缎下出现了蚂蚁，接着各种昆虫或是爬着或是飞着赶来了。昆虫的大量聚集，吸引了麻雀、燕子，甚至飞来了几只海鸥。小型鸟类的聚集，使得大量猛禽出现，那些老鹰秃鹫放肆地捕食。

天空中滴下晶莹的血珠，玷污了绸缎的金黄，惊得人群骚乱，挤倒了撑开绸缎的木架。在八百米绸缎的包裹中，近千人相互践踏，此时天空降下雨来。

雨水渗入绸缎，隔绝了空气，清朝的窒刑便是用蘸水的绸布一张张贴上犯人的口鼻。参加求雨法会的人竟然全数被活活憋死。

出了此等惨事，上海道台请龙华寺做安抚亡灵的法会。此次法会没有遮阳的大棚，法华寺僧人列队整齐地进入法会会场，暴晒在阳光下，仪容庄重。引得参加法会的民众啧啧称赞：“这才是真正的佛门中人。”

一个江西的道士在一八八一年来到上海，挂单到白云观，自称会斋米画的技艺。斋米画就是小勺泼洒白米的绘画技术，用来祭祀庆典。

白云观有一位八十岁的老道也会此法，但没有江西道士的图案绚丽，江西道士的图案层出不穷，仿效着唐宋道观中的著名壁画，看来他游历过不少地方。尤其江西道士在正殿的地面上泼画出的巨幅吕洞宾画像，更因白米的颗粒感而仙气飘逸，招引得道家信徒争相膜拜。

庆典过后的当晚，白云观住持发现神龛中的吕洞宾像不见了。那是一块整玉雕琢，为清朝嘉庆皇帝所赐。搜查了所有道士的房间，未获。住持召开集会，分析出雕像一定是外人在庆典时趁乱所窃，要委派一人去观外花花世界中侦破找寻。

那位也会斋米画、年过八旬的老道建议：“贼人必定对我观道士极熟，要去找寻必得是张陌生面孔，江西道士最为合适。”得到一致同意。

当晚江西道士剪掉发髻，换上一名道教信徒奉献的西装，穿上住持派人买来的皮鞋，怀揣十块银圆，向众道士一作揖，就此走出了白云观。

这位江西道士一去便再无消息。不久后，江西白云观有五位道士来访，体态彪悍，似乎身具武功，他们腼腆地询问："听说有一个会斋米画的道士曾在你处？"

住持尴尬地说出吕祖像丢失的事件，这伙来访者说，这也是他们道观的情况。原来那名江西道士是著名的文物大盗，仗着一手出色的斋米画，挂单到各个道观，他在江西偷的是一尊张三丰雕像，乌金所制，清朝道光皇帝所赐，五个道士前来便是要捉拿此贼。

那位也会斋米画、年过八旬的老道，因为建议用陌生面孔寻访，令大盗脱身，遭到埋怨，老道从此不再与人说话。神龛中有了新的吕祖像，木雕，浦东家具厂所制。

第二年的吕祖诞辰，依旧由老道绘制斋米画，所有人都惊讶他技术的提高，老道朝斋米画就的吕祖拜了一拜，说出他禁语一年后的第一句话："那个贼画得还是不错的，我学了点。"

一八九一年，一个法国牧师来到上海，收养了几个孤儿，建立了教堂。他是一个贫苦农民的孩子，在法国时便不知该如何与权贵阶层搞好关系，到了上海仍禀性不改，与自己的法国同胞关系冷淡。他理所应当地贫贱无钱，不料却遭到了绑票勒索。

一天他正对着圣母像祈祷，忽然脑袋一痛，便失去了知觉，醒来后发现一伙中国强盗围拢着自己。他被绑票，用来向法国租界勒索，由于勒索的钱财过高，法国官员对此事不再理睬。

强盗头子抱怨："还以为外国人个个都值钱，谁想还有不值钱的。"便要杀他了事。

法国牧师声泪俱下地言说教义，企图令强盗们良心发现。听了一会，强盗头目恍然大悟："洋鬼子的皇帝叫作上帝。"

提起皇帝，强盗头子动了感情。说自己本是读书人，因考取功名不成才做了强盗，要想做官先当强盗是条捷径，只要混成大号强盗，中国皇帝就会招安，一投降便会赏个官当。可惜自己尚属小号，前途茫茫，徒自感伤。

情绪低落的强盗头子把牧师放了，牧师却记住了他心底的感伤，回去后生平第一次走动关系，通过法国官员认识了上海道台。很快，强盗头目受到了招安，在道台府做了衙役，感激之下，强盗头目带领三十几个强盗皈依了洋教。

牧师晚年回到法国，因传教功绩受了勋章，安详地死在写回忆录的书桌上。他的回忆录只写了个开头，为："我平生最好的一次讲道，是在强盗窝中。"

二流医

一九〇二年，上海来了一个乡村医生，是个早衰的青年，面色惨白，头发褪了半数。如此相貌很难博得病人信任，生意冷淡之极。

他的房租拖欠了两个月，房东登门要债，发现他断了粮，已饿了三日，不禁动了恻隐之心，问道："你来上海后，有没有拜访过唐大先生？"

"唐大先生是谁？"

"名医。"

乡村医生思索，自己尚且年轻，如果拜唐大先生为师，学精了医术，便有了活路。于是卖掉长衫，买了两斤水果，穿着短汗衫到了唐大先生诊所。

唐大先生鹤发童颜，气色红润，犹如仙人一般。诊所富丽堂皇，挂满名人题字，均为“妙手回春”。求诊病人多得拥挤到门外，沿着墙根蹲成一行。

乡村医生不敢造次，排在病人队伍中，直到晚饭时分，方到了唐大先生面前。唐大先生瞥了一眼他褪发的头顶，言道：“早衰。”

乡村医生急忙表明来意，唐大先生笑道：“拜师就不必了，念在同行份上，待会一块吃顿饭吧。”

乡村医生又等了半个时辰，唐大先生结束了门诊，瞥见乡村医生，诧异地问道：“你怎么还在这？”

乡村医生尴尬地说：“您说要请我吃饭。”

唐大先生将他带到个豪华饭庄，点了丰盛的一桌。一个时辰后，乡村医生被饭庄杂役押解到房东家，原来唐大先生没付饭钱便走了。房东认倒霉地付了饭钱，不料乡村医生又提出借钱，保证是“唐大先生已传我秘法”。

房东以为他要购买药材或医疗器械，不料他用钱装修诊所门面，买来气派的西服。当房东斥责他浮华浪费时，有病人来求诊了，而且越来越多。房东满心喜悦地招呼病人排队，不料乡村医生看了三个病人就不看了。

房东批评了一夜他的懒惰，谁想第二天天还没亮，便有求诊的人堵在门口，天亮后发现数量比昨日还多。因为一日只看三人，诊费越来越高，招来许多达官贵人，最终以金条付款。

乡村医生成名后宴请唐大先生，唐大先生不解地问：“我原只教你装点门面、拿足派头——两个小法，怎么你的生意比我还好？”

乡村医生说："我又自创了一法，买人散布消息，说我家世代名医，为研究药性而从小尝药，头发都掉了，每日看到三个病人便没了气力。病人们就更信我有真本事了。"

唐大先生击节赞叹："我们当医生的总是先弄得自己光鲜健康，让病人信服，想不到反其道而行也能成功，你这早衰症教育了我呀。"乡村医生说："教了你一招，这顿饭你请吧。"

一九一二年，又一个乡村医生来到上海，他在乡村几县已小有名气，来上海是想闯出大名，不料病人寥寥无几，窘迫到要交不起房租的程度。他的房东动了恻隐之心，劝他："不如去拜访唐大先生。"

一九一二年的唐大先生已年过八十，关闭了诊所在家养老。面对来访的乡村医生，哀叹道："现在时兴西医，病人要看听诊器、血压计的，我那点老法子已变不出什么花样。"乡村医生听了，若有所思。

几日后，乡村医生购买了听诊器、血压器，不再号脉，根据听诊器、血压器的结果开中药、扎针灸，立刻闯出了名头，有了"中西医相结合"的美誉。

唐大先生听闻此事，立刻登门拜访，说："我请你吃饭。"

三星

一九一三年，上海怀浦路建立了一个科学研究所，为民间组织，其中设有"天文学"一科。为打响科学研究所名气，从社会争取到科研捐款，所长决定聘请当时上海的星相大师古巨简为天文科研究员。

古巨简在一八八四年太平军包围上海期间，夜观天象，说出“上海无恙”的话，稳定了民心。果然太平军忠王李秀成被洋人的炮弹炸死坐骑炸伤了右耳，从而名声大震，几十年来一直为银行家、政治家提供预测服务。

一八六一年后，大大小小的工厂在上海建立，因空气污染，夜空中已见不到太多的星辰。据说凭着这不多的星辰，他推测出两百年内的情况，并制作出一张大事年表，准备每当有历史变故发生，便公布一条。

古巨简先生欣然接受了科研所的聘书，科研所的研究员每年要交一份研究论文。一年后，所长到古巨简别墅要论文，古巨简没有，于是所长劝他把那张大事年表交了充数。古巨简说：“这两百年十分的惊人，打开观看会引得民心大乱。”

所以那张大事年表用红蜡封存，放入科研所的保险柜中——这一事件登报报道，引起很大关注。

一九一四年袁世凯复辟，所长将大事年表取出，宣布了大事年表上写有此事。在以后的二十年里，每有大事发生，所长便在报纸登出新闻的第二天，再次登报发表大事年表上的内容，甚至两者所用的词汇都大同小异，便更加令人钦佩。

科研所争取到越来越多的科研资金，民众们也越来越强烈地要求所长将大事年表预先公布，让民众早有提防，逢凶化吉。所长顶着巨大压力，一直没将古巨简的大事年表提前公布。一九三七年上海受到日军飞机轰炸，怀浦路科研所毁于一旦，那张大事年表也随之烧毁。

一九四八年，所长迁居香港，遇到了早已迁居香港的古居简。古居简已是香港星相预测泰斗，百万富翁。所长说：“你要感谢我，这么多年来都是我帮你打名气，你给我的大事年表是一张白纸。”

古巨简：“你要我怎么感谢？”

所长：“你投资，让我再建一个科学研究所。”

四卜

一九二四年，上海来了个断腿乞丐，爬到富商崔明理家门口乞讨。崔明理要人赶走他，不料乞丐说：“你有灾。”从怀中掏出五块猪趾骨，一抛，落在地上散开，乞丐用粉笔将五块猪趾骨间画了连线，竟然拼出一个“凶”字。

崔明理说了声：“呸。”叫用人涂掉粉笔印，赶走了乞丐。

当天下午，崔明理开车遇了车祸，紧接着儿子遭到绑架，交了赎金，儿子还是给撕了票。丧子之痛令崔明理神志恍惚，手中的生意就被人坑了好几笔，最终还卷入官司，入了监狱。

出狱后的崔明理发现房产已充了公，大老婆病死小老婆改嫁，竟然落到沿街乞讨的地步。想起当年的乞丐，方才后悔没听他的警告。

崔明理从饭馆垃圾中拣出了五个猪趾骨，研究了两天，发现不管五个猪趾骨摔成什么样，都能连出一个“凶”字。

后来他又发现什么字都能连出来，于是有了条活路，成了著名的占卜人。

五风水

一九三五年，一伙扬州女子来到上海，几经周折，终于建立起一所叫“富春楼”的妓院。开张后生意清淡，有人便劝告：“找人看看风水吧。”

这伙扬州女子拜见了上海风水大师向季町。向季町说：“看阳宅看阴宅？”

“何谓阳宅阴宅？”

“阳宅为人所住，房屋是也。阴宅为鬼所住，坟地是也。看阳宅二百大洋，看阴宅五百大洋。”

“我们开的是妓院。”

“妓院为淫秽之地，阴气聚集，野鬼缭绕，名为阳宅，实则与阴宅无异。姑娘们不要介意，我要收五百大洋。”

向季町的话，激怒了这伙扬州女子，叫了声：“敢说我们的地方是坟地。”连抓带咬将向季町揍了一顿，扬长而去。

向季町被妓女打了的消息传遍上海，风水大师的崇高形象遭到破坏，从此再无人找他看风水。为洗刷名誉，向季町在一个清晨来到了富春楼，拿着罗盘走了一圈，第二天在报纸上公布了他对此妓院的测定，如下：

“按照风水学，妓院与西式小学、西医医院同为极阴之地，而此富春楼左有医院，右有小学，正是三阴汇拢，群鬼聚集。男子到此妓院，如是商人生意有损，如是学子学业无望，如是律师连连败诉，如是军人有血光之灾，而商人、律师、军人皆是阳气极旺盛者，本与阴气排斥，所以不会来此。唯有阴气极重的穷困潦倒者方会来此妓院，阴上加阴会引起阴极阳生，所以此贫困潦倒之人将转运，而富春楼生意将更为衰落。按此风水，此富春楼两月内必将倒闭。”

此则风水预测登出，没人再去富春楼了，两月内富春楼果然倒闭了，扬州姑娘们回了扬州。明白人都知道，向季町的风水预测是为报复而恶意诽谤，向季町在风水行声誉扫地，从此隐没，再无人提起。

过了十年，报纸上登出了一则寻人启事，要找向季町，说要报恩。向季町重又出现，已经全无了大师风采，看来潦倒了多年，他狐疑地问：“我做过什么有恩于人的事吗？”

找他的人回答：“当年我倒霉透顶时，正是看了您在报纸上登出的风水预测，到富春楼去了一趟，果然阴极阳生，我转了运，今日的我已然是个军总。”

唯有相家排第六

一九三五年，一伙扬州姑娘办妓院失败，回了扬州，此事在上海色情业中传为笑柄。有人便说给了贺言君，上海妓院业供奉三位神：一为吕洞宾，二为观世音，三是贺言君。

贺言君大有来头，他的祖奶奶是明朝使女，精通相术，所有入宫妃子都要先过她的眼，测定善否后方可侍奉皇上。明朝灭亡后，他家不愿为清朝皇帝选妃子，所以此相女绝技方破了“传女不传男”的规矩，历经多少代传给了贺言君。

此项绝技非常了得，经他评点的女子无不成为此行业的佼佼者。关于扬州女子之事，贺言君起了多事之心，一九三六年春天下扬州找到了那伙扬州女子，拣选出三人，稍做评点，然后说：“此番再去上海，定可飞黄腾达。”

果然，此三女到了上海，不几日便闯出了名头，成了名妓。三妓女感恩戴德，拜贺言君为义父。其中有一妓女希望能学相女术，贺言君解释：“其实我只是依靠祖上的一点名声，并无相女术。想想，经过我点评的女子，能令人产生‘在妓院享受皇上待遇’的心理，焉有不红之理？”

女子问：“难道看相就是假的了？”

贺言君答道：“不然。清末名臣胡林翼在围剿太平军时，见到开入长江的外国轮船，猛然大叫一声‘大清要亡’，口吐鲜血。那只是艘货船，却能看到大清灭亡，他是真看相的。”

七书

一九三七年，贺言君先生逝世，他是上海许多名妓的义父，葬礼办得奢侈铺张。灵堂匾额“艳海星沉”四字是上海书法家林炳易先生的字体，更加令人瞩目。

林炳易先生年高七旬，一生不近女色，以道德持身著称，竟然为色情业中的人写匾，引起人许多遐想。

葬礼过后，林炳易先生亲自到妓院中拜访了几位组织葬礼的名妓，言道：“老朽并没有给你们写匾，匾上的字究竟是怎么来的？”名妓们支吾不答，林炳易又道：“我并非要责怪你们，只是那造假之人的确高明，比我亲手写得还好，简直是平生杰作，望能引荐。”

一见伪手，是个相貌猥琐之人。林炳易对他竟能写出自己清雅一路的书风，感到大为吃惊。

伪手瞪着黄眼珠，谦虚言道：“承蒙先生抬爱，说我写出了先生的平生杰作，实在有愧。我只不过购买了几幅先生作品，拼出‘艳海星沉’四字，刻在一块匾上。”

林炳易：“我不信，用单字拼凑而成，不会有此生动的效果。”

伪手一笑，“如果先生不怪，我只好说出实情。先生的字，结体巧妙，笔力沉稳，可惜行气太差，整幅布局颇不讲究。这是我们造伪界的共识，但只能遵循你的毛病去造伪，方卖得出去。此几位名妓来求我，不想用带着毛病的字敷衍她们，所谓冲冠一怒为红颜，我就在拼凑单字的时候，讲究了一下行气。”

林炳易听完捻须长叹：“书法一道，不料你们造假的比我们作真的钻研得还深。”

一九三八年，上海绘画大师顾岩静逝世，他生前好友林炳易为他的灵堂写匾“艺海星沉”四字，此匾书法被称为林炳易的生平杰作。

在接受了顾岩静家属写匾委托后，林炳易在几位名妓的带领下，找到了他在一九三七年访寻的伪手，拿出四张纸，纸上写就“艺”“海”“星”“沉”各二十字，长叹一声：“顾岩静是我平生知己，我不愿糊弄他，还望你帮我拼凑一下，理理行气。”

八画

绘画大师顾岩静逝世后，顾岩静的遗作却越来越多。画行的人都知道，顾岩静是少有的不办画展的画师，而且没有给自己留画的习惯，总是画完便卖，所以他作品的大量出现，令人匪夷所思。

有人猜测，顾岩静的画名，是一伙贫困画师造出来的，借着这个名号卖钱。顾岩静是老同盟会会员，曾经参加过辛亥革命，本身便有名气，他画画，会有人来买。

果真如此。他死后，失去了名号的画师们，就会将还没卖出的画抛售。但这批他死后的画，与他驰名的花鸟题材不同，都是战斗场面，依稀是同盟会攻占广州府的情景——有人便说，那是真正顾岩静的画。

也有人说，世所周知，顾岩静从不留画，既要仿造顾岩静作品，就只有画这一题材，别人才能相信。

此事没有定论。

九琴棋

一九四九年春，北平古琴大师贾均道来到上海。一个上海无名琴师登门挑战，两人在大世界娱乐宫中展开较量。

贾均道弹奏，音调激昂，砸石断金般铿锵，正是两千年前春秋时代燕赵悲歌的遗风。上海琴师演奏时，时断时续，弹指乏力，有时竟弱得听不出声来，与贾均道相比，高下立判。

不料比曲结束，贾均道紧紧握住上海琴师的手，情绪激动："您操手委婉，精妙处如风吹柳絮般无声无息，却又令人神会在心。与您的无声胜有声相比，我的弹奏便显得大吵大闹，境界偏低。"

在场听众无不赞叹："能听到琴家北派与南派斗法，此生足矣。"这个上海琴师第二日便尽人皆知。

大世界娱乐宫的比拼结束后，贾均道摆脱众人，老马识途般在上海七拐八拐，闪进一户人家。

门内正是挑战的上海琴师，他满头大汗地说："今天我实在是紧张，出了许多错，甚至都弹不出声，要不是您说话帮我圆过来，真不知今日该如何收场。"

贾均道说："放心，二叔一定会让你名声大噪。"

一九四九年夏，围棋国手潘年雨和一个年轻人展开较量。此年轻人没有名头，比拼是在上海大世界，结果潘年雨输给了年轻人。

当时潘年雨正当棋力的巅峰，而此少年前几十手棋尚显笨拙，竟然赢了。有人便怀疑，此人是潘年雨的亲戚，为让他进入棋界，潘年雨故意输给了他。

比赛结束后，潘年雨摆脱了众人，在一个仆人的带领下，到了贫民住的街区，七拐八拐，闪进了一户人家。

门中正是那赢棋的年轻人。潘年雨说："你的确是赢了我，难道想抢我棋界第一人的名号？要真这样，你便是个俗人，不配谈棋，玷污了棋道。"

年轻人："我不是真心要赢您。"

潘年雨："可你毕竟赢了我，你说今日的局面该如何收拾？"

年轻人想了想，说："要不这样，我明天拜您为师。"

潘年雨："想不到你这么聪明，真是下棋的好料，你这个徒弟我收了。"

结语

"一流神道二流医，三星四卜五风水，唯有相家排第六，七书八画九琴棋。”——这是上海九流，确立了在九流文化中汉学术、元身份、民国骗术的格局。时又五十年过去，当今社会应有了新的九流说法，如有知者，还望与笔者联系，告与相知。

（全书完）

徐皓峰

本名徐浩峰。1973年生。高中毕业于中央美术学院附中油画专业，大学毕业于北京电影学院导演系。现为北京电影学院导演系教师。

导演，作家，道教研究学者，民间武术整理者。

文学作品：

长篇小说：《国术馆》《道士下山》《大日坛城》《武士会》《大地双心》

短篇小说集：《刀背藏身》《花园中的养蛇人》《白色游泳衣》《诗眼倦天涯》

武林实录集：《逝去的武林》《大成若缺》《武人琴音》

电影随笔集：《刀与星辰》《坐看重围》

电影作品：

《倭寇的踪迹》（导演、编剧）

《箭士柳白猿》（导演、编剧）

《一代宗师》（编剧）

《师父》（导演、编剧）

《刀背藏身》（导演、编剧）

《诗眼倦天涯》（导演、编剧）

花园中的养蛇人

产品经理 | 来佳音　封面设计 | 张一一　营销经理 | 李欣爱

助理编辑 | 扈梦秋　责任印制 | 刘世乐　出 品 人 | 于　桐

图书在版编目（C I P）数据

花园中的养蛇人 / 徐皓峰著 . -- 南京 : 江苏凤凰文艺出版社 , 2021.5
ISBN 978-7-5594-5623-6

Ⅰ . ①花… Ⅱ . ①徐… Ⅲ . ①中篇小说－小说集－中国－当代②短篇小说－小说集－中国－当代 Ⅳ . ① I247.7

中国版本图书馆 CIP 数据核字（2021）第 020025 号

花园中的养蛇人

徐皓峰 / 著

出 版 人	张在健
责任编辑	王　青
特约编辑	来佳音
装帧设计	张一一
出版发行	江苏凤凰文艺出版社
	南京市中央路 165 号，邮编：210009
网　　址	http://www.jswenyi.com
印　　刷	北京盛通印刷股份有限公司
开　　本	880 毫米 ×1230 毫米 1/32
印　　张	8.5
字　　数	190 千字
版　　次	2021 年 5 月第 1 版
印　　次	2021 年 5 月第 1 次印刷
印　　数	1—6,500
书　　号	ISBN 978-7-5594-5623-6
定　　价	49.80 元